Ashley Carrington, Jahrgang 1951, absolvierte eine Operngesangsausbildung und studierte Theater-, Film- und Fernsehwissenschaft, bevor er sich dem Schreiben zuwandte und 1977 freischaffender Schriftsteller wurde. Der erfolgreiche, preisgekrönte Autor verbrachte mehrere Jahre auf einer Farm in Virginia, von wo aus ihn zahlreiche Abenteuerreisen in viele Teile der Welt führten. Zur Zeit lebt er abwechselnd in Florida und im Bergischen Land.

Von Ashley Carrington sind u. a. erschienen:

Küste der Verheißung (Band 3165)
Verlockendes Land (Band 3166)
Blut und Diamanten (Band 3167)
Flammende Steppe (Band 3168)
Fluß der Träume (Band 3247)
Belmont Park (Band 3135)
Die Gefangene der Sonneninsel und andere Geschichten (Band 60020)
Jessica oder Alles Glück hat seinen Preis (Band 2838)
Jessica oder Die Liebe endet nie (Band 3152)
Valerie – Erbin von Cotton Fields (Band 2021)
Valerie – Herrin auf Cotton Fields (Band 2022)

Dieses Buch wurde auf chlor- und säurefreiem Papier gedruckt.

Originalausgabe November 1994

Umschlaggestaltung Adolf Bachmann, Reischach
Umschlagillustration Christine Wendt
Satz MPM, Wasserburg
Druck und Bindung brodard & taupin, La Flèche
Printed in France
ISBN 3-426-03155-8

2 4 5 3 1

Ashley Carrington

Jahreszeiten der Liebe

Roman

Knaur

Für Daniela Leineweber
in herzlicher Zuneigung

1

Alles war voller Blut. Daniela prallte wie vor einer unsichtbaren Wand zurück. Als sie abwehrend die Hände hob, waren auch die plötzlich blutverschmiert. Der Schnee zu ihren Füßen verlor im Schein der Straßenlaterne sein milchiges Weiß und färbte sich dunkel. Doch Walter lebte noch. Einen kurzen Moment zwar nur, aber der genügte, um ihr stumm zu verstehen zu geben, daß er wußte, was geschehen war und welche Rolle sie bei seinem unabwendbaren Tod spielte. Er sah sie unverwandt an. In seinen Augen stand kein Flehen um Hilfe und auch keine Todesangst, sondern nur Mitleid. Und es war dieser letzte Blick, bevor seine Augen starr und leblos wurden, der sich wie ein Dorn in ihre Seele bohrte und sie nicht mehr loslassen sollte.

Daniela Stern schlug die Hände vors Gesicht und wollte flüchten, doch sie konnte nicht. Sie war wie gelähmt. Alle Kraft schien sie verlassen zu haben. Zitternd stand sie da, während der Schneefall wieder einsetzte. Die nächtliche Februarkälte durchdrang ihr dünnes Cocktailkleid mit den Spaghettiträgern und dem tiefen Ausschnitt. Und so wie ihre eleganten italienischen Schuhe mit dem durchbrochenen Leder keinen Schutz vor dem Schnee boten, sowenig vermochte sie mit ihren Händen seinen Blick abzuwehren.

Sie wimmerte.

»Es ist ja gut ... Daniela! ... Daniela, ganz ruhig. Es ist nur ein Traum ... Hörst du mich?« Christian Hendrik beugte sich über sie und rüttelte sie sanft an der Schulter. »Es ist nur ein Traum. Wach auf, und alles ist vorbei.«

Die vertraute Stimme drang durch die grauenhaften Bilder der Blutnacht zu ihr und holte sie aus dem quälenden Traum in die Wirklichkeit. Sie schlug die Augen auf, und ihr völlig verkrampfter Körper entspannte sich ein wenig. Sie atmete schnell und flach, als hätte sie die gesamte Rheinuferpromenade von Köln im Dauerlauf bewältigt. Ihr Herz jagte, und sie spürte kalten Schweiß auf ihrer Stirn.
»Du hast im Schlaf richtig gewimmert und gezittert. War es wieder dieser gräßliche Alptraum?« fragte Christian Hendrik mitfühlend, und seine Hand streichelte beruhigend ihren Arm.
»Ja«, sagte Daniela, und ihrer Stimme war anzuhören, wie sehr ihr dieser Traum zugesetzt hatte.
»Möchtest du darüber reden, Liebling?«
»Nein.«
»Du hast mir noch nie erzählt, was das für ein Alptraum ist, der dich manchmal heimsucht und so schrecklich mitnimmt. Hat das vielleicht einen Grund?«
Daniela war froh, daß es im Schlafzimmer noch dunkel war, obwohl hinter den Fenstern schon ein neuer, feuchtkalter Februartag mit einer grauen Wolkendecke über Köln heraufdämmerte. »Ja, den Grund, daß es mir reicht, wenn er mich im Schlaf quält. Ich will hinterher nicht noch darüber reden, sondern ihn so schnell wie möglich vergessen«, antwortete sie, und obwohl es stimmte, war es doch zugleich auch weit davon entfernt, die ganze Wahrheit zu sein.
»Wie du meinst. Gewöhnlich weißt du ja sehr genau, was du willst und was nicht«, entgegnete er ein wenig spöttisch und auch doppeldeutig und zog sie in seine Arme.
»Sind wir uns da nicht sehr ähnlich?« fragte sie, während sie sich in seine Armbeuge schmiegte. Da Christian nackt schlief, spürte sie seinen kräftigen Körper direkt und intensiv. Er flößte ihr Ruhe und Geborgenheit ein. Und als sie

ihre Hand auf seine breite Brust legte, mußte sie unwillkürlich an ihre exzentrische Freundin Bea denken, die stark behaarte Männer enorm erotisch fand. Sie dagegen konnte einem behaarten Körper absolut nichts abgewinnen. Sie liebte es vielmehr, unter ihren Fingerspitzen und Lippen glatte, geschmeidige Haut zu spüren. »Außerdem, was erwartest du von einer berufstätigen Frau knapp an der Schallmauer zur Vierzig?«

Er lachte leise auf. »Bis dahin sind es noch drei Jahre, mein Schatz. Also was willst du hören? Daß du so betörend und aufregend bist wie die meisten Models nicht einmal in ihren Twen-Jahren? Oder daß ich diese Schallmauer schon vor zwei Jahren durchbrochen und dennoch nicht das Gefühl habe, schon einen Platz in einem Altenheim vorbestellen zu müssen?« neckte er sie und strich ihr dabei liebevoll über das Gesicht. Das Signalhorn eines Rheinschiffs klang zu ihnen in die kleine und sündhaft teure Dachterrassenwohnung am Konrad-Adenauer-Ufer hinauf. Von der Dachterrasse, die knapp vier Meter im Quadrat maß, hatte man einen einzigartigen Blick über den Rhein und einen Teil der Stadt, der mit dem Preis ein wenig versöhnte, und an sehr klaren Tagen konnte man weit ins Bergische Land sehen.

»Das macht mir wirklich Mut«, entgegnete sie, auf seinen Scherz eingehend, und hauchte einen Kuß auf seine Brust. Sie liebte es, wie er roch. Jeder Mensch hatte seinen eigenen Geruch, und wenn der bei einem Mann nicht stimmte, dann konnte sie es nicht einmal ertragen, daß er sie in die Arme nahm, geschweige denn mit ihr im Bett lag. Sie wußte, daß es nur Einbildung war, aber Christians ganz eigenen Geruch verband sie mit dem Salz des Meeres, mit den Dünen und Reetgräsern von Sylt und mit den Ölfarben und Malmitteln, die in seinem kleinen Friesenhaus auf der Nordseeinsel überall herumlagen, in der Küche ebenso wie im Badezimmer. »Aber was mich noch viel mehr beruhigt«, fügte sie hinzu und fuhr mit der Kuppe ihres Zeigefingers über seine Brust zum Bauchnabel hinunter, »ist ...«

»Ist was?« fragte er und ließ seine Hand über ihren linken Oberschenkel wandern, den sie leicht angewinkelt über seinen Schoß gelegt hatte.

»... daß du Landschaften und keine Aktbilder malst und deshalb auch keine Entschuldigung hast, diese jungen, frechen Dinger in dein Haus kommen zu lassen, damit sie sich dir im Evakostüm präsentieren«, scherzte sie, wohl wissend, daß er auf Sylt nicht lange zu suchen brauchte, wenn es ihm darum ging.

Seine Hand fuhr unter ihr hüftlanges Nachthemd. »Auch der Körper einer Frau ist eine Landschaft, die es mit ihren sanften Wellen, anmutigen Erhebungen und tiefen Tälern zu erforschen gilt«, erwiderte er, strich über Hüfte und Rippenbögen und folgte ganz langsam der Wölbung ihres Busens, um dann ihre Brustwarze mit den Fingerspitzen zu umkreisen.

Ein angenehmer Schauer durchlief sie bei dieser zärtlichen, behutsamen Bewegung. »Mit manchen Landschaften scheinst du mir besonders gut vertraut zu sein.«

»Jede Landschaft hat tausend verschiedene Gesichter. Will man mit einer Landschaft also wirklich vertraut werden, muß man sie zu allen Tages- und Nachtzeiten kennen, bei greller Sonne und bei fahlem Mond, bei trübem Nieselregen und bei wütendem Sturm, im Zwielicht des Morgens und in der samtenen Dunkelheit einer sternklaren Nacht«, flüsterte er. Seine Lippen berührten ihre Stirn und glitten über ihr Haar, als er sie mit seinem linken Arm noch mehr an sich zog und seine rechte Hand über ihren Rücken gleiten ließ, hinab zu ihrem Gesäß. Er folgte dabei der leichten Mulde ihres Rückgrats, um seine Hand dann über ihrem Po wie zu einem Fächer der Zärtlichkeit zu öffnen.

Daniela hatte das erregende Gefühl, als malte er sie wirklich mit seiner Hand. Seine Fingerspitzen waren wie feine Pinsel, die mit kaum merklichem Druck über ihre Haut tänzelten. Gleichzeitig spürte sie kraftvolles, aufstrebendes Leben unter ihrem linken Bein, das noch immer über seinem Schoß lag.

»Und welche Landschaft willst du jetzt erkunden?« raunte sie, zog ihr Bein zurück und begann seine Liebkosungen zu erwidern.

»Ich befinde mich auf der Suche nach dem Tal der Lust«, antwortete er und drang mit drei Fingern in ihr lockiges Schamhaar ein. »Und ich weiß, daß es hier irgendwo in diesem verheißungsvollen blonden Busch verborgen ist. Ich bin sicher, daß ich es finden werde.«

»Laß es uns zusammen suchen«, flüsterte sie und streichelte sanft seine schon erregte Männlichkeit.

Christian zog ihr das Nachthemd aus, warf die Bettdecke zur Seite und beugte sich über sie. Seine Lippen umschlossen ihre Brustwarzen, erst behutsam spielerisch die eine, doch dann schon kräftiger die andere, während seine Hand mit kreisenden Bewegungen über ihren Bauch fuhr. Dann zog seine Zunge eine feuchte Bahn über ihren Busen, um wenig später langsam abwärts zu wandern.

Daniela gab sich ganz den wunderbaren Gefühlen hin, die in ihr aufstiegen und ihren Körper mit Wärme und wachsender Erregung erfüllten. Und es steigerte ihre zunehmende Lust, dabei auch seine Erregung zu spüren und sie mit Händen und Lippen zu einem lodernden Feuer des Begehrens zu entfachen.

Das erste Licht fiel durch die nur halb geschlossenen Gardinen ins Zimmer, als sie ihn auf sich zog.

»Bleib so ... nur für einen Augenblick!« sagte sie leise, als sie ihn ganz tief in sich spürte.

Er sah sie liebevoll an. Sein Atem streifte ihr Ohr, dann

drückte er seine Lippen in ihre Halsbeuge und biß sie zärtlich.
Sex kurz nach dem Aufwachen am Morgen war etwas, das sie immer mit Christian genoß, wenn die Zeit es zuließ, auch wenn sie oftmals nicht zum Höhepunkt kam, weil sie noch zu träge und schläfrig war. Es machte ihr nichts aus, zumal sie zu anderen Tageszeiten keine Probleme hatte, volle Erfüllung zu finden. Allein das Gefühl, ihn in sich zu spüren und seine Lust zu erleben, war wunderbar und gab dem neuen Tag etwas Beschwingtes und Lebensfrohes. An diesem Morgen reagierte ihr Körper jedoch bedeutend schneller und sensibler als sonst.
»Warte! ... Bitte!« Sie hielt ihn fest, als er sich nach einer Weile zurückziehen wollte.
Sie konnte die Verwunderung auf seinem Gesicht sehen. Doch er tat ihr den Gefallen, bewegungslos zu verharren.
Daniela stöhnte und erlaubte sich nur, ihre Muskeln im Schoß einzusetzen, um die anschwellende Lust zu verstärken.
Als er sie sanft und mit leicht geöffneten Lippen küßte und sich ihre Zungenspitzen berührten, verdichtete sich ihre Wollust auf geradezu unerträgliche Weise in einer imaginären Mitte ihres Leibes, um dann wie eine Quelle unter hohem Druck mit einer gewaltigen Fontäne hochzusteigen und sie mit sich hinwegzuschleudern. Von den Zehenspitzen bis in die Kopfhaut durchströmte sie jenes unbeschreibliche Gefühl, das den Menschen für einige Augenblicke jeder bewußten Kontrolle entzieht und ihn in einen Rauschzustand entführt.
Als sie wieder zu Atem kam, wälzten sie sich engumschlungen auf die andere Seite des Bettes, Daniela diesmal auf ihm, denn sie wußte, wie sehr er es mochte, in dieser Stellung zum Höhepunkt gebracht zu werden. Seine Hände umfaßten ihren Po, während sein Mund nicht genug von ihren Brüsten bekommen konnte, die sein Stöhnen erstickten, als seine Lust den Höhepunkt erreichte.

Danach zog er sie zu sich hinunter, und sie streckte sich auf ihm aus, ohne ihn freizugeben. Seine Hände streichelten über ihren Rücken, ihren Po und ihre Beine.
»Daniela ...«
»Hm?«
»Ich wünschte manchmal, ich könnte so malen, wie ich jetzt fühle«, flüsterte er zärtlich und mit sehnsüchtiger Stimme und vergrub dabei eine Hand in ihrem halblangen, leicht gewellten Haar.
»Du bist nicht nur ein wunderbarer Liebhaber, sondern auch ein erfolgreicher Maler«, entgegnete sie. »Aber dir das zu sagen, heißt ja wohl Eulen nach Athen tragen, nicht wahr?«
Christian küßte sie neben das Ohr. »Weißt du überhaupt, wie sehr ich dich liebe?«
»Hm, ja, allmählich beginnst du mich zu überzeugen. Ich glaube, ich muß aufpassen, daß ich dir nicht mit Haut und Haaren verfalle, großer Meister«, erwiderte sie, und in ihrer scherzhaft ausweichenden Antwort steckte, ohne daß es ihr in dem Moment bewußt wurde, eine gehörige Portion Wahrheit.
»Wir hätten unseren Urlaub wirklich nicht schöner beginnen können«, sagte Christian glücklich und wickelte eine Haarsträhne um seinen Finger. »Zehn Tage Gstaad! Ich mag es noch gar nicht glauben, daß wir es nach fast einem Jahr endlich geschafft haben, deine und meine Termine unter einen Hut zu bringen und einmal länger als nur für ein Wochenende irgendwohin zu fahren.«
»Ich weiß allerdings nicht, ob ich zehn Tage mit dir durchhalte«, neckte sie ihn. »So wie du mir im Bett die Kraft raubst, schon am frühen Morgen ...«
Er lachte. »Ich werde dich auch wieder aufpäppeln, Liebling, verlaß dich drauf. Und jetzt schlaf noch ein bißchen. Wir haben viel Zeit. Wenn wir gegen zehn, elf losfahren, ist es noch

früh genug. Vor Einbruch der Dunkelheit sind wir allemal in Gstaad.«
Daniela überließ sich bereitwillig der wohligen Schwere, die sich nach dem Liebesakt stets bei ihr einstellte, und schlief in seinen Armen ein. Diesmal quälte sie kein Alptraum.

2

Von der kleinen Küche aus eroberte der von Christian frisch aufgebrühte Kaffee Daniela Sterns Dachwohnung, während im Wohnzimmer Barbra Streisands *Greatest Hits* vom CD-Player liefen und im Bad der Fön bei offener Tür mit monotoner Dissonanz dagegenhielt.
Daniela stand in schwarzen Strumpfhosen mit feinem Lilienmuster und einem schwarzen Spitzenbody mit hoch angeschnittenem Bein und eingearbeitetem BH vor dem Spiegel. Dieser nahm die ganze Fläche über der Waschkommode bis zur Decke ein und war wie ein kostbares Gemälde von einem breiten Rahmen eingefaßt, nur bestand der nicht aus Holz, sondern aus schwarzgrauem Marmor.
Der warme Luftstrom des Föns wirbelte ihre rotblonden Haare durcheinander, mit denen sie als junges Mädchen so unglücklich gewesen war. Dabei besaßen sie wirklich nur einen sehr dezenten Stich ins Rötliche. Es hatte dennoch lange gedauert, über die Pubertät hinaus, bis sie ihr Haar so angenommen hatte, wie es war. Jetzt, mit Siebenunddreißig und als erfolgreiche Geschäftsfrau, war sie längst stolz auf ihre ungewöhnliche Haarfarbe, und die Sommersprossen um Nase und Augen gehörten ebenso zu ihrer Persönlichkeit wie ihre prägnante Nase und ihr Mund, den Mutter Natur schon ein

wenig kleiner hätte ausfallen lassen können, wie sie manchmal in sehr selbstkritischen Momenten meinte. Aber sie beklagte sich nicht wirklich, war sie doch mit schönen Zähnen, aparten Gesichtszügen, einer reinen, straffen Haut und ausdrucksstarken blauen Augen gesegnet – und mit einer schlanken, wohlproportionierten Figur, die sie hinsichtlich der Kleidung nie vor Probleme gestellt hatte, ganz gleich, wieviel Geld sie dafür hatte ausgeben können. Jeans, Leggins und T-Shirts standen ihr genauso gut zu Gesicht wie klassische Kostüme, Etuikleider und extravagante Abendgarderoben mit tiefem Dekolleté.

Sie stellte den Fön ab. »Chris? Spielst du das letzte Lied bitte noch einmal?«

»Welches Lied?« kam seine Stimme aus dem Wohnzimmer, begleitet von Geschirrklappern. Er deckte gerade den Frühstückstisch.

»›*My Heart Belongs to Me*‹!« rief sie ihm den Titel zu.

Im nächsten Augenblick stand er in der Tür zum Badezimmer. Sie lächelte ihn im Spiegel an. Er war nicht nur ein begabter und erfolgreicher Sylter Maler, sondern zudem auch noch ein sehr attraktiver Mann. An diesem Morgen trug er sandbraune Cordhosen und einen beigen Pullover, der ihm gut stand, obwohl er ihm eine Nummer zu weit war. Sein dunkelblondes, gelocktes Haar hatte er wie immer sehr nachlässig gekämmt. Auf seinem markanten Gesicht mit der energischen Kinnpartie lag ein belustigtes Lächeln, während in seinen kastanienbraunen Augen unverhohlene Zärtlichkeit stand.

»To *me?*« Er hob die Brauen und schüttelte den Kopf. »Du mußt dich im Pronomen geirrt haben, Schatz. Sicherlich hast du gemeint ›My heart belongs to *you*‹, nicht wahr?« Er trat hinter sie und schlang seine Arme um ihre Taille.

»Nein, nein, du hast richtig gehört. Barbra Streisand weiß schon, was sie singt und warum. Also sei so lieb und geh mit der Skip-Taste zurück. Ich glaube, es ist Song Nummer drei.«

»Spricht jetzt der Studioboß zu mir?« fragte er und ließ seine Hände über ihren Bodysuit abwärts wandern. Seine Fingerspitzen fuhren über das weiche Kissen ihrer Schamhaare, das den dünnen Stoff wölbte. Dabei küßte er sie auf den Hals.

Daniela seufzte. »Bitte tu das nicht, sonst werde ich heute gar nicht mehr fertig!«

»Was kann ich dafür, daß du so verführerisch riechst und dich so wunderbar anfühlst?« verteidigte er sich. »Wie soll ein Mann, sofern er nicht ganz aus Holz ist, diesem Lockruf der Natur widerstehen?«

»Indem er Selbstbeherrschung übt, mein Herr!« entgegnete sie und schlug ihm mit der Rundbürste spielerisch auf die Hand, die sich auf ihre linke Brust gelegt hatte. »Und nun mach, daß du aus dem Bad kommst!«

»Mein Gott, die Eier!« rief er plötzlich und gab sie frei. »Sie sind bestimmt schon steinhart!« Er hastete aus dem Badezimmer.

»Dann koch uns nur ja gleich zwei neue!« rief Daniela ihm lachend nach. »Die harten Eier können wir auf der Fahrt essen.«

Sie sprühte sich ein wenig Festiger aufs Haar, das ihr bis über die Ohren reichte, und legte etwas Rouge auf, um ihrer winterlichen Blässe entgegenzuwirken, während ihre Lippen nur einen Hauch von Gloss benötigten, besaßen sie doch von Natur aus eine reizvolle Tönung.

Das rauchgraue Strickkleid aus Kaschmir, das sie auf Sylt in der Boutique in Westerland so sehr bewundert und dann von Christian zu Weihnachten geschenkt bekommen hatte, lag schon auf dem Bett bereit. Sie liebte dieses Kleid mit dem schlichten V-Ausschnitt und der Knopfleiste mit den fünfmarkstückgroßen muschelweißen Perlmuttknöpfen im Rükken. Zusammen mit ihrer doppelreihigen Perlenkette, dem breiten, schwarzen Lackgürtel und den dazu passenden schwarzen Schuhen, fühlte sie sich darin allem gewachsen. Es war ein ebenso ideales Kleid für die Reise als auch für die Firma. Eine kleine Veränderung an den Accessoires, und schon bekam es einen neuen Charakter.

»Kaffee und Eier sind fertig, und das Baguette von gestern ist auch schon aufgebacken«, rief Christian, und durch den Rundbogen, der das Schlafzimmer mit dem Wohnzimmer verband und mit einem lindgrünen Vorhang verschlossen werden konnte, sah Daniela, wie er eine übertriebene Geste der Einladung in Richtung des kleinen Eßtisches machte, der liebevoll gedeckt vor der doppelflügligen Terrassentür stand.

»Wenn ich also bitten darf, Mylady?«

»Sofort, Maître. Ich muß nur noch ins Kleid schlüpfen und dich bitten, mir die Knöpfe im Rücken zu schließen.«

»Sie sind an diesem Tisch auch in Ihrer derzeitigen Aufmachung herzlich willkommen, Madame«, entgegnete er scherzhaft und kam zu ihr hinüber. »Einmal ganz davon abgesehen, daß ich dir lieber beim Ausziehen als beim Anziehen helfe.«

»Das glaube ich dir gern, du Nimmersatt!« sagte sie lachend und strahlte ihn an.

Gerade wollte Daniela das Kleid vom Bett nehmen, als das Telefon auf dem Acryltisch neben der beigen Wohnzimmercouch mit den vielen pastellfarbenen Kissen klingelte. Sie hatte am gestrigen Abend den Anrufbeantworter eingeschaltet, der nun nach dem ersten Klingelzeichen ansprang.

Unwillkürlich machte Daniela zwei rasche Schritte auf das Telefon zu, doch Christian hielt sie im Rundbogen zurück.

»Tu es nicht«, bat er sie, mit ihrer Arbeitswut und beruflichen Hektik nur allzugut vertraut. »Wer weiß, wer das ist.« Sie schaute auf ihre Armbanduhr. »Es ist zwanzig vor neun,

Christian! Von meinen Freundinnen würde so früh keine anrufen. Jedenfalls nicht hier zu Hause. Es kann eigentlich nur das Studio sein«, erwiderte sie und fragte sich automatisch, wer von ihren Angestellten es wohl sein mochte und worum es ging.

»Es ist doch ganz gleichgültig, wer es ist«, sagte er etwas ungehalten. »Offiziell bist du seit dem Wochenende im Urlaub und somit seit zwei Tagen gar nicht mehr zu Hause. Du hast doch gestern abend extra deinen Anrufbeantworter eingeschaltet, damit du nicht schon wieder mit allem möglichen Kram belästigt wirst.«

Ihr Blick blieb auf die rote Digitalanzeige des Anrufbeantworters gerichtet. *rc* leuchtete im Displayfenster auf, was bedeutete, daß das Gerät gerade eine Nachricht aufzeichnete.

Es schien sich um eine ziemlich lange Mitteilung zu handeln, denn das Symbol für Aufnahme war noch immer nicht verlöscht. »Ja, schon, aber ...«

Er fiel ihr ins Wort. »Vergiß den Anrufbeantworter, und laß uns frühstücken, Liebling. Ich habe einen Mordshunger. Und zu spät sollten wir nun auch nicht losfahren.« »Du hast selbst gesagt, daß wir uns mindestens bis zehn Zeit lassen können. Ich glaube, ich höre mir doch besser mal an, was da auf dem Band ist. Vielleicht ist es ja wichtig«, sagte sie. »Wer am Montagmorgen um zwanzig vor neun bei mir zu Hause anruft, wird bestimmt gute Gründe dafür haben.«

»So wie du gute Gründe hast, das Band *nicht* abzuhören und dich einmal *nicht* um dein Tonstudio zu kümmern!« erwiderte er energisch. »Du hast mir selbst gesagt, daß gute Leute bei dir in den STARDUST STUDIOS arbeiten. Also gib ihnen auch die Gelegenheit, dir zu beweisen, daß sie dein Vertrauen zu Recht verdienen und für zehn Tage alle Probleme allein bewältigen können.«

»Ja, das werde ich auch«, versicherte sie. »Aber ich möchte

doch wissen, was das für eine Nachricht war. Vielleicht ist sie ja wirklich belanglos.«

Er verzog das Gesicht zu einer Grimasse und sagte resignierend: »Wie du meinst. Aber wenn es um deine Firma geht, ist doch nichts belanglos.«

Daniela ersparte sich eine Entgegnung, ging zum Anrufbeantworter und drückte die Wiedergabetaste. Das Band lief zum Beginn der Aufzeichnung zurück, der Recorder schaltete auf *Play* um, und nach dem Signalton drang die rauhe Stimme ihres stellvertretenden Geschäftsführers Oliver Lück durch den lichten Raum, der mit aprikosenfarbenem Teppichboden ausgelegt war.

»Hallo, Danny, ich bin's, Oliver. Hoffentlich erwische ich Sie noch zu Hause. Für den Fall, daß Sie schon in Gstaad auf den Brettern stehen, werde ich es nachher bei Ihnen im Hotel versuchen. Ich weiß bloß nicht, wo Marianne Ihre dortige Telefonnummer hingelegt hat. Na ja, sie wird ja spätestens in einer halben Stunde eintrudeln . . .«

»Komm zur Sache, Oliver!« sagte Daniela ungeduldig.

»Aber vielleicht haben Sie die den Kasten ja auch laufen, obwohl Sie noch in der Wohnung sind. Also wenn Sie mithören, wäre es besser, Sie würden jetzt abnehmen und sich in meinen Monolog einklinken, Danny. Dieses Blaßgesicht von der Versicherung, dieser unsägliche Egon Donner oder Dommers, ich vergeß seinen Namen fast so schnell wie sein Gesicht, hat mich nämlich gerade angerufen. Der Kerl hat einen echten Knaller losgelassen. Es scheint, als stünde uns eine Menge Ärger ins Haus. Die Kacke ist ganz schön am Dampfen, wenn es wirklich so kommt, wie er mir gesagt hat. Entschuldigen Sie den unfeinen Ausdruck, aber ich glaube, das trifft die Sache ziemlich genau, denn die Absahner von der Versicherung wollen den Versicherungsschaden vom Rosenmontag nicht bezahlen, stellen Sie sich das mal vor . . .«

Daniela wurde ganz weiß. »Nein!« stieß sie mit ungläubiger Bestürzung aus.
Christian, der Kaffee in ihre Tassen gegossen hatte, setzte die Kanne ab und machte eine betroffene, sorgenvolle Miene.
»Und ich gehe jede Wette ein, daß sich die Erbsenzähler von der Bank auch heute morgen noch bei uns melden werden«, fuhr Oliver Lück mit der ihm eigenen schnoddrigen Redeweise fort. »Denn denen hat Egon der Blasse die Entscheidung seiner Versicherung schon per Fax in ihre Chefetage aus Edelholz geschickt, wie er nicht versäumt hat, mir zu sagen. Also melden Sie sich bloß. Denn die Schose ist ein paar Nummern zu groß, als daß ich sie allein über die Bühne bringen könnte und wollte. Tja, das wär's dann. Denke, das reicht für 'nen Montagmorgen!«
Es klickte, als Oliver Lück auf legte, und der Anrufbeantworter ging wieder in Aufnahmebereitschaft.
Die Blässe von Danielas Gesicht erschreckte Christian. Er war sofort bei ihr. »Es ist bestimmt bloß halb so schlimm, wie es im Augenblick klingt«, versuchte er sie zu beruhigen.
»Halb so schlimm?« stieß sie aus. »Mein Gott, bei diesem Schaden geht es um fast vierhunderttausend Mark!«
»Du weißt doch, wie das mit den Versicherungen ist. Mit ihren vollmundigen Versprechungen, was sie alles leisten, und den Prämienerhöhungen sind sie schnell bei der Hand, aber wenn es ans Zahlen geht, winden sie sich erst einmal und versuchen einem die Ansprüche zu beschneiden. Doch da die Sachlage ja ganz eindeutig ist, wird ihnen nichts anderes übrigbleiben, als zu zahlen. Am besten rufst du Lück an und sagst ihm, er soll gar nichts unternehmen, bis du zurück bist.«
»Bis ich zurück bin?« wiederholte sie verständnislos. »Du glaubst doch nicht im Ernst, daß ich mich jetzt mit dir an den Frühstückstisch setzen und danach in aller Gemütsruhe in den Urlaub fahren kann!«

»Es ist doch nur für zehn Tage, Daniela! Und das mit der Versicherung ist ja keine Terminsache, oder?« hielt er ihr vor.
»Nein, es geht dabei nur um fast vierhunderttausend Mark!« antwortete sie gereizt. »Wie kannst du erwarten, daß ich das für die nächsten zehn Tage einfach so aus meinen Gedanken verbanne? Wenn die Versicherung tatsächlich einen Dreh gefunden hat, wie sie sich vor der Zahlung drücken kann, dann stecken die STARDUST STUDIOS und damit ich in verdammt großen Schwierigkeiten!«
»Die scheint es in deiner Branche täglich, ja fast stündlich zu geben«, brummte er vor sich hin und dachte an die vielen Pläne für gemeinsame Unternehmungen, die noch jedesmal geplatzt waren, weil ihr geschäftlich irgend etwas dazwischengekommen war.
»Ich arbeite mit Menschen, Christian, und nicht mit Leinwand und Ölfarben in einem stillen Atelier auf einer kleinen Insel!« gab sie nicht ohne Schärfe zurück. »Und bevor ich auch nur eine Mark an Gewinn mache, muß ich Hunderttausende in technisches Gerät investieren und jeden Monat pünktlich die Gehälter meiner Mitarbeiter überweisen! Von den Bankverpflichtungen mal ganz abgesehen!«
Er hob die Hände in einer Geste der Abwehr. »Schon gut. Ich weiß, ich versteh nicht viel vom Big Busineß.«
»Big Busineß!« Sie lachte kurz und ärgerlich auf und fuhr in ihr Kleid. »Hätte ich mein Geld damals angelegt, stünde ich heute mit dem Erlös aus festverzinslichen Papieren bestimmt besser da.«
»Warum verkaufst du dann die STARDUST STUDIOS nicht?«
Sie warf ihm einen geradezu empörten Blick zu. »Und warum hörst du nicht auf zu malen?«
»Okay, so bitterböse, wie du mich jetzt anblickst, habe ich es ja nicht gemeint«, sagte Christian schnell, denn er begriff, daß er einen Schritt zu weit gegangen war und etwas angerührt

hatte, wo Daniela sehr empfindlich reagierte. Es bedrückte ihn, daß ihre zärtliche Stimmung wieder einmal jäh in Streit umgeschlagen war.
Daniela schaltete den Anrufbeantworter aus und wählte die Nummer ihres Tonstudios. Daß Christian ihr die Knöpfe auf dem Rücken schloß, merkte sie gar nicht. Unruhig wartete sie, daß am anderen Ende abgehoben wurde. Als das geschah, hatte sie sofort Oliver Lück am Apparat.
»Worum geht es? Was hat Egon *Lommers* genau gesagt?« kam sie sofort und ohne Umschweife zur Sache.
Oliver Lück war jedoch kein Mann der kurzen Wege, schon gar nicht im Gespräch. Statt Probleme direkt anzugehen, zog er es vor, sie einzukreisen – und dabei fing er mit dem größtmöglichen Kreis an, wie Charley, ihr bester Toningenieur, einmal so treffend gesagt hatte. Und Oliver Lück machte auch an diesem Morgen keine Ausnahme von seinem Prinzip.
»Sie sind also noch zu Hause und haben meinen Anruf mitgehört, ja? Gott sei Dank. Da fällt mir echt ein Stein vom Herzen. Mann, ich war ganz schön geplättet, als dieser Prämienheini mich vorhin angerufen hat. Ich dachte erst, er wollte mich veralbern. Aber der war so cool am Telefon wie 'ne fette Schweinebacke frisch aus dem Gefrierschrank. Ich habe schon befürchtet, ich müßte Sie ...«
»Oliver!« fuhr sie ihm scharf ins Wort. »Sparen Sie sich Ihre verbalen Ornamente, und kommen Sie endlich zur Sache! *Was hat Egon Lommers gesagt? Und warum will die Versicherung nicht zahlen?*«
Sie hörte, wie sich Oliver eine Zigarette anzündete. Dann antwortete er: »Sie wollen uns 'nen Versicherungsbetrug anhängen, Danny.«
»Wie bitte? Versicherungsbetrug?« echote Daniela fassungslos. »Das ist doch absoluter Blödsinn!«

»Klar, habe ich ihm auch gesagt. Aber er klang nicht so, als übte er gerade eine Passage für seine nächste Büttenrede. Ich glaube, die wollen uns tatsächlich an die Eier!«

»Da sind sie bei mir aber an die falsche Adresse geraten, Oliver, und das nicht nur im buchstäblichen Sinne!« stieß Daniela zornig aus. »In einer halben Stunde bin ich da. Dann sehen wir weiter.«

»In Ordnung, Chefin.«

Daniela legte auf.

Christian saß am Frühstückstisch und trank seinen Kaffee schwarz. »Du fährst also in die Firma«, stellte er fest.

»Ja, ich muß. Die Versicherung will uns Versicherungsbetrug anhängen. Dagegen muß ich sofort etwas unternehmen. Oliver hat ganz recht, die Bank wird sich auch noch heute bei mir melden. Ich habe also voraussichtlich eine Menge am Hals, und ich weiß nicht, wie lange es dauert, um die Angelegenheit zu klären.«

Er zog die Brauen hoch. »Was heißen soll?«

»Daß du besser nicht auf mich wartest, Christian«, sagte sie. »Fahr schon vor. Ich komme, so schnell es geht, mit der Bahn nach.«

»Ich kann auch hier warten.«

»Nein. Zu wissen, daß du hier auf mich in der Wohnung wartest, würde mich ganz nervös und kribblig machen.«

»Warum sagen wir unseren Urlaub nicht gleich ab? Dann gäbe es keinen Grund mehr, nervös und kribblig zu sein.«

»Sei doch nicht so böse, Liebster. Ich verspreche dir, daß ich mich beeilen werde.« Sie lief ins Schlafzimmer, um ihre Schuhe aus dem Schrank zu holen. »Und du kannst die Zeit in Gstaad nutzen, dich mit deinem alten Jugendfreund zu treffen, den du doch unbedingt besuchen wolltest.«

»Ich wollte die Tage in erster Linie mit *dir* verbringen, Daniela.«

Sie schlüpfte in die Schuhe und legte sich den schwarzen Lackgürtel um die Taille. Dann eilte sie zu ihm ins Wohnzimmer zurück. »Das wirst du auch, nur etwas später als geplant. Morgen, spätestens übermorgen komme ich nach, das verspreche ich dir«, tröstete sie ihn und sah ihn mit ihren blauen Augen um Verständnis bittend an.
Er gab einen Stoßseufzer von sich und stand auf, um ihr in den Trenchcoat zu helfen. »Also gut, du hast gewonnen, ich fahre vor. Doch spätestens übermorgen abend hole ich dich in Gstaad vom Bahnhof ab.«
»Ja, gut, einverstanden. Aber jetzt muß ich los!« Sie schlang ihre Arme um seinen Hals und küßte ihn. Dieser Kuß fiel allerdings nicht so lange und so leidenschaftlich aus, wie er es sich gewünscht hätte. Er wußte auch, warum dem so war. Körperlich mochte sie noch bei ihm sein, doch mit ihren Gedanken befand sie sich schon längst woanders.
Er brachte sie zur Tür. Sie hatte es so eilig, daß sie sogar darauf verzichtete, auf den Fahrstuhl zu warten. Er hörte sie das Treppenhaus hinunterhasten. Das schnell leiser werdende Stakkato ihrer Absätze deprimierte ihn, erschien es ihm doch irgendwie symbolisch für ihre Beziehung.

3

Für wen hält mich dieser Wichtigtuer überhaupt? Für einen drittklassigen Talente-Scout, der auf der Suche nach einer zukünftigen Nummer 97 des europäischen Schlager-Grand-Prix über die Dörfer tingelt?«
Alan Byrd hieb wütend auf die Bedienungstasten des Kassettenrecorders seiner Multi-Media-Anlage, für deren Preis man

schon einen ordentlichen Mittelklassewagen aus dem Land der aufgehenden Sonne bekommen hätte. Er riß die Demo-Kassette, die seinen Wutausbruch ausgelöst hatte, aus dem lautlos hervorgleitenden Recorderwagen, schwang in seinem ledernen weißen Chefsessel zu seinem modernen L-förmigen Designerschreibtisch herum und schleuderte das Band in den Papierkorb.

»*Stupid Bastard!*«

Die Tür zu seinem Büro, das sich in der obersten Direktoren-Etage der Plattenfirma GoldCoast Records in einem Kölner Hochhaus befand und jeden Besucher unter anderem mit einer zehn Meter langen Fensterfront beeindruckte, ging auf, und eine vollschlanke, brünette Frau in den Fünfzigern trat in das Zimmer. Es war Doris Maier, seine Sekretärin, die eine unübersehbare Vorliebe für weiße Rüschenblusen mit großen Kragenschleifen besaß.

»Welche Laus ist Ihnen denn nun schon wieder über die Leber gelaufen, Herr Byrd?« fragte sie, vorwurfsvoll in Blick und Tonfall. Ihr neuer Chef hatte sie zwar schon mehrmals gebeten, ihn nur mit seinem Vornamen anzureden, wie das wohl in Kalifornien, wo die Zentrale von GoldCoast Records angesiedelt war und wo Alan Byrd herkam, und auch sonst überall in den Staaten üblich war, doch sie hielt das für eine amerikanische Unsitte und dachte nicht daran, sie zu übernehmen, nur weil sie für eine amerikanische Firma arbeitete. Dies war immerhin Köln und nicht Los Angeles, und ein wenig Distanz und Respekt hatte noch keinem geschadet.

»Laus? Peter Kreuter kann man kaum eine Laus nennen. Ochse oder Rhinozeros treffen ihn da schon viel besser«, schimpfte Alan Byrd und griff nach seinen Mentholzigaretten.

Doris Maier machte ein pikiertes Gesicht. »Aber Herr Byrd! Sie können doch nicht so ... beleidigend über unseren Product-Manager sprechen!« tadelte sie ihn.

Die Packung war leer. Er knüllte sie zusammen, warf sie in den Papierkorb und holte dabei das Demo-Band heraus. »Und ob ich das kann, Doris! Die Zentrale hat mich nicht hierhergeschickt, damit ich mir den Hintern in diesem feudalen Büro platt sitze und mir die ersten Tastversuche von milchbärtigen Hinterhofrockern anhöre, die sich für einen zweiten Bruce Springsteen oder eine bessere Ausgabe von Madonna halten. Unser überaus geschätzter Product-Manager schickt mir aber laufend solchen Schrott und erwartet, das ich mir das auch anhöre. Heute morgen haben ich von ihm diesen Mist mit einem seiner Memos auf den Tisch bekommen. Hier!« Er warf ihr die Kassette zu, die sie reflexartig auf fing. »Hören Sie sich das Band an. Wenn Sie es schaffen, bis zum zweiten Song zu kommen, lade ich Sie ganz groß im DOM-HOTEL zum Essen ein.«
»Ich bin nun wirklich die falsche Adresse für Rockmusik, Herr Byrd!« wehrte sie ab.
Ein sarkastisches Lächeln trat auf sein Gesicht. »Keine Sorge. Der Bursche, der sich da auf dem Band abquält, soll die Nachfolge von Howard Carpendale antreten – wenn ich das Memo von Peter Kreuter richtig verstanden habe. Doch ich glaube nicht, daß wir genug Masochisten dazu bringen können, nicht nur Platten von ihm zu kaufen, sondern sie sich auch noch zu Gemüte zu führen.«
»Sie lassen aber wirklich kein gutes Haar an Herrn Kreuter«, sagte sie fast unglücklich.
»Vielleicht tue ich ihm Unrecht. Möglicherweise ist ihm sehr wohl klar, was für ein Müll das ist, den er mir da auf den Tisch gelegt hat. Ja, so tief danebengreifen kann man gar nicht. Es steckt Absicht dahinter. Und das kann nur bedeuten, daß er plant, ein neues Label auf den Markt zu bringen: *Maso-Musik*. Oder fänden Sie *Abart-Pop* besser?«
Sie schüttelte den Kopf und machte eine Miene, als verzweifelte

sie. »Seien Sie doch nicht so geschmacklos und zynisch, Herr Byrd!« bat sie ihn. »Irgendwie paßt das so gar nicht zu Ihnen!«
»Hören Sie ins Band rein, und dann sprechen wir uns wieder. Aber vorher seien Sie bitte so nett und holen mir eine Schachtel Zigaretten aus dem Automaten, ja?«
»Sie sollten weniger rauchen!«
»Erinnern Sie mich daran, daß das zum nächsten Silvester wieder auf die Liste meiner ewigen guten Vorsätze kommt, Doris«, sagte er mit einem jungenhaften Grinsen.
Seufzend verließ sie das Zimmer.
Alan Byrd saß einen Moment unschlüssig am Schreibtisch. Dann griff er zum Telefonhörer und wählte Peter Kreuters Nummer. Besser, er brachte es gleich hinter sich, statt die Sache vor sich herzuschieben.
Dessen Sekretärin stellte ihn sofort durch. »Oh, Sie sind es, Alan. Ich habe nicht damit gerechnet, daß Sie sich schon so schnell melden«, sagte Peter Kreuter in seiner betont munteren Art, die Alan schon ein Graus war. »Aber es freut mich natürlich. Ich nehme an, Sie haben sich das Demo-Band von Billy Cane angehört? Wie finden Sie ihn?«
»Seine Musik ist genau das Richtige, um eine neue Arbeitswoche zu beginnen«, sagte Alan sarkastisch und fügte in Gedanken hinzu: Denn schlimmer kann es danach gar nicht mehr kommen.
»So? Ja? Sie finden ihn also auch vielversprechend?« Peter Kreuter klang erfreut.
»Zumindest hat er mich munter gemacht und meinen Adrenalinspiegel um einiges ansteigen lassen, Peter.«
»Oh, das klingt jetzt aber mehr nach Vorbehalten.«
»Ja, so könnte man es auch nennen.« Seine Sekretärin erschien in der Tür. Er winkte sie zu sich, nahm die Zigaretten mit einem Nicken entgegen und dankte ihr mit einem Lächeln. »Meine Begeisterung hält sich in sehr bescheidenen Grenzen.«

Kreuter? formte sie stumm den Namen des Product-Managers.
Alan nickte, während sein Gesprächspartner am anderen Ende nach einer kurzen Pause ein sehr reserviertes »So? Na ja ...« von sich gab.
»Aber was ich von diesem Billy Cane halte, ist eigentlich auch völlig ohne Belang, Peter. Gut möglich, daß Sie das bessere Feeling haben. Und wenn Sie meinen, aus ihm könnte man etwas machen, sollten Sie ihn im Auge behalten«, schwenkte Alan Byrd nun auf die sanfte, diplomatische Tour um, was ihm einige Mühe bereitete, denn er hielt nicht viel von Peter Kreuter. Aber auch wenn er von der Zentrale mit besonderen Aufgaben und besonderen Vollmachten in die deutsche Tochterfirma entsandt worden war, war es nicht ratsam, sich schon in den ersten Wochen Feinde im Haus zu schaffen. Er hatte auch so bereits gegen genug Hindernisse anzukämpfen, denn keine Tochterfirma liebt es, wenn man ihr aus dem Mutterhaus einen »Ausputzer« ins Nest setzte, damit dieser das Schiff wieder auf Kurs brachte. Denn damit attestierte man den Verantwortlichen, daß sie es aus eigener Kraft nicht geschafft hatten und daß man in Los Angeles davon überzeugt war, daß sie es auch in Zukunft nicht schaffen würden.
»Hm, ja ...« Peter Kreuters Stimme hatte noch immer einen beleidigten Tonfall.
»Vielleicht sollten Sie ihm sogar einen Vorvertrag geben und ihn somit erst einmal für GoldCoast Records parken, bis Sie wissen, ob er für eine Produktion taugt. Sie werden es schon machen, Peter, mit Ihrer Erfahrung«, schmeichelte Alan ihm, und es kostete ihn große Überwindung.
Aber er hatte einen wichtigen Job zu erledigen und mußte sich dafür den Rücken freihalten. Und ein Mann wie Peter Kreuter war in diesem Dschungel innerbetrieblicher Intrigen für jeden Dolchstoß aus dem Hinterhalt gut ...

Doris Maier lächelte erleichtert, daß sich ihr neuer Chef so moderat gab. Wenn sie einmal von einigen seiner amerikanischen Unsitten absah, war er eigentlich ein sehr angenehmer Vorgesetzter, wie sie freimütig zugeben mußte. Er war weder launisch noch ungerecht und wußte genau, was er wollte und was nicht. Er verstand sein Geschäft, kein Zweifel. Deshalb hatte man ihn wohl auch geschickt und weil er ein ausgezeichnetes, fast akzentfreies Deutsch sprach. Zudem stellte er rein äußerlich etwas dar.
Alan Byrd, laut Personalbogen in Washington geboren und gerade achtunddreißig Jahre alt geworden, besaß die schlanke Figur eines Dressmans und eine Vorliebe für elegante italienische Mode. Die Zusammenstellung seiner Anzüge, Hemden und Krawatten hatte stets eine ganz besondere Note, die Eleganz mit einer Lässigkeit kombinierte, wie sie nur wenigen gelang. Sein Gesicht hatte mit der hohen Stirn und der geraden Nase klassische Züge. Unter dichten Brauen, die so glatt und schwarz waren wie sein kurzgeschnittenes Haar, lagen tiefgründige, wachsame Augen. Ein kleines Grübchen fand sich in der Mitte seines Kinns.
Doris Maier nickte ihm noch einmal wie aufmunternd zu und kehrte beruhigt in ihr Vorzimmer zurück.
»Daran habe ich auch schon gedacht, Alan«, sagte Peter Kreuter mit versöhnlicher Stimme. »Wie ich die Szene im Augenblick beurteile . . .«
Alan Byrd interessierte es nicht im geringsten, wie Peter Kreuter die Szene beurteilte, denn wenn er mit seinen bisherigen Einschätzungen und dementsprechenden Einkäufen richtig gelegen hätte, wäre er, Alan, nicht nach Köln abkommandiert worden. Aber er ließ ihn reden und hörte zu. Dabei riß er die Packung auf, steckte sich eine Zigarette an und begnügte sich mit einsilbigen Kommentaren, die alles und nichts bedeuten konnten.

Endlich kam Kreuter zum Schluß, und nun sagte Alan: »Sie können mir einen Gefallen tun, Peter.«
»Nur heraus damit. Wenn es in meiner Macht steht, tue ich es gerne.«
»Schicken Sie mir zukünftig doch bitte keine weiteren Demos von talentierten Nachwuchskünstlern. Es ehrt mich ja, daß Sie an meinem Urteil interessiert sind, aber die Förderung neuer Künstler fällt nicht in den Aufgabenbereich, mit dem man mich in Los Angeles betraut hat«, sagte er so taktvoll wie eben möglich. »Mein Job ist es, unserem europäischen Pop-Programm einen gehörigen Push zu geben, der Konkurrenz ein paar große Namen abzujagen und GoldCoast Records wieder attraktiv für namhafte Künstler zu machen. Damit bin ich wirklich ausgelastet genug, als daß ich mich noch auf das schwierige Feld des Nachwuchs-Scouting begeben könnte. Ich wäre Ihnen deshalb dankbar, wenn Sie mir den Tisch von solchen Sachen freihalten würden.«
»Natürlich, ich verstehe, Alan. Aber falls mir ein wirklicher Hammer unterkommt ...«
Alan verzog das Gesicht und stöhnte stumm auf. »Sicher, dann lassen Sie es mich wissen, Peter. Oh, ich muß Schluß machen. Ich habe ein Überseegespräch auf der anderen Leitung«, log er. »Ja, wir sehen uns. Bis dann.« Erleichtert und in der Hoffnung, zukünftig von Peter Kreuters wüsten Entdeckungen verschont zu werden, legte er auf.
Eine halbe Stunde später meldete sich Doris auf der Gegensprechanlage. »Herr Byrd?«
Er drückte die Sprechtaste. »Ja, Doris? Was gibt es?«
»Hier ist eine Vanessa Chesterfield, die Sie unbedingt sprechen ...« Sie brach mitten im Satz ab und rief ungläubig und empört: »Halt, warten Sie! Sie können doch nicht einfach ...«
Alan wußte sehr wohl, was Vanessa alles konnte, wenn sie es sich in den Kopf gesetzt hatte. Die Tür flog im nächsten

Moment auf, und seine Freundin rauschte mit wehendem Pelzcape ins Zimmer, als hätte sie diesen Auftritt unzählige Male geübt. Aber für ein routiniertes Fotomodell wie sie war solch eine Inszenierung vor kleinem, ausgewähltem Publikum keine große Affäre. Das beherrschte sie aus dem Handgelenk, an dem Goldarmbänder klirrten. Unter dem Cape trug sie einen hautengen Hosenanzug aus schwarzer Seide, der mit goldenen Stickereien verziert war. Für diese Jahreszeit war der Hosenanzug viel zu dünn, brachte aber ihre traumhafte Figur sehr nachdrücklich zur Geltung, und allein das zählte. Ihre langen blonden Haare, ganz auf Löwenmähne gestylt, bildeten einen phantastischen Kontrast zum Schwarz ihres Outfits, dem warmen Braun ihrer Haut und dem Lagunengrün ihrer Augen. Sie war zweifellos eine Schönheit, und zusammen mit ihrem Talent, sich vor der Kamera zu bewegen und sich ganz nach Bedarf ihrer Auftraggeber in einen Vamp oder die verlockende Unschuld zu verwandeln, hatte sie diese Schönheit zu einer erfolgreich sprudelnden Geldquelle gemacht – ohne jemals darauf angewiesen zu sein.

»Hallo, Darling!« rief sie mit einem strahlenden Lächeln, das Alan sofort ein ungutes Gefühl gab. Oft genug hatte er erfahren, daß ein solches Strahlen die getarnte Vorhut eines schweren Unwetters war.

Sie ließ das Cape mit einer sparsamen Bewegung, die zu erlernen eine weniger talentierte Frau wochenlang zur Verzweiflung gebracht hätte, von ihren Schultern gleiten. Wortlos und mit der Selbstverständlichkeit einer Frau, die von Kindesbeinen an gewohnt war, bedient zu werden, drückte sie den Pelz der Sekretärin in die Hand, die ihr nachgeeilt war. »Entschuldige, daß ich so unangemeldet hereinplatze, aber ich verspreche dir, daß ich dich auch bestimmt nicht lange von deiner so wichtigen Arbeit abhalte, Darling. Ich bin wirklich gleich wieder weg.«

Alan kam hinter dem Schreibtisch hervor und gab Doris mit einem Nicken zu verstehen, daß mit diesem unangemeldeten, überfallartigen Besuch schon alles seine Richtigkeit habe.
Mit ärgerlicher Miene und dem Cape in den Händen, das Alan Byrd seiner Freundin im September in Los Angeles bei hochsommerlichen Temperaturen in einem winterlich klimatisierten Nobelgeschäft auf dem Rodeo Drive, der wohl teuersten Einkaufsstraße der ganzen Westküste, gekauft hatte, zog sie die Tür etwas schroff hinter sich zu.
»Du siehst hinreißend aus, Vanessa«, sagte Alan und wollte ihr einen Kuß geben, doch sie richtete es durch eine rasche Drehung des Kopfes so ein, daß er sich mit ihrer Wange begnügen mußte.
»Ja, findest du?« Sie strich sich über die Hüften und blickte ihn dabei von der Seite an, als bezweifelte sie seine Urteilskraft. Dann zuckte sie mit den Schultern, wie über eine Lappalie, über die es sich gar nicht nachzudenken lohnte, und sagte mit einem honigsüßen Lächeln: »Ich wäre auch zu Tode betrübt gewesen, wenn es dir nicht gefallen hätte. Es ist ein kleines Mitbringsel aus Paris. Irgendwie mußte ich mich ja trösten.«
»Ich konnte dich wirklich nicht begleiten, Vanessa, so sehr ich es auch bedauert habe. Das habe ich dir doch lang und breit erklärt.«
»Ja, ich erinnere mich dunkel. Du sagtest irgend etwas von einem Meeting, nicht wahr?«
Vanessa lächelte noch immer, und das war ein ganz böses Zeichen. Alan wurde immer mulmiger zumute. Er gab ihr Feuer, als sie ihre Handtasche von Hermès aufschnappen ließ und einem Krokoetui eine ihrer extrem langen und extrem dünnen Zigaretten entnahm.
»Komm, setz dich«, forderte er sie auf und wollte mit ihr zur Sitzgruppe aus perlgrauem Leder hinübergehen, über der als gerahmtes Poster die Marilyn-Monroe-Collage von Andy

Warhol hing. »Möchtest du ein Glas Schampus oder Kaffee oder vielleicht beides?«

»Ganz reizend von dir, Darling«, bedankte sie sich und legte den Kopf in den Nacken, um den Rauch fast senkrecht zur Decke zu blasen. »Aber so viel Zeit habe ich nicht mehr. In nicht ganz zwei Stunden geht mein Flieger, und mein Taxi wartet unten.«

»Was für ein Flieger?« fragte er verständnislos. »Ich denke, du bist heute morgen erst aus Paris gekommen?«

»Richtig, Darling«, sagte sie. »Aber ich mache diesmal nur einen kurzen Zwischenstopp in Cologne.«

»Und wo willst du jetzt hin?« fragte er, und plötzlich befiel ihn eine dunkle Ahnung. Wie eine Platte aus Blei drückte sie auf seine Brust.

»Nach L.A., Sweetheart«, flötete sie, und während das trügerische Lächeln auf ihrem makellos geschminkten Gesicht verharrte, trat ein harter Glanz in ihre Augen. »Und dort werde ich auch bleiben. Ich habe genug von Deutschland – und von dir. Affären kann ich auch in Kalifornien haben, und zwar bedeutend bequemer und amüsanter.«

Alan erblaßte. »Vanessa, das kannst du mir nicht antun!«

»Und ob ich das kann«, sagte sie leichthin. »Ich bin jetzt neunundzwanzig und es leid, solch ein Leben zu führen, Darling. Ich kannte mal einen Manager im Musikbusineß von L.A., der überaus aufmerksam und vielversprechend war, ich meine als Mann, mit dem man sich eine gemeinsame Zukunft vorstellen kann, nicht als Troubleshooter für die Firma und als Zauderer im Privatleben. Aber dieser Alan Byrd ist mir irgendwo zwischen den Staaten und Europa abhanden gekommen. Wie auch immer, du hast deine Chance gehabt, Darling. Jetzt werden die Karten neu gemischt.«

»Vanessa, du kannst mich doch nicht so zwischen Tür und Angel ...«, setzte er zu einem beschwörenden Protest an.

Doch sie fiel ihm kühl ins Wort. »Ich habe dir oft genug gesagt, daß ich dieses Leben als Schmetterling unter Schmetterlingen, die von Blume zu Blume flattern, für eine Zeitlang ganz amüsant finde. Aber ich habe dir auch gesagt, daß ich fest entschlossen bin, mit Dreißig verheiratet zu sein.«
»Himmel, wie kann eine Frau wie du bloß so eine unsinnige Torschlußpanik haben!«
»Das hat mit Torschlußpanik nicht das geringste zu tun, Alan, sondern mit festen Prinzipien und Vorstellungen, die man vom eigenen Leben hat«, erwiderte sie, ohne die Ruhe und ihr Lächeln zu verlieren. »Ich komme aus einer Familie, in der man nicht unbedingt eine Karriere machen muß, um sich zu beweisen. Ich bin eine geborene Chesterfield, falls du das vergessen haben solltest.«
»Wie könnte ich«, murmelte er und griff nervös zu seinen Mentholzigaretten.
»Die Chesterfields sind kein x-beliebiger Familienclan, sondern eine einflußreiche Dynastie«, fuhr sie fort. »Und ich habe die feste Absicht, daß eines Tages auch *meine* Kinder dasselbe mit demselben Stolz sagen werden!«
»Das verstehe ich ja, Vanessa. Aber müssen wir das denn jetzt übers Knie brechen und im Stehen zerreden?«
Ihr Lächeln wurde noch um eine Spur strahlender. »Nein, natürlich nicht, Darling. Wir werden gar nichts mehr zerreden, denn ich verlasse dich.«
Er sah sie nur an, unfähig zu einer Erwiderung. Daß sie es ernst meinte, wußte er. Deshalb unternahm er auch keinen Versuch mehr, sie umzustimmen.
»Der Schlüssel für die Wohnung, Sweetheart.« Sie hielt ihn mit spitzen Fingern und ließ ihn in die Brusttasche seiner Anzugjacke fallen.
»Du wirst mir verdammt fehlen, Vanessa«, brachte er nun mühsam heraus.

»Sollte dein Gefühl des Verlustes stark genug sein, weißt du ja, wo du mich findest, Darling«, erwiderte sie mit sanfter Stimme. »Aber das einzige Wiedersehensgeschenk, das ich dann von dir akzeptiere, ist ein Ehering. Und in dem Fall muß er noch nicht einmal einen Diamanten haben.«

»Das ist Erpressung, und das weißt du!«

Lächelnd schüttelte sie den Kopf. »Nein, es ist ein liebevolles und großzügiges Angebot, das du ebenso annehmen wie ausschlagen kannst«, widersprach sie, hauchte einen Kuß neben seine Wange in die Luft und rauschte so hoheitsvoll und selbstbewußt aus seinem Büro, wie sie hereingeschneit war.

Tief erschüttert sackte Alan in seinen ledernen Drehsessel mit der hohen Rückenlehne. Vanessa hatte wahrhaftig Ernst gemacht und ihn verlassen! Ohne jede Vorwarnung, zumindest ohne ausdrückliche. Sie flog nach Kalifornien zurück. Und damit zog sie einen brutalen Schlußstrich unter zwei Jahre, die er im großen und ganzen für zwei glückliche Jahre gehalten hatte.

Sollte er ihr zum Flugplatz nachfahren? Nein, das war Unsinn. Vanessa war keine Frau, die sich leicht umstimmen ließ. Wankelmut gehörte gewiß nicht zu ihren Eigenschaften. Sie hatte jedes Wort so gemeint, wie sie es gesagt hatte. Nur ein Ehering konnte sie mit ihm versöhnen. Aber er dachte gar nicht daran, sich von ihr erpressen zu lassen. Von keiner Frau! Auch nicht von Vanessa! Er wußte nur zu gut, was die Ehe aus einer ehemals glücklichen Beziehung machen konnte. Wer darauf scharf war und ohne den Trauschein nicht glücklich sein konnte, der sollte seinetwegen vor den Altar treten. Aber das alleinseligmachende Rezept war die Ehe bestimmt nicht. Schon gar nicht, wenn man dahin gedrängt wurde.

»Ich bin fest entschlossen, mit Dreißig verheiratet zu sein!« wiederholte er ihre Worte leise, und zu seiner Betroffenheit gesellte sich Zorn. Chesterfield! Na und? Ihre Familie ist um keinen Deut besser als die der Byrds! Der einzige Unterschied besteht doch bloß darin, daß meine Vorfahren vor hundert Jahren keine Gelegenheit gehabt haben, die Bewohner eines ganzen Tales auszubeuten und übers Ohr zu hauen, zum Teufel noch mal! Wütend machte er seine Zigarette aus und steckte sich sofort eine neue an. Grübelnd und tiefer getroffen, als er zuzugeben gewillt war, saß er an seinem Schreibtisch und vergaß Zeit und Arbeit.

4

Klassische Musik war das einzige, was Daniela ertragen konnte, wenn sie zur Hauptverkehrszeit durch Köln mußte, vorzugsweise Corelli, Albinoni, Vivaldi und Pachelbel. An diesem Montagmorgen vermochte aber noch nicht einmal der *Canon & Gigue in D-Dur* von Johann Pachelbel, sonst ein fast wundersames Allheilmittel gegen alle Arten von Streß und Anspannung, sie vor Magendrücken und erhöhtem Blutdruck zu bewahren.

Köln stand an diesem Morgen mal wieder kurz vor dem Verkehrskollaps, und das zähe Stop-and-go der Blechlawine, das mit Autofahren so viel zu tun hatte wie das mühsame Vorwärtskriechen einer Riesenschildkröte mit dem fliegenden Galopp eines dahinjagenden Pferdes, zerrte an ihren Nerven. Sie war eine gute und leidenschaftliche Autofahrerin, aber sie brauchte das Gefühl der Geschwindigkeit, wie sie es auch in vielen anderen Bereichen benötigte, um mit sich und ihrem Leben zufrieden zu sein. Es mußte vorangehen. Stagnation war Stillstand. Christian hatte ihr mal das Buch *Die Entdeckung der Langsamkeit* von Sten Nadolny geschenkt, ein literarischer Wink mit dem ganzen Zaun, spielte er damit doch auf ihren Drang an, immer irgendwie in Aktion zu sein. Ihm zuliebe hatte sie das Buch sogar gelesen. Die Hauptfigur war ihr jedoch fremd geblieben, und sie hatte in dem Buch auch nichts gefunden, was nur im entferntesten von Relevanz für ihr eigenes Leben gewesen wäre.

Sie gab einen Stoßseufzer von sich, der einer Verwünschung nicht unähnlich klang, als sie endlich aus dem dichten Berufsverkehr ausscheren konnte, der sich über die Innere-Kanal-Straße quälte. Kurz vor der Universität folgte sie der Dürener Straße stadtauswärts. Wenig später bog sie ab, gelangte in eine ruhige Seitenstraße und lenkte hundert Meter weiter ihr weißes Escort Cabrio durch die Toreinfahrt, die in einen großen Hinterhof führte.

Daniela stellte ihren Wagen neben die vier anderen Autos, die schon vor dem langen, anderthalbstöckigen Backsteingebäude parkten, in dem die STARDUST STUDIOS untergebracht waren. Das Gebäude stammte noch aus den zwanziger Jahren, war im Zweiten Weltkrieg vom Bombenhagel der Alliierten verschont geblieben und hatte eine kleine Maschinenfabrik sowie ein Getränkeauslieferungslager beherbergt, bevor es zum Plattenstudio umgebaut worden war.

Jedesmal, wenn Daniela die Neonreklame mit dem dynamischen, raketenstrahlähnlichen Schriftzug STARDUST STUDIOS über dem Eingang sah, erfüllte sie Stolz und Genugtuung. Es war ein langer Weg gewesen, um dorthin zu gelangen, wo sie jetzt stand. Sie hatte sich die Seele aus dem Leib geschuftet, jeden Pfennig investiert, den sie entbehren konnte, und auch Risiken nicht gescheut, um aus einem billigen Hinterhofstudio für viertklassige Vorstadtbands ein hochmodernes Aufnahmestudio für qualitätsbewußte Profis aus der Musik und Werbebranche zu machen.

Und nun drohte ihr aus heiterem Himmel die Katastrophe,

wenn die Versicherung nicht zahlte und die Bank ihren Kredit über dreihundertachtzigtausend Mark nicht verlängerte!

»Sie werden zahlen! Sie müssen!« murmelte Daniela mit grimmiger Entschlossenheit, öffnete die schwarzgetönte Glastür und betrat mit energischem Schritt ihr Reich.

Der große Vorraum war mit einer kleinen Bar und einer gemütlichen, über Eck gehenden Sitzgruppe eingerichtet. Ungewöhnlich an den Sitzen war nur, daß es sich bei ihnen um die orangefarbenen, ausrangierten Erster-Klasse-Flugsessel eines Jumbos handelte. Weitere davon fand man in jedem der vier Regieräume und den dazugehörigen Aufnahmestudios. Ungewöhnlich war auch die Decke. Sie war mit schwarzem Samt bezogen, und ein Meer von winzigen Niedervoltleuchten erweckte den frappierenden Eindruck, als blickte man in einer klaren Nacht in die Tiefe des Kosmos mit seinen Galaxien und unzähligen Sternbildern.

Gleich links hinter den verdunkelten Eingangstüren erstreckte sich die Theke der Rezeption, die der Arbeitsbereich von Marianne Wenzel war, einer vollschlanken Brünetten von dreiundvierzig Jahren. Sie fungierte auch als Danielas Sekretärin.

»Frau Stern! Ja, was tun Sie denn hier?« rief Marianne Wenzel erstaunt und sprang von ihrem Bürostuhl auf. »Ich denke, Sie sind schon in Gstaad und machen die Pisten unsicher?«

Mariannes Erstaunen war echt und zeigte Daniela, daß Oliver ihr noch nichts gesagt hatte. Darüber war sie sehr froh. Vorerst war es besser, wenn niemand sonst davon erfuhr. Es entstanden zu schnell Gerüchte, die die Arbeit stören und Kunden dazu veranlassen konnten, kurzfristig umzudisponieren.

»Ja, so war es geplant. Aber durch einen Buchungsfehler ist unser Hotel heute noch nicht frei, sondern wohl erst übermorgen«, log sie. »Wir fahren deshalb später. Und bis dahin werde ich doch nicht untätig zu Hause herumsitzen.«

»Das tut mir aber leid.«
»Ach was, nicht der Rede wert«, winkte Daniela ab und zwang sich zu einem Lächeln. Dann sah sie, daß Marianne wieder einmal verquollene Augen hatte, und plötzlich kamen ihr ihre eigenen Sorgen nicht mehr ganz so drückend vor. Marianne Wenzel hatte es wahrhaftig nicht leicht. Erst ließ ihr Mann sie nach zweiundzwanzig Jahren Ehe sitzen und übervorteilte sie schamlos bei der Scheidung, daß sie sich eine Arbeit suchen mußte, um einigermaßen über die Runden zu kommen, und dann setzte ihr noch ihre tyrannische Mutter zu, der sie nichts recht machen konnte.
Marianne spürte den mitleidigen Blick und senkte schnell den Kopf, als fühlte sie sich bei etwas ertappt, dessen sie sich schämen mußte.
»Hat sie Ihnen wieder eine Szene gemacht?«
Marianne nickte, schluckte und sagte: »Die alte Tirade, Frau Stern. Daß ich undankbar bin, nur an mich denke und mich nicht genug um sie kümmere.«
»Aber das ist doch lächerlich, Marianne! Diesen Schuh dürfen Sie sich erst gar nicht anziehen, das habe ich Ihnen doch schon so oft gesagt«, redete sie ihr aufmunternd zu. »Die meisten hätten an Ihrer Stelle die Verantwortung schon längst dem Personal eines Altenheims übertragen.«
»Ich weiß, daß ich es mir nicht so zu Herzen nehmen dürfte. Aber ich kann nicht anders. Sie schafft es immer wieder, mich zu verletzen und mir das Gefühl zu geben, als ... als hätte ich immer nur versagt«, entgegnete Marianne und kämpfte mit den Tränen.
»So ein Unsinn!« widersprach Daniela heftig. Es war traurig, daß ihre Sekretärin, deren Tüchtigkeit und Zuverlässigkeit sie sehr schätzte, so unter Minderwertigkeitsgefühlen litt, die andere ihr eingeredet hatten. Und daß sie nicht den Mut fand, sich etwas flotter zu kleiden und zu frisieren und zu versuchen,

der Einsamkeit zu entfliehen und einen neuen Partner zu finden. Sie litt unter der Vereinsamung, das merkte man ihr deutlich an, wenn man sie so gut kannte wie Daniela. »Sie sind tapferer und großmütiger als die meisten Frauen, die ich kenne, Marianne. Und auch im Beruf sind Sie das genaue Gegenteil einer Versagerin! Glauben Sie mir, ich rede nicht einfach nur so daher.«

Ein zaghaftes Lächeln erschien auf Mariannes Gesicht. »Hier im Studio habe ich das Gefühl auch nicht. Ja, wenn ich diese Arbeit nicht hätte ...«

Daniela sprach noch eine Weile mit ihr und versuchte sie ein wenig aufzumuntern. Dann aber wurde es Zeit für sie, daß sie mit Oliver redete.

»Ich glaube, er ist hinten bei Charley im Studio 3«, sagte Marianne, als ihre Chefin sie nach ihm fragte.

»Gut, und vergessen Sie nicht, was Sie mir gerade versprochen haben!« rief Daniela ihr zu, woraufhin Marianne verlegen lachte, und eilte schon den Gang hinunter, der an den schallisolierten Aufnahmestudios und Regieräumen vorbeiführte.

Charley Matuschek saß im Regieraum von Studio 3, der mit technischem Gerät förmlich vollgestopft war, hinter dem riesigen Mischpult *Solid State* mit seinen vielen hundert Schaltern und Reglern. Allein das Steckfeld auf der rechten Seite, das nicht einmal ein Drittel des Pults in Anspruch nahm, besaß über vierhundert Aus- und Eingänge für Steckverbindungen. Ein wahrer Kabelsalat bedeckte den Boden und führte zu Synthesizern, Computern und anderen Zusatzgeräten. Zum Herzstück des Studios gehörte die 36-Spur-Maschine, die unter der großen Trennscheibe zum Aufnahmestudio stand. Sie zählte schon zur modernen Generation der digitalen Bandmaschinen und hatte über zweihunderttausend Mark gekostet.

Aus den mannshohen Boxen rechts und links neben der

Trennscheibe drang die Stimme einer jungen Frau, begleitet von hämmerndem Discosound. Die Sängerin, in Jeans und Schlabberpullover, saß auf der anderen Seite der Trennscheibe auf einem Barhocker und sang zum Playback, das ihr über Kopfhörer zugespielt wurde, in das Mikrophon vor ihr.

Charley zeigte sich nicht im mindesten überrascht, Daniela an diesem Vormittag im Studio zu sehen. Er war nicht der Typ, der sich für Dinge interessierte, die nichts mit Musik und Aufnahmetechnik zu tun hatten. Es war sogar fraglich, ob er von ihren Urlaubsplänen überhaupt etwas mitbekommen hatte.

Carl Gottlieb Matuschek, achtunddreißig Jahre alt und von sehniger Gestalt, war dem Mittelmaß und dem Gewöhnlichen von jeher feindlich gesonnen, weshalb er auch schon mit Sechzehn von seinen Eltern davongelaufen war und sich drei Monate in London herumgetrieben hatte, bevor er aufgegriffen und zurückgebracht wurde. Und jetzt, gute zwei Jahrzehnte später, hatte er noch immer viel von einem Rebellen. Oliver nannte ihn sogar einen gemäßigten Chaoten, und das war nicht sehr weit hergeholt. Schon seine äußere Erscheinung signalisierte, daß er nicht daran dachte, im Strom der Masse mitzuschwimmen. Er trug das schwarze Haar im Nacken zu einem Zopf gebunden, der ihm fast armlang auf den Rücken fiel. Was seine Kleidung betraf, so sah man ihn, egal zu welcher Jahreszeit, ausschließlich in Overalls, die gar nicht bunt und auffällig genug sein konnten. Dazu trug er halbhohe Fallschirmspringerstiefel, im Winter wie im Hochsommer.

Charley, der an diesem Tag in seinem knallgelben Overall mit den aufgedruckten Schmetterlingen steckte, blickte nur kurz auf. »Hi, Danny«, nuschelte er, legte den Kopf schief, weil ihm der Rauch in die Augen stieg, und drehte die Lautstärke herunter.

»Pamela Berkley?« fragte sie und deutete mit einer Kopfbewegung in Richtung der jungen Sängerin.

Er gab ein geringschätziges Grunzen von sich. »Ja, Paula Berkheimer, und so klingt sie auch. Hier, hör dir ihre Stimme mal Natur pur an«, sagte er und fuhr die Regler mit dem Playback und dem Hall auf Null herunter. Jetzt kam nur noch eine dünne Stimme aus den Boxen.
»Etwas arm«, räumte Daniela ein.
»Arm? Die Stimme ist nicht mehr wert als ein heißer Furz im Mülleimer«, sagte er auf seine drastische Art, mit der er sich nicht jedermann zum Freund machte. »Zudem hat sie so viel Rhythmus im Blut wie ein Klotz Beton. Und sie ist so fix im Kopf wie eine ausgestopfte Ente. Freitag sollten wir schon fertig sein. Aber sie wird noch eine Woche brauchen, bis sie hier raus kann, ohne daß auch wir noch unser Gesicht verlieren! Du solltest von der Plattenfirma für mich eine saftige Zulage wegen fortgesetzter körperlicher Mißhandlung verlangen!«
Wenn jemand seinen hohen musikalischen Anforderungen nicht gerecht wurde, neigte Charley zu bitterbösen Übertreibungen, wie auch in diesem Fall. Denn *so* schlecht war Paula Berkheimer nun doch nicht. »Sie hat einen Plattenvertrag, Charley, und wenn sie eben eine Woche länger braucht, dann habe ich nichts dagegen.«
Charley schüttelte den Kopf. »Ich raffe das nicht, Danny. Warum schmeißen die das Geld für sie raus?«
»Zumindest ist sie äußerst hübsch.«
»Mein Gott, Samantha Fox hat größere Titten als sie, Cher und Tina Turner kennen die besseren Schönheitschirurgen, und jedes x-beliebige Musical-Girl aus der zweiten Reihe von *Cats* oder *Starlight Express* hat mehr Stimme«, ereiferte er sich. »Also warum schmeißen die ihr Geld für etwas raus, was bestenfalls die Kopie einer Kopie ist?«
»Weil andere früher wohl dasselbe auch mal über Samantha Fox und ähnliche Disco-Sternchen gesagt haben«, entgegnete

sie trocken und fuhr das Playback wieder hoch, weil Pamelas nackte Stimme wahrlich keine musikalische Offenbarung war. Aber in dieser Branche, in der sie sich einen Platz ganz oben erhoffte, waren Verpackung und Präsentation fast noch entscheidender als der Inhalt. So betrachtet hatte sie keine schlechten Chancen, und so sahen es wohl auch die Plattenmanager.

»Ich will dir mal was sagen, Danny ...«, begann Charley, der sie als einziger in der Firma duzte, da sie sich schon länger kannten als die Jahre, die er für sie arbeitete.

Daniela erkannte an seinem Blick und seiner Stimme, daß nun ein längerer Monolog über seine große Zeit in den Studios von London fällig war. Das war das letzte, was sie sich jetzt anhören wollte. Deshalb würgte sie ihn schnell ab. »Nein, erzähl mir lieber, wo Oliver steckt. Ich muß dringend mit ihm sprechen. Marianne sagte, er sei hier bei dir.«

»Er ist drüben in Studio 4 und bastelt an dem hirnrissigen Werbestreifen für diese neuen Wegwerfkameras, auf die unsere zivilisierte Welt so ungeduldig gewartet hat wie auf lange Unterhosen mit Neonstreifen, die bei Dunkelheit in allen Regenbogenfarben leuchten«, sagte er abfällig. In den STARDUST STUDIOS wurden nicht nur Pop- und Rockproduktionen eingespielt, sondern auch viele Werbespots fürs Fernsehen vertont, mit Musik unterlegt oder synchronisiert, wenn sie von Amerika übernommen wurden. Das neue audiovisuelle Studio 4 war dafür mit den zusätzlichen visuellen High-Tech-Geräten ausgestattet. Er, Charley Matuschek, hielt die Arbeit an diesen 30-Sekunden-Spots für unter der Würde eines anständigen Toningenieurs und weigerte sich standhaft, einmal einzuspringen, wenn Not am Mann war. Mit diesen »geistigen Blähungen der PR-Fuzzis«, wie er es nannte, wollte er nichts zu tun haben. Das war der Bereich von Jochen Kahl. Doch da dieser mit einer schweren Grippe im Bett lag, hatte Oliver

Lück ausgeholfen, der in erster Linie für die Verwaltung und die Finanzen der Firma zuständig war, jedoch über genug Erfahrung hinter dem Mischpult verfügte, um kurzfristig einzuspringen.

»Weniger Hybris, Charley!« rügte sie ihn. »Immerhin machen wir schon zwanzig Prozent unseres Umsatzes mit Studio 4!«

»Ja, leider«, brummte er mißmutig. »Die Welt geht wahrlich den Bach runter.«

Sie ersparte sich eine Erwiderung und ging hinüber ins Studio 4, das mehr einem mittelgroßen Konferenzraum mit eingebauter Filmleinwand und einem halben Dutzend Fernsehmonitoren glich.

Oliver Lück hielt sofort das Band mit dem Werbespot an, der über den zentralen Fernsehschirm von der Größe einer halben Tischtennisplatte lief. Er war ein Mann von fünfunddreißig Jahren, der im Kampf gegen das Übergewicht schon vor einem Jahrzehnt resigniert hatte und bei einer Körpergröße von knapp einssechzig dreißig Pfund zuviel mit sich herumschleppte. Er hatte eine Halbglatze, was er durch einen buschigen Walroßbart auszugleichen versuchte. Hinter einer dünnen Nickelbrille mit kreisrunden Gläsern blitzten zwei helle, jetzt sichtlich verschreckte Augen.

»Gut, daß Sie gekommen sind!« rief er erleichtert. »Seit dieser Ommers angerufen hat ...«

»Lommers. Er heißt Egon *Lommers,* Oliver«, verbesserte sie ihn und setzte sich zu ihm, äußerlich bedeutend ruhiger, als sie es in Wirklichkeit war.

Er nickte, als hätte er genau das gesagt. »Also seitdem habe ich keine ruhige Minute mehr!«

»Jetzt erzählen Sie mir erst einmal ganz genau, was er gesagt hat!«

»Nicht mehr, als Sie schon wissen, Daniela. Er hat was von einem Versicherungsbetrug gefaselt und mich abserviert wie einen Laufburschen, als ich nachfragen wollte. Er halte es für angebrachter, diese unerfreuliche Angelegenheit mit Ihnen zu erörtern, wie er sich ausdrückte. Ich sage Ihnen, der Kerl war so eiskalt am Telefon wie ein arktischer Fahnenmast!«

»Dem werde ich Feuer unterm Hintern machen!« stieß Daniela aus und sprang vom Stuhl auf. Mit Oliver zu reden, war nur vergeudete Zeit. Sie mußte sofort Kontakt mit Egon Lommers aufnehmen und erfahren, was da gespielt wurde. Doch sie vergaß nicht, Oliver ihr Lob auszusprechen. »Es war gut, daß Sie Marianne und den anderen nichts erzählt haben.«

Er verzog das Gesicht. »Dachte mir, daß Sie das nicht gern an die große Glocke hängen wollen.«

»Stimmt. Halten Sie mir auch weiterhin den Rücken frei, Oliver. Kein Wort vorerst zu jemandem!« schärfte sie ihm noch einmal ein und eilte dann zur Rezeption zurück. Eine Wendeltreppe aus schwarz angestrichenem Stahl führte nach oben zu den Büroräumen.

Daniela schloß die Tür zu ihrem nüchtern eingerichteten und auch nicht sehr großen Zimmer. Das beste Stück darin war ihr Schreibtisch. Er bestand aus einer antiken, buntbemalten Reklametafel, die auf zwei einfachen Holzböcken lag. Sie war aus Holz, hatte die Größe einer Zimmertür und zeigte eine lebhafte Szene mit Hexe, Rotkäppchen, Kasperl und Merlin aus der Welt der Puppenspiele. Zum Schutz von Holz und Farben lag darüber eine Glasplatte.

Sie schlug die Nummer der Versicherung nach und wählte noch im Stehen. Augenblicke später wurde sie mit Egon Lommers verbunden. Sie packte den Stier sofort bei den Hörnern und wollte wissen, was es mit der ungeheuerlichen Verdächtigung, es liege ein versuchter Versicherungsbetrug vor, auf sich habe.

»Ich glaube nicht, daß diese Verdächtigung ungeheuerlich ist, Frau Stern«, entgegnete er mit jener kühlen Überheblichkeit, die schon Oliver Lück in Rage versetzt hatte. »Sie basiert vielmehr auf dem Abschlußbericht der Polizei.«

»Abschlußbericht?« Daniela fühlte sich überfahren und in die Defensive gedrängt. »Ich weiß noch nichts von einem Abschlußbericht. Und wieso erfahren Sie eher davon als ich?«

»In meiner Position hat man so seine nützlichen Quellen bei der Polizei«, ließ er sie von oben herab wissen. »Aber ob nun der Versicherte oder der Versicherer zuerst von den Erkenntnissen der Polizei erfährt, ist letztlich ja wohl ohne jede Relevanz.«

»Für mich nicht!« protestierte sie scharf.

Es beeindruckte ihn nicht im mindesten. »Wenden wir uns doch bitte den Fakten zu, Frau Stern, also dem polizeilichen Abschlußbericht. Demnach kann von einem Einbruch keine Rede sein. Es deutet alles darauf hin, daß die Geräte nicht von einem fremden Einbrecher und auch nicht unter Zuhilfenahme von Gewalt von außen aus Ihrer Firma geschafft worden sind. Es sieht vielmehr so aus, als hätte jemand diesen Einbruch nur vorgetäuscht.«

»Das ist absurd!« rief sie erregt und hatte einen ganz trockenen Mund. »Diese Verdächtigung, mit der Sie ja wohl nur mich oder einen meiner Mitarbeiter meinen können, weise ich in aller Schärfe zurück, Herr Lommers!«

»Das ist Ihnen ganz unbenommen, ändert jedoch nichts an den Tatsachen.«

»Zum Teufel noch mal, der Einbruch ist *nicht* vorgetäuscht gewesen. Ich weiß nicht, was genau in dem Bericht der Polizei steht, aber ich bezweifle, daß er so abgefaßt ist, wie Sie mich jetzt glauben machen wollen. Sie versuchen sich doch bloß vor dem Bezahlen zu drücken!«

»Ich kann Sie gut verstehen, Frau Stern«, sagte er, und der Sarkasmus in seiner Stimme strafte sein vorgebliches Verständnis Lügen. »Die Versicherungssumme käme Ihnen jetzt vermutlich sehr gelegen, nicht wahr?«

»Wie meinen Sie das?« fauchte sie, während sie schon ahnte, was nun kommen würde. Und in Erwartung dessen krampfte sich ihr Magen zusammen.
»Nun, wir haben Erkundigungen eingezogen, wie es nun mal unsere Pflicht gegenüber unseren Prämienzahlern ist«, sagte er süffisant. »Und diese haben ergeben, daß sich Ihre derzeitige finanzielle Lage wohl als ... nun ja, recht angespannt bezeichnen läßt, um es diplomatisch auszudrücken. Bei Ihrer Bank haben Sie einen langfristigen Geschäftskredit über eine halbe Million laufen sowie einen sehr kurzfristigen über mehr als dreihunderttausend, den Ihnen die Bank jedoch nur einräumte, weil sie fest mit der Versicherungssumme gerechnet hat.«
»Ich habe expandiert und investiert, wie es jede Firma tut, wenn sie im Wettbewerb bestehen will!« verteidigte sich Daniela. »Zudem mußte ich die gestohlenen Geräte ersetzen!«
»Ja, natürlich. Sie haben die angeblich gestohlenen Geräte, die zum Neuwert mit dreihundertachtzigtausend Mark versichert waren, durch fast identisches Equipment aus zweiter Hand für zweihundertzwanzigtausend Mark ersetzt«, zeigte sich Egon Lommers ausgezeichnet informiert. »Die hundertsechzigtausend, die dann noch übrigbleiben, würden deshalb in Ihrem jetzigen finanziellen Engpaß einen gewiß nicht unwillkommenen warmen Geldregen bedeuten, richtig? Damit könnten Sie sich ein wenig Luft verschaffen, nicht wahr?«
Daniela wurde ganz blaß und war im ersten Moment sprachlos über die unverschämte Unterstellung, die in seinen Worten klar zum Ausdruck kam und die sie zu einer Betrügerin stempelte. »Das ... das ist eine bodenlose Frechheit, mich als Versicherungsbetrügerin hinstellen zu wollen! Ich verlange, daß Sie das sofort zurücknehmen, Herr Lommers!« sagte mit vor Wut bebender Stimme.
»Ich habe nicht die Absicht, Ihrem Verlangen zu entsprechen,

Frau Stern. Ganz im Gegenteil. Ich stehe vielmehr vor der Entscheidung, ob wir nicht ein strafrechtliches Verfahren gegen Sie in Gang setzen sollen«, erwiderte er eisig.
Ihr blieb die Luft weg. Es war, als hätte sie eine Ohrfeige erhalten.
»Doch wir sind bereit, Ihnen die Gelegenheit zu geben, einem Gerichtsverfahren zu entgehen. Verzichten Sie schriftlich auf Ihre *scheinbaren* Ansprüche aus diesem *scheinbaren* Einbruch, und wir werden die Sache nicht weiter verfolgen, sondern zu den Akten legen.«
Auf Danielas Stirn schwoll die Zornesader. »Das hätten Sie wohl gerne! Aber den Teufel werde ich tun, Herr Lommers! Damit kommen Sie nicht bei mir durch, das verspreche ich Ihnen. Ich werde mit Ihrem Vorgesetzten reden ...«
»Von dem werden Sie auch nichts anderes hören«, bemerkte er geringschätzig.
»... die Versicherung notfalls verklagen und für jeden Schaden haftbar machen, der mir durch Ihre haltlosen Verdächtigungen und Ihre Weigerung zu zahlen entsteht!« drohte sie ihm.
»Tun Sie, was Sie nicht lassen können, Frau Stern. Aber überlegen Sie es sich gut! Wir geben Ihnen zwei Wochen, sich unsere großzügige Offerte durch den Kopf gehen zu lassen. Lehnen Sie ab, übergeben wir die Sache der Staatsanwaltschaft!« drohte er ihr und legte grußlos auf.
Danielas Hand zitterte, als sie den Hörer auf die Gabel legte. Sie war wutentbrannt und zugleich doch auch wie betäubt. Sie sollte einen Versicherungsbetrug versucht haben? Was für ein Wahnwitz! Doch Egon Lommers war kein Mann, der an einem Montagmorgen schlechte Witze machte. Er schien sich seiner Sache sehr sicher. Knapp vierhunderttausend Mark standen auf dem Spiel! Wenn die Versicherung nicht zahlte oder erst durch einen langen, kostspieligen Prozeß dazu ge-

zwungen werden mußte und die Bank nicht mitzog, konnte das den Ruin von STARDUST STUDIOS bedeuten.
Sie fröstelte, und wie eine mächtige Strömung aus der Tiefe der See stieg die angstvolle Beklemmung in ihr auf, daß sie vielleicht das verlieren konnte, was seit jener schrecklichen Zeit vor neun Jahren ihr einziger Lebensinhalt gewesen war. Und mit dieser Angst kehrten auch die dunklen Schatten der Vergangenheit zurück, diesmal jedoch nicht als nächtlicher Alptraum, dem sie entfliehen konnte, indem sie erwachte. Die Erinnerungen bestürmten sie, machtvoll und so lebendig, als wäre es erst gestern gewesen.
Die Hexe unter der Glasscheibe starrte sie höhnisch an, und Daniela verbarg ihr Gesicht in den Händen, während ihre Schultern zuckten und sie stumm weinte.

5

Die Stimme seiner Sekretärin drang aus dem kleinen Lautsprecher seiner Telefonanlage, und Alan Byrd schreckte förmlich aus seinen trüben Gedanken auf, in die er versunken war wie ein unvorsichtiger Moorgänger in tiefem Morast. Verstört stellte er fest, daß seit Vanessas seelischem Tiefschlag und ihrem filmreifen Abgang über eine Stunde vergangen war.
»Herr Byrd, auf Leitung zwei ist . . .«
»Keine Gespräche jetzt, Doris!« schnitt er ihr schroff das Wort ab. »Ganz egal, wer mich sprechen will! Lassen Sie sich etwas einfallen. Ich will nicht gestört werden. Von keinem!«
»Auch nicht von Signore Anthony Capo?«
Alan horchte auf. »Sagten Sie Anthony Capo, Doris?«
»Ja, das sagte ich, Herr Byrd«, bestätigte sie mit einem Anflug

von Zurechtweisung in der Stimme. »Ich habe ihn in der Leitung. Aber wenn Sie ihn natürlich nicht sprechen wollen, werde ich ...«

»Stellen Sie durch!« forderte er sie auf.

Anthony Capo! Der Mann, dem er in seinem Plan zur wirtschaftlichen Genesung der GoldCoast-Filiale Deutschland die Rolle eines Jokers zugewiesen hatte, meldete sich endlich bei ihm! Wie sehr hatte er sich während der letzten Wochen zusammenreißen müssen, um nicht zum Telefonhörer zu greifen und ihn anzurufen. Doch er hatte gewußt, daß es nur zu seinem Schaden sein würde, wenn er einen Star wie Anthony Capo zu hart bedrängte. Das war wie beim Angeln. Man mußte seinen Köder gewissenhaft wählen und auslegen, dann aber durfte man keine Ungeduld zeigen, sondern hatte zu warten und zu beobachten, immer bereit, die Beute einzuholen, sowie sie richtig zugebissen und sich den Haken selbst ins Maul getrieben hatte. Je größer und erfahrener das Wild war, das man jagte, desto größer waren auch die Anforderungen an Geduld und Geschick des Jägers. Und er, Alan Byrd, war einer der Besten in der Plattenbranche, was er oft genug bewiesen hatte. Aber die Meriten der Vergangenheit zählten nicht im modernen Management. Sie waren besonders dann Schnee von gestern, wenn man vor neuen, schwerwiegenden Problemen stand, die den Gewinn der Firma drastisch nach unten absacken ließen.

Alan nahm hastig den Hörer, und seine privaten Sorgen und Kümmernisse rückten schlagartig in den Hintergrund, während ihn eine erregende, erwartungsvolle Spannung erfüllte. Es war wie eine Art Jagdfieber, was er empfand. Würde es ihm gelingen, Anthony Capo zu GoldCoast Records zu holen?

Es knackte zweimal in der Leitung, die nicht die allerbeste war und von atmosphärischem Rauschen begleitet wurde. »Anthony? Hallo, sind Sie noch dran, Anthony?«

»Das nehme ich doch an, Alan. Zumindest habe ich den Hörer am Ohr und kann Sie ganz anständig verstehen, auch wenn das nicht gerade eine kristallklare Satellitenleitung ist, was die Franzosen hier für uns zusammengestöpselt haben. Aber dafür ist ihr Wein ganz passabel, und ihr Käse entschädigt für einiges andere, was in diesem Land nicht so ist, wie ich es mir wünschen würde, wenn ich es könnte«, lautete die humorvolle Antwort, die in fließendem Englisch aus einer Villa in den Bergen über Cannes kam. Aber er war der deutschen Sprache genauso mächtig wie der französischen, war er doch als Sohn eines italienischen Kellners in der französischen Schweiz und am Gardasee aufgewachsen.
Als Alan die sonore, volle Stimme des berühmten Sängers vernahm, mußte er sofort an Songs wie »The Lonely Hours of My Night«, »You're My Sweet Inspiration«, »I'll Be There«, »Like a Rose« und »I Can't Wait to Love You« denken, die Anthony Capo zu Hits gemacht hatte. Überwiegend in Europa. Aber einige seiner Songs wie »Like a Rose« und »Don't Turn Away« gelangten auch in den amerikanischen Pop-Charts unter die Top ten.
»Ich hoffe, daß wenigstens das Wetter bei Ihnen an der Côte d'Azur um einiges besser ist als unsere Verbindung und das, was wir hier in Köln ertragen müssen, nämlich eine nasse Kälte unter einem grauen Himmel.«
»Wäre es anders, würde ich gar nicht hier sein. Der Himmel ist sonnig und blau, und die Temperaturen erlauben es mir schon, auf der Terrasse zu frühstücken und mit Ihnen zu telefonieren, mein Bester. Ich schätze, wir werden nach dem milden Winter, der hinter uns liegt, dieses Jahr einen sehr frühen und üppigen Frühling bekommen ... Entschuldigen Sie, Alan ... Was ist, Lucia? ... Si, si, ich sage es ihm ... Alan?«
»Ja, Anthony?« Alan hörte im Hintergrund die Stimme von Anthonys Frau, die in italienisch auf ihren Mann einredete.

»Meine Frau besteht darauf, daß ich Farbe bekenne und zugebe, daß ich von Blumen und solchen Sachen nicht das geringste verstehe und deshalb nur wie ein Papagei nachrede, was sie mir über dieses Mysterium der Natur an Erkenntnis zuteil werden läßt. Frauen und Blumen, mon Dieu, das sind die wahren Mysterien dieser Welt!«
Alan dachte an sein Debakel mit Vanessa, das ihn kalt überrascht hatte. Niemals hätte er damit gerechnet, daß sie ihm den Laufpaß geben würde, zumal sie sich in den letzten Wochen überhaupt nicht gestritten hatten. Er war sogar überzeugt gewesen, daß es ihr im Grunde genommen ganz recht gewesen war, allein nach Paris zu reisen. Sie hatte ja noch nicht einmal den Versuch unternommen, ihn wirklich zum Mitkommen zu überreden, sondern sich mit einem eher beiläufigen und überhaupt nicht vorwurfsvollen »Das ist aber schade, Darling« dem ihr offenbar viel ernsteren Thema der Kleiderauswahl für ihren Abstecher nach Paris zugewandt. Am Abend ihrer Abreise hatte sie ihn sogar noch regelrecht verführt, war in einem aufregenden Negligé in sein Zimmer gekommen und hatte äußerst zielstrebig und mit großer Raffinesse dafür gesorgt, daß die Fertigstellung des Memorandums, an dem er gearbeitet hatte, bis zum nächsten Tag hatte warten müssen. Sie hatten es noch nicht einmal bis ins Schlafzimmer geschafft, sondern hatten sich gleich in seinem Arbeitszimmer auf dem Berber geliebt. Und wie! Ein Quickie war das wahrlich nicht gewesen. Und dann das heute morgen! Es erschien ihm wie ein schlechter Traum.
Seine Zustimmung kam deshalb aus tiefster Seele. »Da bin ich ganz Ihrer Meinung!«
»Wir sollten eine Brüderschaft gründen«, scherzte Anthony Capo. »Aber lassen wir das. So viel Zeit bleibt uns nicht mehr, um auch nur ein wenig Licht in diese Welt der Geheimnisse zu bringen. Wenden wir uns also besser den Dingen zu, von

denen wir etwas verstehen und wo wir noch was bewirken können.«
Alan straffte sich unwillkürlich. Die Präliminarien waren vorbei, nun begann das Geschäft. »Mit Vergnügen, Anthony, zumal ich Ihren Worten wohl entnehmen darf, daß Sie unserem Angebot nicht länger völlig ablehnend gegenüberstehen«, formulierte er vorsichtig und mit fragendem Tonfall.
Anthony lachte amüsiert auf. »Wer Sie nicht kennt, könnte Sie für einen Diplomaten halten, der auf dem Glatteis des internationalen Parketts jahrzehntelange Erfahrung gesammelt hat, statt für einen smarten und cleveren Geschäftsmann von der Westküste! Fangt ihr Amerikaner jetzt an, Kreide zu fressen?« stichelte er.
»Ja, aber nur bei Leuten, bei denen es sich lohnt und wo man weiß, daß man später ordentlich mit Champagner nachspülen kann«, antwortete Alan schlagfertig und im gleichen scherzhaften Ton, ohne sich jedoch allzuweit von der Wahrheit zu entfernen.
»Sie gefallen mir, Alan. Sie haben Humor und wissen doch ganz genau, was Sie wollen und wie Sie es bekommen können. Leute wie Sie sind die gefährlichsten, weil Sie sich die Schwächen der anderen zunutze machen und intelligent genug sind, ihr Ziel nicht auf direktem Weg anzusteuern – wie eine Frau, die weiß, daß sie viel mehr Verlangen weckt, wenn sie ihre verführerischen Reize in schöne Kleider und zarte Wäsche hüllt, statt sie von vornherein nackt zu präsentieren.«
»Meinen Sie damit wirklich mich?« stellte sich Alan überrascht. »Wissen Sie, ich hatte vielmehr den Eindruck, als gäben Sie mir eine Charakterbeschreibung von sich selbst.«
Schallendes Gelächter drang aus dem Hörer, und Alan wußte in diesem Moment, daß er diesmal nicht mit leeren Händen von der Jagd zurückkommen würde. Anthony hatte den Kö-

der, der ein seriöses und mehr als großzügiges Angebot von GoldCoast Records war, angenommen.

»Also gut, kommen wir zum Geschäft, Alan. Eigentlich war ich ja wirklich entschlossen, nach all den vielen Jahren der Hektik mein Privatleben ungetrübt zu genießen und nicht wieder ins Showgeschäft zurückzukehren . . .«

»Das hat Frank Sinatra auch alle paar Jahre gesagt«, warf Alan ein.

». . . aber Sie haben mir wirklich den Mund wäßrig gemacht und mich in Versuchung geführt«, fuhr Anthony fort. »Ich bin wirklich interessiert.«

Alan lehnte sich zufrieden zurück, legte die Füße auf die Schreibtischplatte und gönnte sich eine Zigarette. »Wunderbar, Anthony. Sie tun sich und Ihren Millionen von Anhängern einen großen Gefallen. Sagen Sie mir, wie wir vorgehen sollen. Was den Vertrag betrifft . . .«

»So gibt es da noch einige Punkte, mit denen ich nicht zufrieden bin«, fiel Anthony Capo ihm ins Wort. »Aber das sollten wir nicht am Telefon besprechen, sondern bei unserem nächsten Treffen.«

»Wir werden uns schon einig werden«, versicherte Alan, von seinen Worten auch selbst überzeugt.

»Das glaube ich ebenfalls. Aber da gibt es einen Punkt, den Sie schon mal für mich klären können.«

»Ich höre, Anthony.«

»Wenn ich den Vertrag mit GoldCoast unterschreibe und diese neue LP aufnehme, dann nur mit einem ganz bestimmten Produzenten.«

»Sie können jeden haben, den Sie wollen. Wer ist es denn?«

»Charley Matuschek.«

Alan kritzelte den Namen auf seinen Notizblock. »Nie von ihm gehört.«

»Ich habe mit ihm in London gearbeitet, als ich in den

Knightsbridge Studios meine letzte LP, *Seasons of the Heart*, aufgenommen habe. Charley ist ein bißchen verrückt und nicht ganz einfach im Umgang, aber als Produzent und Toningenieur ist er einfach genial. Sein Gespür und sein Gehör sind phantastisch, und ich kenne keinen, der besser abmischt als er«, schwärmte er. »Auf jeden Fall ist er der Mann, den ich haben will.«

»Okay, dann bekommen Sie ihn auch«, versprach Alan, der es gewohnt war, daß erfolgreiche Künstler ihre ganz eigenen Marotten hatten – und sie auch hingebungsvoll pflegten. »Produzieren wir eben in London.«

»Nein, nicht nötig. Ich habe mich bereits nach ihm umgehört und erfahren, daß Charley schon seit Jahren nicht mehr in London ist, sondern bei Ihnen in Köln in einem Plattenstudio arbeitet. Es nennt sich Stardust Studios und wird von Danny Stern geführt.«

»Das heißt, Sie würden hier in Köln ins Studio gehen, Anthony?«

»Ich gehe in das Studio, wo Charley Matuschek am Mischpult sitzt, so einfach ist das. Oh, ich sehe, wir bekommen Besuch. Ich glaube, was es für heute zu besprechen gab, haben wir geklärt«, sagte Anthony Capo zum Abschied. »Setzen Sie sich mit Charley Matuschek und Danny Stern von den Stardust Studios in Verbindung. Wenn Sie Näheres wissen und Charley unter Vertrag nehmen können, rufen Sie mich an.«

»Sicher, Anthony. Sagen Sie, würde es Ihnen etwas ausmachen, mir kurz zu faxen, daß wir miteinander ins Geschäft kommen, wenn wir diese diversen Vertragspunkte, von denen Sie gesprochen haben, zu Ihrer Zufriedenstellung geklärt haben?«

»Kein Problem, Alan. Ich möchte nicht schuld sein, daß Sie nicht gut schlafen können«, spottete er. »In fünf Minuten haben Sie das Fax. Ciao!«

Es dauerte zehn Minuten, dann sprang sein Faxgerät an.
Als er Anthony Capos Bestätigung in der Hand hielt, ballte er die andere zur Faust als Siegesgeste und stieß einen Jubelschrei aus. Diesen persönlichen Erfolg brauchte er – nicht nur beruflich, um den in ihn gesetzten Erwartungen gerecht zu werden, sondern auch privat, um sein Selbstwertgefühl, das Vanessa empfindlich getroffen hatte, wieder halbwegs ins Lot zu rükken.
Alan stürmte förmlich ins Zimmer seiner Sekretärin. »Doris, wir haben ihn!«
»Wen?« fragte sie ruhig.
»Anthony Capo! Was all die anderen Burschen von der Konkurrenz, von EMI bis CAPITOL und von ARIOLA bis RCA, CBS und VIRGIN nicht geschafft haben, ist mir gelungen: Es wird ein Comeback mit ihm geben geben – und zwar bei GOLD-COAST RECORDS!« rief Alan mit fast jungenhafter Begeisterung und ließ das Fax auf ihren Schreibtisch flattern. »Und damit wird gleichzeitig auch GOLDCOAST-Deutschland ein Comeback zurück in die schwarzen Zahlen machen, denn die Platte wird garantiert ein Topseller!«
»Oh, das ist ja wunderbar!« freute sich Doris. »Er singt wirklich himmlisch, ohne daß er schmalzig wird. Ich habe ihn immer gern gehört und besitze selbst mehrere Platten von ihm.«
»Zeigen Sie mir eine Frau mit Geschmack und Herz in Europa, die das nicht hat«, erwiderte er aufgekratzt. »Schicken Sie gleich ein Fax zu Lester Dean nach L.A. Text: ›Habe AC am Haken und ziehe die Beute nun langsam ein. Weitere Einzelheiten später.‹ Und dann suchen Sie die Adresse und Telefonnummer der STARDUST STUDIOS hier in Köln heraus. Rufen Sie dort an, und erkundigen Sie sich, ob ein Toningenieur namens Charley Matuschek noch immer für sie arbeitet. Wenn ja, machen Sie mit dem Studioboß Danny Stern einen Termin irgendwann in den nächsten Tagen aus. Sie kennen meine anderen Termine ja.«

Doris nickte und wiederholte die Anweisung ihres Chefs im Telegrammstil.
»Ach, und sagen Sie alles ab, was für heute noch auf meinem Terminkalender steht«, wies er sie an. »Ich bin den ganzen Tag außer Haus.«
»Und wo kann ich Sie erreichen, Herr Byrd?«
»Gar nicht, Doris«, sagte er mit einem fröhlichen Lächeln. »Zum Glück gibt es noch keine Telefone auf dem Golfplatz, und ich würde mich hüten, eins mitzunehmen.«
»Sie gehen Golf spielen?« fragte sie verwundert.
»Yes, Ma'am, und ich habe es mir heute mehr als verdient«, antwortete er.
Er war schon bei der Tür, als Doris meinte: »Sie hatten übrigens recht, Herr Byrd. Dieser Billy Cane ist eine einzige Zumutung. Ich habe es noch nicht mal geschafft, den ersten Song auch nur halb anzuhören. Jetzt verstehe auch ich nicht, wie Herr Kreuter, bei allem Respekt, Ihnen so etwas auf den Tisch legen kann!«
Er grinste. »Ach, so schlimm ist er nun auch wieder nicht – weder Kreuter noch seine Entdeckung. Billy Cane ist natürlich sehr ... nun ja, sagen wir mal, gewöhnungsbedürftig. Mit einer guten Band, die mehr als drei Harmonien beherrscht, einer erstklassigen Background-Vocal-Group und einem trickreichen Toningenieur, der Billys Stimme ordentlich zurechtbiegt und aufmischt, würde er schon ein paar Mark einspielen.«
»Ja, aber ... dann wäre es doch einfacher, gleich jemanden zu nehmen, der wirklich etwas kann!« wandte sie ein.
Alan drehte sich in der Tür zu ihr um und gab sich überrascht. »Tatsächlich! Sie haben recht, Doris. Darauf zu kommen ist ein echter Geistesblitz. Vielleicht sollten Sie Peter Kreuter mal ein Memo schreiben. Viel Glück, und wir sehen uns morgen wieder!«

Daß es naßkalt war, trübte Alan Byrds Vorfreude, Golf zu spielen, nicht im geringsten. Dafür gab es die passende Kleidung. Kein Ort der Welt war besser dazu geeignet, um einen großen Erfolg zu feiern oder tiefen Frust zu vergessen, als ein gepflegter Golfplatz. Erfolg und Frust, von beidem hatte er an diesem Tag gleich viel zu verdauen. Die große Frage war nur, was von beidem in Zukunft die Oberhand gewinnen würde.

6

Es hatte wieder zu schneien begonnen. Gstaad und die Berge zogen sich hinter einen weißen Schleier aus Myriaden zarter Flocken zurück. Alle Geräusche schienen mit einmal einen Großteil ihrer Lautstärke zu verlieren. Wie eine Decke, die sich dämpfend über alles legt, sank der frische Schnee herab. Schon gingen die Straßenlaternen und in Häusern und Geschäften die Lichter an. Die Dunkelheit würde jetzt nicht mehr lange auf sich warten lassen.

Christian Hendrik stand am Geländer, das die kleine Eisbahn umgab. Auf dem Eis herrschte ein buntes, fröhliches Treiben. Versonnen folgte sein Blick einem jungen Liebespaar, das sich an den Händen hielt und mit bewundernswerter Eleganz und völlig synchronen Bewegungen seine Bahn zog. Es war, als existierte für die beiden die wogende Menge der anderen Schlittschuhläufer gar nicht, die um sie herum wie ein lärmender, kratzender, eisschabender Mahlstrom gegen den Uhrzeigersinn und unter den Klängen von Musik kreiste. Das Paar glitt mit traumwandlerischer Sicherheit durch das Gewimmel und kam auch dann nicht aus dem Rhythmus, wenn jugendliche Sprinter auf Verfolgungsjagd und stolpernde Anfänger

ihren Kurs kreuzten. Ihr Ausweichmanöver, für das es weder eines Zeichens noch eines Wortes der Absprache bedurfte, erfolgte wie selbstverständlich und als wäre es ein Teil ihrer harmonischen Choreographie.
Christian empfand plötzlich Neid und konnte den Anblick dieses Paares, das völlig in die eigene Welt versunken war und dabei unverletzlich erschien, nicht länger ertragen. Er mußte ständig an Daniela und an sich denken. Wieder war ein Tag ohne sie vergangen.
Der lautlose Schneefall, der alle Konturen weich und ohne Kanten zeichnete und ihm sonst Inbegriff des Friedens war, deprimierte ihn. Mit einer abrupten Bewegung wandte er sich um und schlug den fellbesetzten Kragen seines langen rotbraunen Schaffellmantels hoch. Den weichen Filzhut tief in die Stirn gezogen, ging er mit schnellen Schritten die Straße hinunter, zurück zu seinem Hotel. Warum war er überhaupt allein nach Gstaad gefahren? Es war ein Fehler gewesen. Ihm war, als machte er in letzter Zeit eine Menge Fehler.
Die Wärme, die ihn im Berner Hof umfing, betäubte seine Sinne. »Nein, kein Anruf für Sie, Herr Hendrik«, teilte ihm der Empfangschef auf seine Frage hin mit.
»Wie beruhigend. Dann habe ich ja nichts Wichtiges verpaßt«, sagte er, doch sein Sarkasmus blieb dem lächelnden Schweizer hinter der Rezeption verborgen.
Der Cognac, den er an der Bar trank, zwei doppelte und vom Barkeeper sehr großzügig bemessen, verstärkte seine Niedergeschlagenheit noch, statt ihn aufzumuntern. Er verzichtete auf das Abendessen. Als die Hotelgäste ins Restaurant strömten und der Essensgeruch selbst in der Bar zu intensiv wurde, begab er sich auf sein Zimmer.
Er hatte gerade seinen Skizzenblock zur Hand genommen und saß auf dem Bett, als Daniela anrief. Ihre Stimme klang abgehetzt.

»Nun atme erst mal richtig durch, setz dich hin, und zieh die Schuhe aus«, forderte er sie auf und sah sie förmlich vor sich, wie sie mit ihrem mobilen Telefon durch die Wohnung hastete. »Und laß die Post liegen, Daniela. Sie läuft dir nicht weg.«
Sie lachte verlegen auf. »Mein Gott, woher weißt du das? Hast du eine versteckte Kamera bei mir eingebaut?«
»Nein, aber falls du es schon vergessen haben solltest, wir haben früher dann und wann ein paar Stunden zusammen verbracht, so daß du mir nicht ganz fremd bist. Und wenn mich nicht alles täuscht, hatten wir hier in Gstaad so etwas wie einen gemeinsamen Urlaub geplant.«
»Christian, bitte! Mach es mir doch nicht noch schwerer, als es sowieso schon ist!«
»Spätestens gestern hättest du hier sein wollen, erinnerst du dich?« fragte er bitter.
»Es ging einfach nicht! Beim besten Willen nicht!« beteuerte sie. »Ich habe dir doch von dem Versicherungsbetrug erzählt, den man mir anhängen will. Du kannst mir glauben, daß ich mir nichts lieber wünschte, als jetzt bei dir zu sein und einmal nicht ans Geschäft denken zu müssen. Aber verstehst du denn nicht, daß ich im Augenblick einfach nicht weg kann?«
Christian seufzte. »Doch, das verstehe ich«, sagte er, obwohl er gewisse Zweifel hatte. Sich jetzt und über Telefon zu äußern, hätte jedoch nur zu einem fruchtlosen Streit geführt. »Also, wie war denn dein Tag? Du wolltest dich doch heute mit dem Vorgesetzten von diesem Egon Lommers treffen. Hast du bei ihm wenigstens etwas erreichen können?«
»Nein, nichts. Diese Hoffnung ist zerplatzt wie eine Seifenblase. Ich hätte mir die Fahrt nach Frankfurt sparen können. Er hat mir genausowenig geglaubt wie Egon Lommers und war noch frostiger als der. Wie ein Eisblock hat er dagesessen und mich reden lassen. Ich habe alles versucht, aber vergeblich. Sie

werden nicht zahlen«, berichtete Daniela, zwischen Niedergeschlagenheit und ohnmächtiger Empörung hin und her gerissen. »Ich muß im Gegenteil sogar noch mit einem Verfahren rechnen.«
»Du solltest dich von einem Anwalt beraten lassen.«
»Ja, wird mir wohl nicht erspart bleiben«, pflichtete sie ihm bei. »Aber das bereitet mir die geringste Sorge. Ich habe keinen Versicherungsbetrug begangen, also wird man mir das auch nicht vor Gericht nachweisen können ...«
»Vorsicht!« warnte er. »Die Gerichtsbarkeit hat nicht unbedingt auch etwas mit Gerechtigkeit zu tun, Daniela! Wenn die Indizien scheinbar gegen dich sprechen, wirst *du* beweisen müssen, daß die Anklage zu Unrecht erhoben worden ist!«
Einen Moment herrschte betroffenes Schweigen am anderen Ende der Leitung. »Das ist doch verrückt, Christian! So wird es auch nicht laufen. Aber damit werde ich mich erst beschäftigen, wenn es soweit ist ... sofern es überhaupt zu diesem irrwitzigen Verfahren kommt. Im Augenblick habe ich ganz andere Sorgen. Ich muß zuerst einmal mit der Bank klarkommen.«
»Wegen dieses kurzfristigen Kredits?«
»Ja, dreihunderttausend auf dreißig Tage. Ich habe doch fest damit gerechnet, daß die Versicherung in ein paar Wochen zahlt. Und die Bank natürlich auch.«
»Und was sagt dein Banker?« wollte er wissen.
»Bisher gar nichts. Ich habe noch nicht mit ihm reden können. Er ist erst heute aus dem Urlaub zurückgekehrt. Ich habe mir gleich für morgen vormittag einen Termin bei ihm geben lassen.«
»Und? Wie stehen deine Chancen?«
Daniela zögerte kurz. »Nicht schlecht. Ich bin mit Herrn Heydenreich eigentlich immer sehr gut ausgekommen. Er

kennt mich. Ich hoffe, ihn dazu bringen zu können, diesen kurzfristigen Kredit im Rahmen einer Umschuldung in einen langfristigen zu verwandeln.«

»Ich werde dir die Daumen drücken, daß es klappt.«

»Das ist lieb von dir, Christian.«

»Brauchst du meinen Beistand, Daniela?« bot er sich an. »Soll ich zu dir nach Köln kommen?«

»Nein, nein«, wehrte sie schnell ab. »Das ist nicht nötig.«

»Daß es nicht nötig ist, weiß ich auch!« Er hatte Mühe, nicht gereizt zu klingen. »Ich mache es aber gern. Viel lieber sogar, als hier tatenlos auf dich zu warten.«

»Nein, bitte bleib in Gstaad. Es ist lieb von dir, und ich weiß das auch zu schätzen, aber ich schaffe das schon allein. Was könntest du auch tun, Christian? Nein, nein, damit werde ich schon fertig. Außerdem ist es nicht die erste geschäftliche Krise, die ich in den Griff kriegen muß. Und wenn ich morgen vormittag Heydenreichs Zusage bekomme, bin ich am Abend bei dir«, gab sie sich optimistisch. Dann wechselte sie geschickt das Thema, indem sie ihn auf forderte: »Und jetzt erzähl mir, wie das Wiedersehen mit deinem alten Schulfreund war!«

»Wie solche Treffen meistens nun mal sind, fröhlich und deprimierend zugleich. Erst tummelt man sich mit geradezu euphorischer Ausgelassenheit in den gegenseitigen Erinnerungen an alte Zeiten und glaubt, die frühere Verbundenheit damit wieder zum Leben erwecken zu können. Doch ist der Vorrat an alten Geschichten erschöpft, beginnt das Gespräch zäh zu werden und die Erkenntnis einzusetzen, daß man zwanzig Jahre nicht einfach wegwischen kann und daß man einander letztlich doch fremd geworden ist. So ein Wiedersehen ist in Wirklichkeit oft eigentlich ein endgültiger Abschied, ein Abschied von der Illusion, daß man die scheinbare Glückseligkeit von Jugendfreundschaften nach so vielen Jahren un-

terschiedlicher Entwicklung und Lebenswege wieder in sein jetziges Leben einpflanzen kann.«
»Du klingst sehr traurig, Christian«, sagte sie mit weicher Stimme.
»Ja, die Wahrheit zu erkennen kann manchmal sehr traurig sein«, räumte er ein.
»Wirst du ihn wiedersehen?«
»Wir haben es uns versichert und im selben Augenblick doch gewußt, daß es nicht dazu kommen wird. Ich glaube, wir beide ziehen es vor, eine totale Desillusionierung zu vermeiden und unsere Erinnerungen aneinander so zu bewahren, wie sie in unser Weltbild passen und wie wir sie uns im Laufe der Jahre unseren Bedürfnissen entsprechend angepaßt haben. Denn Erinnerungen ändern sich mit dem Menschen.«
»Jetzt wirst du philosophisch. Ich mag das. Da könnte ich dir stundenlang zuhören.«
Er lachte leise auf. »Danke für die Blumen, mein Schatz. Gute Philosophie ist zugleich auch immer angewandte praktische Selbsthilfe im Alltag«, erwiderte er mit leichtem Spott. »Weißt du, er hat mich doch tatsächlich an Dinge erinnert, die ich völlig vergessen hatte ... und an die ich eigentlich auch gar nicht erinnert werden wollte.«
Daniela seufzte sehnsüchtig. »Ich wünschte, ich wäre jetzt bei dir, Christian. Du fehlst mir so schrecklich.«
»Wirklich?«
»Ja, sehr. Das Bett wird mir gleich so entsetzlich groß und leer vorkommen«, sagte sie und flüsterte ihm Zärtlichkeiten zu, die er mit der gleichen Sehnsucht erwiderte.
Es verging noch eine ganze Weile, bis sie das Gespräch beendeten. Danach saß Christian lange mit dem Telefon neben sich auf dem Bett und dachte über sich und Daniela nach. So zärtlich sie zum Schluß auch gewesen war und wie glaubhaft sie ihm versichert hatte, daß sie sich nach ihm

sehne und es nicht erwarten könne, bei ihm zu sein, so änderte das doch nichts an der Tatsache, daß sie immer wieder unsichtbare Grenzen zog. Grenzen, die verhinderten, daß er ihr so nahekam, wie er es sich zwischen zwei Menschen, die sich aufrichtig liebten, nicht nur für normal, sondern für notwendig hielt.
Daniela war in ihrer Sinnlichkeit und Leidenschaft grenzenlos und berauschend. Und sie sagte auch, daß sie ihn liebe. Manchmal glaubte er daran, doch in letzter Zeit zweifelte er immer öfter, daß ihre Vorstellung von Liebe sich mit der seinen deckte. Denn obwohl sie im Augenblick doch große Probleme hatte, die ihre berufliche Existenz berührten, hatte sie nicht einmal zu verstehen gegeben, daß sie ihn brauchte. Warum hatte sie sein Anerbieten, wieder nach Köln zu kommen und in diesen unruhigen, schweren Tagen bei ihr zu sein, abgelehnt? Warum schaffte sie es nicht zu sagen: Christian, ich liebe dich, und ich *brauche* dich? Manchmal hatte er das beunruhigende Gefühl, daß sie in der Liebe vor etwas Angst hatte. Doch vor was?
Er grübelte und fand keine Antwort.

7

Das ist eine ernste Anschuldigung, die von der Versicherung erhoben wird«, sagte Gerhard Heydenreich mit unverhohlen sorgenvoller Miene.
»Sie ist absolut haltlos! Wenn ich mich selbst hätte berauben wollen, hätte ich es garantiert raffinierter angestellt«, versicherte Daniela mit Nachdruck. »Zudem steht im Polizeibericht nur, daß aufgrund gewisser Spuren der *Verdacht* nicht

auszuschließen sei, daß es sich um einen vorgetäuschten Einbruch handelt.«

Der Filialleiter, ein korpulenter Mittfünfziger mit dem vollen rosigen Gesicht eines Weinliebhabers, nickte bedächtig. »Ja, das habe ich gelesen. Und ich persönlich kann mir auch nicht vorstellen, daß Sie sich auf solch eine betrügerische Sache einlassen würden ...«

Daniela atmete innerlich ein wenig auf. Sie hatte diesem Termin bei Gerhard Heydenreich in der Bank doch mit einigem Bangen entgegengesehen. Sie war so nervös und unsicher gewesen, daß sie sich sogar dreimal umgezogen hatte, bis sie mit ihrem Erscheinungsbild zufrieden gewesen war; dabei war sie sonst gar nicht eine von den Frauen, die nicht wußten, was sie wann anziehen sollten oder konnten. An diesem Morgen war sie jedoch die Unschlüssigkeit in Person gewesen. Erst als sie sich in diesem dunkelblauen Kostüm und der cremefarbenen, klassisch geschnittenen Bluse vor dem Spiegel begutachtet hatte, hatte sie das Gefühl gehabt, für das so wichtige Gespräch mit ihrem Banker passend gekleidet zu sein.

»Aber mein Vertrauen in Ihre Integrität, Frau Stern, wird die Versicherung kaum veranlassen, ihre negative Entscheidung in diesem Fall zu revidieren«, fuhr er mit ebenso sachlicher wie zurückhaltender Bedachtsamkeit fort.

»Ich werde sie verklagen!« kündigte Daniela an.

»Darüber können viele Jahre vergehen, und den Ausgang eines solchen Prozesses als äußerst ungewiß zu bezeichnen ist kaum als eine pessimistische Prophezeiung abzutun. Ich denke, darin stimmen Sie mit mir überein.«

Daniela machte eine vage Bewegung mit Kopf und Schultern, die Zustimmung wie Widerspruch bedeuten konnte.

»Auf jeden Fall müssen wir von der Tatsache ausgehen, daß mit der Zahlung der Versicherungssumme in den nächsten Jahren nicht zu rechnen ist«, stellte Gerhard Heydenreich fest.

»Und damit beginnen die Probleme, Frau Stern. Denn der kurzfristige Kredit, den ich Ihnen eingeräumt habe, basierte ja auf der Abtretung Ihrer Ansprüche gegenüber der Versicherung an uns. Diese Sicherungsabtretung ist nunmehr wertlos geworden. Wir haben heute den 1. März. Das heißt, daß in genau zwanzig Tagen der Kredit abläuft und die Summe zur Rückzahlung fällig wird.«
Eine Hitzewelle stieg in Daniela auf. Sie hatte zu früh durchgeatmet. »Sie wissen, daß ich nie und nimmer dreihunderttausend Mark aufbringen kann. Nicht in zwanzig und auch nicht in zweihundert Tagen. Ich müßte also Konkurs anmelden, wenn Sie auf Ihrer Forderung bestehen, statt mir zu helfen, diesen ... Engpaß zu überwinden!« sagte sie mit beschwörendem Tonfall.
Er sah sie mit gefurchter Stirn an. Persönliches Mitgefühl, das er jedoch gut von geschäftlichen Notwendigkeiten zu trennen wußte, stand in seinen Augen. »Nichts liegt mir ferner, als Sie in den Konkurs treiben zu wollen, verehrte Frau Stern ...«
»Dann helfen Sie mir!« bat sie ihn eindringlich. »Sonst gibt es die Stardust Studios in zwanzig Tagen nicht mehr!«
Er hob die Hände in einer Geste scheinbarer Ratlosigkeit und ließ sie auf ihre Akte niedersausen, die vor ihm auf dem Schreibtisch lag. »Helfen! Das sagt sich so leicht. Letztes Jahr hat Ihnen die Bank doch schon einen langfristigen Kredit über fünfhunderttausend eingeräumt.«
»Weil mein Investitionsplan und die Bilanzen Sie überzeugt haben«, warf sie ein. »Das neue audiovisuelle Studio ist gut ausgebucht und macht sich bezahlt.«
»Gewiß«, sagte er, schlug ihre Akte auf, blätterte darin und fuhr dabei fort: »Aber Ihre Umsätze haben in den letzten fünf Monaten dennoch nicht die Summen erreicht, die Sie in Ihrem Investitionsplan prognostiziert haben. Sie liegen teilweise sogar um bis zu dreißig Prozent darunter.«

Daniela geriet ins Schwitzen, wußte sie doch, daß dies der wunde Punkt ihrer derzeitigen Geschäftslage war. »Wir hatten leider mehrere Kunden, die ihre hohen Rechnungen nicht beglichen haben. Darunter befinden sich beispielsweise zwei Independent Labels ...« Sie sah seinen verständnislosen Blick und fügte erklärend hinzu: »Independent Labels sind kleine, unabhängige Plattenfirmen, die sich sozusagen auf Nischen-Programme spezialisiert haben und sich nicht an das Massenpublikum wenden. Auf jeden Fall haben zwei von ihnen recht teure Produktionen bei uns einspielen lassen und dann Konkurs anmelden müssen, weil sie sich auch noch anderweitig schlichtweg übernommen hatten.« Und kaum hatte sie den letzten Satz ausgesprochen, da verwünschte sie sich auch schon für ihre Dummheit, ihm sozusagen die Worte in den Mund zu legen.

Gerhard Heydenreich hakte dort auch gleich ein. »Ja, so etwas geschieht schnell, wenn man nicht genau aufpaßt, mit wem man Geschäfte macht, Frau Stern.«

»Wir hatten nichts als Pech, Herr Heydenreich! Ich habe die notwendigen Konsequenzen daraus gezogen und verlange nun Vorkasse und wöchentliche Abrechnung«, bemühte sie sich ihren Fehler wieder auszubügeln. Wenn Heydenreich sein Vertrauen in sie und ihre Firma verlor, dann waren die STARDUST STUDIOS nicht mehr zu retten. »Diesen Durchhänger in der Bilanz werde ich bald ausgebügelt haben, wenn Sie mir nur Gelegenheit dazu geben!«

»Und wie denken Sie sich das?«

»Wir nehmen eine Umschuldung vor, Herr Heydenreich«, antwortete Daniela und erläuterte ihm, wie sie die erhöhte Schuldenlast abtragen würde.

Er hörte ihr aufmerksam zu, diskutierte einige Punkte mit ihr und sagte gute vierzig Minuten später: »Unter Umständen wäre das in der Tat ein Finanzierungsmodell, dem die Bank zustimmen könnte, Frau Stern, aber wie gesagt: unter Umständen! Ich möchte Ihnen deshalb keine falschen Hoffnungen machen, zumal ich die Entscheidung darüber nicht allein treffen kann. Diese Gesamtsumme von fast achthunderttausend Mark übersteigt meinen Kompetenzbereich, insbesondere bei diesen Gegebenheiten. Ich werde die Angelegenheit aber gleich morgen bei uns in der Zentrale im Ausschuß vortragen.«

Das war nicht das, was sie von ihm zu hören erhofft hatte, doch es war mehr, als sie vermutlich von jedem anderen Banker in dieser Situation zu hören bekommen hätte. »Werden Sie die Krediterhöhung zumindest befürworten?«

»Sie können versichert sein, daß ich Ihre Interessen sehr wohlwollend vertreten werde, Frau Stern«, antwortete er freundlich lächelnd und erhob sich, denn was es zu sagen gab, war gesagt worden.

Daniela bedankte sich bei ihm und gab sich Mühe, die Bank mit einem Lächeln auf dem Gesicht und ganz in der Haltung der selbstsicheren Geschäftsfrau zu verlassen. Doch als sie in ihrem Wagen saß, sackte sie förmlich in sich zusammen. Sie preßte die Stirn gegen das kalte Lenkrad und schloß die Augen. Einen Moment lang fühlte sie sich vollkommen leer. Es war eine ganz neue, schmerzliche Erfahrung, einmal nicht als erfolgreiche Frau bei der Bank vorstellig zu werden, sondern als Bittstellerin.

Vielleicht habe ich mich wirklich übernommen, ging es ihr durch den Kopf, während der Verkehr an ihr vorbeirauschte. Vielleicht hätte ich letztes Jahr auf die Erweiterung der Studios verzichten und erst noch mehr Eigenkapital ansammeln sollen.

Ärger regte sich in ihr. Hätte, wenn und aber! Sie führten zu nichts. Also was gab sie sich mit diesen nutzlosen Gedanken ab? Jetzt waren Optimismus und Nervenstärke gefragt. Die

Bank konnte doch überhaupt kein Interesse haben, sie in den Konkurs stürzen zu lassen. Damit riskierte sie ihre eigene Investition. Sie hatte eine gute Chance, ihre Zusage zu einer Krediterhöhung zu erhalten und die Karre wieder aus dem Dreck zu ziehen. Ja, und genau das würde sie auch tun!
Danielas Körper straffte sich. Sie ließ den Motor an und fädelte sich in den Verkehr ein. Als sie eine halbe Stunde später ihr Tonstudio betrat, spürte sie sofort die angespannte Atmosphäre.
Bloß nicht noch mehr Ärger! dachte sie, als Marianne ihr mit besorgtem Gesichtsausdruck entgegeneilte, und fragte: »Wo brennt's denn?«
»Oliver hat Krach mit den Werbeleuten, die den Kameraspot gedreht haben«, sprudelte sie hervor, erleichtert, die Verantwortung auf die Schultern der Chefin abladen zu können. »Auf einmal paßt ihnen die Stimme nicht mehr, die er ihnen besorgt hat.«
»Aber sie waren doch einverstanden!« sagte Daniela und hing ihren Trenchcoat auf.
»Ja, doch davon wollen sie jetzt nichts mehr wissen. Ihnen schwebte eine viel flippigere Stimme vor, etwa die von Thomas Gottschalk.«
Daniela verdrehte die Augen. »Gottschalk? Ja, wo leben die denn? Der Sonnyboy der Nation kostet ein Vermögen, wenn er überhaupt zu haben ist!«
»Na ja, sie wollen ja nicht ihn persönlich, aber doch so etwas in der Art«, sagte Marianne.
»Sind sie noch da?«
Marianne nickte. »In Studio 4. Oliver ist schon ganz fix und fertig. Vier Tage Arbeit am Schneidetisch für die Katz. So sauer habe ich ihn noch selten erlebt.«
»Ich kümmere mich darum.«
»Das ist noch nicht alles, Frau Stern!«

»Mir reicht es aber«, sagte Daniela grimmig. »Also gut, schießen Sie los, Marianne. Was steht noch auf Ihrer Kummerliste?«
»Charley hat sich krank gemeldet.« Marianne sagte es in einem bedeutungsschweren Tonfall.
Daniela verstand sofort. »Nein, nicht *das!«* stieß sie aus, und ein Schauer durchlief sie unwillkürlich. Daß Charley früher gelegentlich einen Hang zur Flasche gehabt hatte, vorzugsweise mit Tee versetzten Asbach, war kein Geheimnis. Doch seit einigen Jahren hatte es keinen ernstlichen Rückfall in diese Zeiten des Quartalsuffs mehr gegeben. Sollte Charley jedoch wieder an der Flasche hängen, dann hätte er sich dafür gar keinen ungeeigneteren Zeitpunkt aussuchen können.
»Doch, ich fürchte schon«, erwiderte die Sekretärin mit unglücklicher Miene. »Er sagte zwar, er habe eine dicke Backe und einen ganz tauben Mund von den Spritzen des Zahnarztes, aber er klang eher danach, als hätte er aus ganz anderen Gründen Schwierigkeiten, sich klar zu artikulieren.«
Daniela hatte das schreckliche Gefühl, als legte sich ein Eisenband um ihre Brust und zöge sich zu. Doch sie ging sofort gegen diese Angst an. »Rufen Sie bei ihm an, und zwar so lange, bis er abnimmt. Dann stellen Sie ihn zu mir durch. Falls er sich nicht meldet, schicken Sie Tommy zu ihm.« Tommy Frahm war ein fünfundzwanzigjähriger Techniker und Tüftler, der gelegentlich für sie arbeitete und froh um jeden Job war. »Er soll ihm notfalls die Tür einschlagen, wenn er nicht öffnet. Ich komme für die Kosten auf. Ich will wissen, wie es ihm geht.«
Die wütende Entschlossenheit ihrer Chefin gefiel Marianne und zauberte ein Lächeln auf ihr Gesicht. »Ich werde es ihm ausrichten, Frau Stern.«
»Gut«, sagte Daniela und wandte sich schon um.
»Ach ja, da ist ja noch dieser Herr Byrd, der schon eine ganze

Weile auf Sie im Besucherzimmer wartet!« rief Marianne ihr nach.
»Einen Moment wird er noch warten müssen, Marianne«, entgegnete Daniela über die Schulter, eilte den Gang hinunter und verschwand um die Ecke.
Daniela hatte mehr Mühe, einen wutschnaubenden Oliver Lück zu beruhigen, der sich um vier Tage harter Arbeit betrogen fühlte, als sich mit den drei Vertretern der Werbeagentur zu einigen. Oliver schäumte fast, als sie ihn auf ein Wort in den Flur bat, um ungestört mit ihm reden zu können.
»Jetzt reißen Sie sich endlich zusammen, Oliver!« herrschte sie ihn schließlich an. »Wenn jemand Grund hätte, sich so zu erregen, dann wohl ich. Immerhin bin ich es ja, der diese vier Tage Arbeit zum großen Teil als Verlust abschreiben muß. Ich kann mich jedenfalls nicht erinnern, daß ich Sie auf Erfolgsbasis angestellt habe. Oder möchten Sie mir anbieten, Ihr Gehalt um diese Tage zu kürzen?«
Seine Wut verwandelte sich augenblicklich in einen stummen Groll.
Es kostete sie eine gehörige Portion Charme und Verhandlungsgeschick, die Werbeleute dazu zu bringen, daß sie zumindest die Hälfte der Kosten trugen. Dann einigten sie sich über ihr weiteres Vorgehen. Inzwischen war Oliver so weit abgekühlt, daß er sich wieder vernünftig und konstruktiv zu den Problemen äußern konnte.
Daniela fiel der Besucher ein, der schon einige Zeit auf sie wartete. Wenn er überhaupt so viel Geduld aufgebracht hatte. Sie verabschiedete sich von den Werbefachleuten, die ihre grimmigen Mienen mittlerweile verloren hatten und sogar wieder zu scherzhaften Bemerkungen fähig waren, und eilte nach vorn.
»Rufen Sie Hanno Klein an!« bat sie ihre Sekretärin, den Fuß schon auf der Wendeltreppe. »Er soll uns ein Dutzend Stim-

men zum Vorsprechen schicken, Richtung freche Quasselstrippe à la Gottschalk. Er vertritt ja genug brotlose Schauspieler und Synchronsprecher, daß er damit wohl dienen kann.«

»Ja, mach ich.«

»Schon was von Charley gehört?«

Marianne schüttelte den Kopf, während der Telefoncomputer bereits die Nummer des Agenten wählte. »Aber Tommy ist auf dem Weg zu ihm.«

»Melden Sie sich, sowie Sie etwas von ihm hören!« trug Daniela ihr auf und hastete die Treppe nach oben. Ein wenig außer Atem betrat sie das Besucherzimmer, das an ihr Büro angrenzte.

Ein gutaussehender Mann in einem modisch geschnittenen Anzug, der einen gewagten Stich ins Türkise hatte, ging unruhig im Raum auf und ab. Er rauchte, und der schneidenden Luft nach zu urteilen, war das nicht die erste Zigarette, die er in diesem Zimmer zu Rauch und Asche werden ließ.

»Sie müssen Herr Byrd sein, ja?« begrüßte sie ihn, nach Luft ringend. »Was kann ich für Sie tun?«

»Zum Teufel noch mal, eine ganze Menge können Sie für mich tun!« antwortete Alan Byrd aufgebracht. »Sagen Sie mir endlich, wann ich mit Danny Stern sprechen kann! Ich habe für zwölf einen Termin mit ihm gehabt, und jetzt ist es kurz vor eins!«

»Es tut mir leid, Herr Byrd, aber ...« begann sie.

Er fiel ihr barsch ins Wort. »Was Ihnen leid tut und was nicht, interessiert mich nicht. Ich habe keine Lust mehr, mich von Sekretärinnen hinhalten zu lassen. Mir reicht es. Verkaufen Sie Ihren Public-Relations-Charme, wem immer Sie wollen, nur nicht mir! Ich habe meine Zeit nicht gestohlen!«

»Ich auch nicht!« entgegnete Daniela scharf. »Also würden Sie sich bitte mäßigen in Ihrem Ton?«

»Ich sehe keinen Grund, mich zu mäßigen!« Daniela griff zum

Telefon. »Marianne? Würde Sie mal bitte hochkommen, und zwar sofort!«
»Ja, natürlich.«
Alan sah sie mit einem Ausdruck der Genugtuung an, glaubte er doch, diese Frau gehörig zusammengestaucht und zum Spuren gebracht zu haben.
Im nächsten Augenblick ging die Tür auf. »Ja, bitte?« fragte Marianne.
»Herr Byrd ist zu dem Ergebnis gelangt, daß sich der Grund seines Kommens erübrigt hat, Marianne. Er möchte gehen!« erklärte Daniela eisig und öffnete die Tür zu ihrem Bürozimmer.
Alan Byrd war im ersten Moment sprachlos vor Überraschung. Dann lachte er spöttisch auf, als glaubte er an einen Scherz. »Ich denke nicht, daß Sie das zu entscheiden haben! Für wen halten Sie sich überhaupt?«
»Ich halte mich für niemanden«, antwortete sie ihm eisig. »Ich *bin* Daniela Stern, die sehr guten Mitarbeitern und Freunden erlaubt, sie Danny zu nennen. Ich bezweifle jedoch, daß Sie diesem Kreis jemals angehören werden.«
In seine Augen, die sich ungläubig weiteten, trat ein Ausdruck von Bestürzung – und Ahnung, gerade einen kapitalen und vielleicht sogar nicht wiedergutzumachenden Bock geschossen zu haben.
Daniela lächelte. »Es war wirklich ein ganz besonderes Erlebnis, Ihre Bekanntschaft gemacht zu haben«, sagte sie mit beißendem Hohn und wandte sich dann ihrer Sekretärin zu. »Marianne, ich möchte jetzt nicht gestört werden. Und keine Ausnahmen bitte!« Damit zog sie die Tür hinter sich zu, und zwar ganz sanft. Sie lächelte still vor sich hin. Zum erstenmal an diesem Tag hatte sie das Gefühl, daß das Leben nicht nur Nackenschläge für sie bereithielt, sondern auch Freuden und kleine Triumphe.

Zwanzig Minuten später klopfte es. »Ja, bitte?«
Die Tür ging auf, doch statt Marianne eintreten zu sehen, tauchte im Türspalt ein riesengroßer Blumenstrauß auf, der ein Vermögen gekostet haben mußte und einen herrlich intensiven Duft verströmte. Der Frühling schien plötzlich in ihrem Zimmer Einzug gehalten zu haben.
»Erlauben Sie einem völlig zerknirschten und beschämten Mann, sich in aller Form für sein unhöfliches und unmäßiges Verhalten zu entschuldigen?« vernahm sie die Stimme von Alan Byrd hinter dem Blumengebinde. »Nach unserem verbalen Zusammenstoß bin ich sicher, daß Sie über genug Charakter und Selbstbewußtsein verfügen, um eine von Herzen kommende, reumütige Entschuldigung anzunehmen und dem Bußfertigen großzügig eine zweite Chance einzuräumen – am besten bei einem gemeinsamen Essen, zu dem ich Sie hiermit ganz untertänigst einladen möchte, Frau Stern.«
Daniela war einen Moment lang perplex. Dann lachte sie schallend los.

8

Mit tausendfach geübtem Schwung ließ der Kellner den Frascati aus der Karaffe in die Gläser schießen, ohne daß auch nur ein Tropfen danebenging. Dann zog er sich mit einem freundlichen Lächeln und einer kleinen Verbeugung, einer nicht minder eleganten Bewegung ohne jede Servilität, von ihrem Tisch zurück. Die Bestellungen hatte er schon vor wenigen Minuten aufgenommen.
»Kompliment«, sagte Alan. »Unser Kellner hat den Dreh, wie

man auch aus Kleinigkeiten eine sehenswerte Showeinlage macht, wirklich perfekt raus. In den USA könnte er damit eine steile Karriere machen.«

Daniela nickte und entgegnete schmunzelnd: »Mario hat das Servieren in den Stand einer Kunst erhoben, die es allein schon lohnend macht, dieses Restaurant aufzusuchen. Ich komme wirklich gern hierher, nicht nur, weil es nicht zu weit vom Studio liegt. Das Essen ist übrigens genauso gut wie Mario.«

»Heute würde ich mich nicht einmal über verzuckerten Wein und angebrannte Nudeln zu beklagen wagen«, erwiderte Alan mit einem schiefen Lächeln und hob sein Glas. »Erlauben Sie, daß ich Ihnen noch einmal mein Bedauern über meine Unhöflichkeit und Unbeherrschtheit vorhin ausspreche. Ich hoffe, Sie erteilen mir Absolution, Frau Stern.«

»Ist schon geschehen, Herr Byrd«, versicherte sie mit leichter Belustigung und prostete ihm zu. Irgendwie hatte sie ihm nach seiner bühnenreifen Entschuldigung mit dem überdimensionalen Blumenstrauß nicht länger böse sein können. Sie hatte seine Einladung zum Essen angenommen und war mit ihm zu »ihrem« Italiener gefahren. Als er ihr dort seine Visitenkarte über den Tisch gereicht und sie erfahren hatte, daß er einen hohen Posten bei GoldCoast Records einnahm, war sie doppelt froh gewesen, ihn nicht ein zweitesmal vor die Tür gesetzt zu haben.

»Daß ich Sie so angefahren habe, war wirklich unverzeihlich. Solch böse Ausrutscher gehören jedoch nicht zu meiner Angewohnheit, wie ich Sie bitten möchte, mir abzunehmen, schon gar nicht gegenüber schönen Frauen«, erklärte Alan und lächelte ihr zu.

»Meinen Sie nicht, daß Sie jetzt Gefahr laufen, ein wenig zu dick aufzutragen?« fragte sie spöttisch.

»Nein, ganz gewiß nicht«, antwortete er, war aber klug genug, es dabei zu belassen. »Wissen Sie, ich bin heute nacht zweimal aus dem Schlaf geholt worden, weil sich jemand in Kalifornien keine Gedanken über die Zeitverschiebung gemacht hat. Zudem sind die Anrufe auch inhaltlich sehr unerfreulich gewesen. Ich war also weit davon entfernt, den heutigen Morgen mit der frohen Liedzeile ›O what a wonderful morning, o what a beautiful day!‹ zu begrüßen.«

»Aber Herr Byrd! Was vorhin geschehen ist, ist verziehen und vergessen. Reden wir nicht länger darüber«, bat sie ihn. »Ich bin zur Zeit auch nicht die Ausgeglichenheit in Person. Wir waren wohl beide etwas gereizt.«

»Nein, nein, ich möchte, daß Sie wissen, wieso ich Sie so unbeherrscht angefahren habe«, sagte er, zündete sich eine Zigarette an und fuhr fort: »Ich kam also völlig gerädert in die Firma. Doch statt mir Schonzeit zu gönnen und mich hinter meinem Schreibtisch langsam zu mir kommen zu lassen, gab es gleich eine hitzige Konferenz und eine Menge Ärger. Als ich dann noch bei Ihnen so lange warten mußte und mich von Sekretärinnen hingehalten glaubte, ging bei mir die Sicherung durch. Tja, an manchen Tagen kommt einfach alles zusammen. Sie kennen doch Murphys Gesetz: Alles, was schiefgehen kann, geht auch schief!«

Daniela lachte kurz auf. »Mit ein paar unwesentlichen Veränderungen könnte ich Ihre Geschichte auch für meinen heutigen Tag gelten lassen.«

Er hob die Augenbrauen. »Wirklich?«

Sie nickte. »Sie dürfen mir glauben, daß es eigentlich nicht zu meinen Angewohnheiten und geschäftlichen Prinzipien gehört, Vertretern großer Plattenfirmen die Tür zu weisen«, sagte sie voll Selbstironie.

»Es ist mir überhaupt ein Rätsel, wie es zu diesem peinlichen Mißverständnis vom meiner Seite aus hat kommen können«, erklärte Alan und hatte das Gefühl, von den faszinierenden

hellblauen Augen seiner Gesprächspartnerin wie magisch angezogen zu werden. Und dieses rotblonde Haar, das ihr apartes Gesicht umrahmte, weckte in ihm den Wunsch, es zu berühren. Was für eine nicht nur erfolgreiche und selbstbewußte, sondern auch attraktive Frau! Er begriff nicht, wie er zu so einer wahrlich aparten Schönheit vorhin so unleidlich hatte sein können. Wo hatte er bloß seine Augen gehabt?
»Es gehört nun mal zum männlichen Selbstverständnis, die Führung erfolgreicher Unternehmen automatisch nur mit Männern in Verbindung zu bringen«, konnte sie sich nicht verkneifen zu sagen.
Doch er zeigte sich nicht pikiert, sondern grinste. »Ja, Sie haben recht. Daran wird es wohl zum Teil gelegen haben, zu einem guten Teil aber doch auch an dem Namen Danny, den Anthony mir ohne weitere Erklärung genannt hat.«
»Anthony?« fragte Daniela.
Alan wartete einen Augenblick mit seiner Erklärung, denn gerade erschien Mario mit ihren Vorspeisen. Als der Kellner sich wieder entfernt hatte, sagte Alan scheinbar beiläufig: »Anthony Capo.«
Daniela konnte ihre Überraschung nicht verbergen. »Sie meinen Anthony Capo, den weltberühmten Sänger?«
»Sicher. Ich kenne jedenfalls nur den einen«, erwiderte er lässig und gönnte sich eine Gabel voll Carpaccio, das er so genüßlich auf der Zunge zergehen ließ, wie er ihre offenkundig beeindruckte Miene genoß.
»Und von ihm haben Sie meinen Namen gehört?« fragte sie ungläubig. Sie hatte zwar schon viele bekannte Musiker und Künstler kennengelernt, von denen auch einige in ihr Tonstudio zu Aufnahmen gekommen waren, aber mit Weltstars vom Rang eines Anthony Capo hatte sie es noch nie zu tun gehabt. Die zogen es vor, in London, New York, Los Angeles oder in der Karibik zu produzieren.

»Ja, Ihren und den von Charley Matuschek. Er arbeitet doch bei Ihnen, nicht wahr?«
»Ja, seit über fünf Jahren«, bestätigte Daniela, von innerer Erregung erfaßt. »Ich halte Charley für einen der besten Toningenieure, die es gibt – und zwar nicht nur in Europa.«
»Dann deckt sich Ihre Einschätzung mit der von Anthony Capo«, meinte Alan, »Er sagte mir, daß niemand so genial sei wie dieser Charley, besonders hinterher beim Abmischen, wo ja erst über den endgültigen Sound entschieden wird. Daß ›Seasons of the Heart‹ zu solch einem Welterfolg wurde, schreibt Anthony dem Können von Charley Matuschek am Mischpult zu.«
»Ich erinnere mich jetzt, daß Charley mir mal von der Produktion erzählt hat. Das muß aber schon mindestens sechs, sieben Jahre zurückliegen. Denn damals war er noch in London bei den KNIGHTSBRIDGE STUDIOS beschäftigt«, sagte Daniela und ließ unerwähnt, daß Charley diese Stelle wegen schwerer Alkoholprobleme verloren und sich zwei Jahre mit Aushilfsarbeiten bei drittklassigen Studios durchgeschlagen hatte, bis sie ihn nach Köln geholt hatte.
»Das kann hinkommen«, bestätigte Alan. »Es liegt ja auch schon über fünf Jahre zurück, seit Anthony nach einer sensationellen letzten Galavorstellung in der Londoner ROYAL ALBERT HALL Abschied von der Bühne, von Plattenstudios und von Rundfunk- und Fernsehauftritten genommen hat.«
»Ich habe nie verstanden, warum er sich so plötzlich ins Privatleben zurückgezogen hat«, sagte Daniela nachdenklich. »Und er ist danach auch nie wieder aufgetreten, obwohl man ihm Millionen geboten hat, nicht wahr?«
»Richtig, er ist konsequent geblieben.«
Sie schüttelte verständnislos den Kopf. »Merkwürdig. Er befand sich doch auf der Höhe seines Ruhms. Man hat ihn mit Frank Sinatra und Neil Diamond verglichen, als eine europäi-

sche Antwort auf diese beiden, denn er hatte die Stimme und das Charisma eines Sinatra und als Texter und Komponist das Talent eines Neil Diamond. Und er war auch wirklich phantastisch. Deshalb ist es mir jetzt ein Rätsel, was ihn bloß dazu bewogen haben mag, von heute auf morgen eine Weltkarriere aufzugeben. Er war damals doch erst Anfang Vierzig und wäre mit Sechzig noch einzigartig gewesen, genau wie Sinatra und einige andere Ausnahmekünstler.«

Alan pflichtete ihr in jedem Punkt bei. »Es war sein vierundvierzigster Geburtstag, als er in London sein letztes Konzert gab. Ich war da. Es war ein Erlebnis. Und ich weiß, warum er seine Karriere aufgegeben hat. Doch bitte erwarten Sie nicht von mir, daß ich mein Wissen mit Ihnen teile. Ich habe ihm versprochen, nicht darüber zu reden. Aber vielleicht wird er es Ihnen von sich aus erzählen. Er ist ein Mann, der für jede Überraschung gut ist.«

Daniela sah ihn verwundert an. »Wie kommen Sie darauf, daß Anthony Capo mir das erzählen sollte? Ich kenne ihn doch gar nicht.«

Alan grinste. »Aber Sie werden ihn bald kennenlernen, Frau Stern. Es sei denn, die STARDUST STUDIOS stehen für die Produktion der neuen Platte von Anthony Capo nicht zur Verfügung.«

»Wie bitte?« Sie glaubte sich verhört zu haben.

Alan legte sein Besteck auf dem Teller zusammen, griff nach seinen Zigaretten und kostete diesen Moment genüßlich aus. »Ja, Sie haben schon richtig gehört, Frau Stern. Es ist mir gelungen, ihn zu einem Comeback zu überreden«, eröffnete er ihr nicht ohne Stolz. »Es war ein langes und hartes Stück Arbeit, zumal die Konkurrenz nicht geschlafen hat. Schon seit Jahren sind die Großen der Branche hinter ihm her. Aber ihnen hat das nötige Fingerspitzengefühl gefehlt. Sie haben nicht begriffen, daß Anthony äußerlich zwar der weltgewandte und kosmopolitische Star sein mag, der sich in Las Vegas genauso sicher bewegt wie in London und Paris, daß er sich aber tief in seinem Innersten eigentlich doch viel von dem gläubigen und erdverbundenen Sizilianer bewahrt hat, als der er erzogen und aufgewachsen ist. Und diese Seite, nämlich die sehr emotionelle, haben sie alle außer acht gelassen.«

»Und seine neue Platte will er bei mir einspielen?« fragte Daniela mit freudiger Erregung und zügelte ihre Gedanken, die sich schon damit beschäftigen wollten, welch einen ungeheuren Imagezuwachs – und damit auch Profit! – es mit sich bringen würde, wenn bekannt würde, daß Anthony Capo die LP für sein Comeback in den Stardust Studios aufnahm.

»Er hätte wohl ganz gern Ihren Charley Matuschek hinter dem Mischpult, wenn er wieder ins Studio geht«, sagte Alan und hielt aus taktischen Gründen damit hinter dem Berg, daß dies kein Wunsch war, sondern vielmehr eine Bedingung und Voraussetzung, daß es überhaupt zu einem Deal mit GoldCoast Records kam. Aber diese Offenheit durfte wohl keiner von ihm erwarten. »Wenn Ihr Studio also über alle notwendigen technischen und räumlichen Gegebenheiten verfügt und wir auch terminlich klarkommen, dann werden wir bei Ihnen produzieren, Frau Stern.«

»Meine Studios stehen auf dem neuesten Stand der Technik!« versicherte sie ihm. Ja, dank achthunderttausend Mark Schulden! »Sie werden sich nachher selbst davon überzeugen können, Herr Byrd.«

»Mit Vergnügen.«

»Für wann haben Sie die Produktion geplant?«

»Den genauen Termin haben wir noch nicht festgelegt, aber er dürfte wohl im Frühsommer liegen. Wenn alles so klappt, wie wir von GoldCoast Records es uns vorstellen, wird An-

thony sein Comeback im Herbst haben, schätzungsweise im September, Oktober. Es wird ein grandioses Comeback!« sagte er im Brustton der Überzeugung.
»Wie viele Wochen setzen Sie denn für die Aufnahmen an?« fragte Daniela, nun ins Detail gehend.
»Ich weiß nicht, wie gut Sie mit Anthonys Arbeitsstil im Studio vertraut sind«, holte Alan mit seiner Antwort ein wenig aus.
»Überhaupt nicht.«
»Nun, er gehört zu den Perfektionisten«, erklärte er ihr, »doch er zählt nicht zu denjenigen Künstlern, die schon mit völlig fertigen Songs und ausgefeilten Arrangements ins Studio gehen. Sicher, er wird gründlich vorbereitet sein und genügend Material für die Produktion zusammen haben, aber das bedeutet nicht, daß er an den alten Ideen festhält und für Neues nicht mehr offen ist, sowie die Aufnahmen beginnen. Ganz im Gegenteil. Er improvisiert gern, läßt sich von spontanen Einfällen leiten und scheut sich nicht, tagelang im Studio zu experimentieren – um manches am Schluß ohne Bedauern als nicht zufriedenstellend abzuschreiben. Und er kennt natürlich auch keine festen Arbeitszeiten. Er bleibt an der Sache, solange er das Gefühl hat, daß es gut läuft, manchmal eben bis tief in die Nacht. Und Wochenenden sind für ihn natürlich auch kein Tabu.«
»Ich müßte lügen, würde ich sagen, daß mir diese Arbeitsweise Mißfallen bereitet«, meinte Daniela mit einem offenen, fröhlichen Lächeln.
Alan lachte amüsiert. »Das will ich Ihnen gern glauben, Frau Stern. Jemand wie Anthony, der sich solch einen aufwendigen Produktionsstil leisten kann und ihn für seine Kreativität geradezu braucht, ist für jeden Studiobesitzer selbstredend ein äußerst lukrativer Kunde.«
Solch einen habe ich jetzt auch bitter nötig! Möge mir der

Himmel oder meinetwegen auch GOLDCOAST RECORDS so einen schenken! dachte sie und fragte: »Die Produktionszeit wird also mehrere Wochen dauern. Sehe ich das richtig, Herr Byrd?«

»Wir wollen auf seiner Comeback-LP mindestens zehn, eher jedoch zwölf Songs aufnehmen. Für die CD planen wir sogar zwei zusätzliche Songs als Bonus«, erklärte Alan. »Bei Anthonys Arbeitsstil bedeutet das grob überschlagen eine Produktionszeit von bestimmt neun Wochen. Es wäre aber auch möglich, daß drei Monate daraus werden, und so müßten Sie kalkulieren können, wenn Sie mit Anthony und GOLDCOAST RECORDS ins Geschäft kommen wollen.«

Neun bis zwölf Wochen! Mit Nachtschichten und Wochenenden wären das mindestens zehntausend Mark pro Woche und somit ein schneller, warmer und sicherer Geldregen, der ihr Luft verschaffen würde. Wenn sie das Geschäft unter Dach und Fach bekam, würde es ihrer Bank bestimmt leichter fallen, auf ihren Vorschlag der Umschuldung einzugehen. Es konnte nicht falsch sein, Heydenreich nachher sofort anzurufen und ihn über die Offerte von GOLDCOAST in Kenntnis zu setzen, natürlich ohne Anthony Capos Namen zu erwähnen. Es verstand sich von selbst, daß dieser Teil ihres Gesprächs top-secret war und Alan Byrd von ihr absolutes Stillschweigen erwartete. Sie würde sich hüten, auch nur eine Andeutung über ihre Lippen kommen zu lassen. Jemand, der in der Plattenbranche eine Position wie Alan Byrd bekleidete, konnte ohne große Mühe dafür sorgen, daß man sie fortan schnitt wie stinkenden Fisch.

Daniela hoffte, daß ihr Blick nicht zuviel Gier und ihre Stimme nicht zuviel Eilfertigkeit verriet, als sie erklärte: »Ich bin sicher, daß wir alles nach Ihren Wünschen einrichten können. Wenn Sie es möchten, werde ich Charley nach Ostern für zwei Monate für Sie freistellen.«

Alan lächelte sie an. »Das wäre wirklich wunderbar. Anthony hält nun mal große Stücke auf Ihren Charley. Ich bin schon gespannt, ihn nachher kennenzulernen.«
Daniela hätte sich fast an ihrem Wein verschluckt. Bei dem plötzlichen Gedanken, Charley könnte dieses phantastische Geschäft mit GoldCoast Records möglicherweise zum Scheitern bringen, weil er wieder an der Flasche hing, durchfuhr sie ein Schauder. Doch nach außen hin hatte sie sich völlig unter Kontrolle, und ihrer Stimme war nichts anzumerken, als sie entgegnete: »Oh, tut mir leid, aber das wird heute nicht möglich sein. Er hat sich ein paar Tage frei genommen und wird erst am Montag wieder ins Studio kommen.« Und dann hoffentlich knochentrocken! Aber dafür würde sie notfalls höchstpersönlich sorgen!
Er zuckte mit den Schultern. »Gut, dann eben Montag. Wir werden uns sowieso öfter sehen, wenn wir uns einig werden.«
»Wollen Sie das Essen taktvoll abwarten und erst danach über Geld reden«, fragte sie mit scherzhafter Herausforderung, »oder sind Ihre Konditionen anständig genug, so daß wir auch beim Hauptgericht darüber sprechen können, ohne daß mir der Appetit vergeht?«
Ihre ungekünstelte, direkte Art gefiel ihm – wie sie ihm überhaupt von Minute zu Minute besser gefiel. Ihre Gegenwart beschwingte ihn förmlich, was nach den beiden nächtlichen Telefongesprächen aus Kalifornien aber auch nicht ganz verwunderlich war.
Er zwinkerte ihr fröhlich zu. »Ich denke, wir können getrost beim Essen über Geld reden, Frau Stern. Ah, der Kellner scheint auch die Kunst des Gedankenlesens zu beherrschen!«
Mario servierte das Hauptgericht und füllte ihre Gläser. Sie bestellten noch eine zweite Karaffe Frascati, ließen sich den köstlichen Fisch schmecken und verhandelten in völlig ent-

spannter Atmosphäre über die Konditionen, die zu Danielas Freude ihre geheimen Erwartungen sogar noch übertrafen.
Alan Byrd vertrat einen Weltstar, und dementsprechend professionell verhandelte er auch. Er war nicht daran interessiert, ihre Pauschalen zu drücken, sondern er wollte am Ende der Produktion ein erstklassiges Master-Tape mit erstklassigen Songs in der Hand halten, die das Comeback von Anthony Capo zu *dem* Ereignis des kommenden Herbstes und Winters machten. Und wenn Anthony sagte, daß dieser Charley Matuschek der Mann war, den er haben wollte und als Voraussetzung für einen Plattenvertrag verlangte, dann wäre GOLD-COAST RECORDS auch bereit gewesen, noch hunderttausend Mark auf den Vertrag mit Daniela Sterns STARDUST STUDIOS draufzulegen. Aber das war nicht nötig, denn als Mario ihnen einen doppelten Espresso und dazu eine Grappa servierte, hatten sie sich auf Konditionen geeinigt, die beide Seiten zufriedenstellten.
Sie stießen mit Grappa an. »Dann auf gute Zusammenarbeit, Herr Byrd.«
Er verzog wie unter Schmerzen das Gesicht. »Wenn ich als Amerikaner ›Herr Byrd‹ höre, habe ich stets das Gefühl, mich gegen etwas sehr Unerfreuliches wappnen zu müssen. Würde es Sie große Überwindung kosten, sich mit einem schlichten Alan anzufreunden, und würden Sie mir erlauben, Sie bei Ihrem Vornamen zu nennen?« fragte er und sah sie mit bittendem Blick an. »Ich verspreche Ihnen auch hoch und heilig, Ihren klangvollen Namen niemals zu diesem völlig unpassenden ›Danny‹ zu verstümmeln – auch wenn mich das jeglicher Chancen beraubt, jemals zum Kreis Ihrer Freunde zu gehören.«
Daniela lachte ausgelassen und fühlte sich wie auf Wolken, was am wenigsten mit dem Frascati zu tun hatte. »Also gut, gehen wir das Wagnis ein ... Alan!«

Er strahlte sie an. »Auf ein grandioses Comeback und alles, was dazugehört ... Daniela!«
Die Gläser klirrten leise in dem Restaurant, in dem sie die letzten Gäste waren. Es war halb vier am Nachmittag. Doch Daniela hatte das Gefühl, als hätte der Tag erst jetzt richtig begonnen.

9

Wie bedauerlich, daß Sie Ihren Aufenthalt bei uns schon so frühzeitig abbrechen müssen. Doch besten Dank für Ihren Besuch, und beehren Sie uns bald wieder, Herr Hendrik«, verabschiedete sich der grauhaarige Empfangschef vom Berner Hof und brachte dabei ein Kunststück fertig, das nur wirklich erstklassigen Angestellten gelang, nämlich seiner berufsmäßigen Freundlichkeit eine sehr persönliche Note zu geben, die jedem Gast das Gefühl vermittelt, sich der besonderen Aufmerksamkeit und Sympathie der Hotelleitung zu erfreuen. »Und eine gute Heimfahrt. Nach der Wettervorhersage sollten Sie heute freie Straßen haben.«
»Hoffentlich behalten Sie recht«, erwiderte Christian. »Nicht alle Vorhersagen bewahrheiten sich.«
Der Hotelboy, der sich schon seines Gepäcks angenommen hatte, tauchte mit vor Kälte gerötetem Gesicht neben ihm auf. »Es ist alles im Wagen, Herr Hendrik. Ich habe den Motor laufen lassen und schon mal die Sitzheizung eingeschaltet«, teilte er ihm mit.
Christian drückte ihm ein großzügiges Trinkgeld in die Hand und verließ das Hotel. Eisige Kälte schlug ihm entgegen. Schnell stieg er in seinen alten Mercedes, der bald schon

Sammlerwert besaß, und war dem Hotelboy für den vorgewärmten Sitz dankbar.
Tiefe Dunkelheit lag noch über Gstaad und den Bergen. Bis zur Morgendämmerung waren es gut zwei Stunden. Wie ausgestorben wirkte der Ort. Kein einziger anderer Wagen begegnete ihm auf der Straße. Die Häuser zogen mit ihren dunklen Fassaden vorbei, und dann folgte er der Landstraße Richtung Saanen und Schönried. Nebelfelder trieben über den Asphalt.
Er schaltete das Radio ein, doch das oberflächliche und auf betont witzig gebrummte Gerede des Moderators ging ihm auf die Nerven. Deshalb schob er eine von den Kassetten, die in der Ablage der Mittelkonsole in einer Halterung steckten, in den Recorderschacht im Armaturenbrett. Es war die Aufnahme des Klavierkonzerts, das Vladimir Horowitz im April 1986 in Moskau gegeben hatte, nachdem er seiner Heimat sechzig Jahre lang ferngeblieben war. Als die ersten Töne einer Sonate von Domenico Scarlatti das Wageninnere erfüllten, lief ihm eine Gänsehaut über den Rücken, und spontan erinnerte er sich an die Übertragung im Fernsehen und die Schlagzeile der *New York Times,* die am nächsten Tag Kunst und Emotionen auf die prägnante Formel brachte: »Horowitz in Moskau – Jubel und Tränen«.
Jubel und Tränen.
In übertragenem Sinn traf diese Zeile auch auf Daniela und ihn zu. Gerade in den letzten Monaten, in denen sie sich doch so nahegekommen waren, durchlebten sie ein Wechselbad der Gefühle. Zumindest empfand er es so. Ihre Beziehung schien zwischen Extremen zu pendeln. Das emotionelle Gleichmaß, das er sich wünschte, stieß bei ihr jedoch auf Ablehnung und heftige Gegenwehr, auch wenn sie es bestritt und die äußeren Zwänge ihres Lebens für diese Achterbahnfahrt ihrer Liebe verantwortlich machte.

Horowitz führte ihn mit den furiosen Klängen von Rachmaninow über den Paß, der zwischen ihm und der Autobahn Basel–Karlsruhe lag.
Christian sah vor sich die verschneite Landschaft, die gewaltigen Berge und die stillen Täler im Licht des frühen Tages, doch er nahm dieses winterliche Bild nicht wirklich bewußt in sich auf. Er war in Gedanken bei Daniela.
Natürlich sagte ihm seine Vernunft, daß sie in dieser äußerst kritischen Situation, die am Montag so unerwartet über sie hereingebrochen war, nicht mit ihm in den Winterurlaub hatte fahren können. Es war vielmehr die Art, *wie* sie mit diesen Krisen umging und welche Rolle sie ihm in diesen angespannten Lebenslagen zubilligte, die ihn irritierte und gereizt reagieren ließ.
Außerdem war sie wirklich nicht frei von Schuld, in solche finanzielle Bedrängnis geraten zu sein, sagte er sich mit tiefem Groll. Er hatte ihr im letzten Sommer vehement davon abgeraten, ihr Studio um weitere Aufnahmeräume zu vergrößern und sich diese zusätzliche Schuldenlast von einer halben Million aufzubürden.
»Wozu das alles, Daniela? Bist du nicht jetzt schon bis zur Grenze des Erträglichen ausgelastet? Wann wirst damit beginnen, endlich einmal die Früchte deiner unermüdlichen Schufterei zu genießen, zu leben und dir selbst Ruhe zu gönnen?« hatte er sie gefragt. »Bist du wirklich so versessen darauf, es all den anderen Berufshektikern in der Wirtschaft nachzumachen und mit Vierzig den ersten Infarkt zu haben? Ist es das, was du unter dem Sinn des Lebens verstehst?«
Seine Hoffnung, sie zur Selbstbesinnung und zur Abkehr von ihren ehrgeizigen Umbauplänen zu bewegen, hatte sich nicht erfüllt. Daniela hatte die halbe Million Schulden aufgenommen und sich damit noch stärker unter Erfolgsdruck gesetzt. Wem meinte sie bloß etwas beweisen zu müssen? Vermutlich

nur sich selbst, und das war wohl die schlimmste aller Motivationen, wenn sie zu einer atemlosen Hetze von einem Erfolg zum nächsten führte ...

Die Erkenntnis, trotz aller gegenseitigen Liebe auf diesem Gebiet völlig machtlos zu sein und bei ihr nicht das geringste bewirken zu können, verwirrte und schmerzte. Es war ein Schmerz, der tiefer ging, als er es selbst für möglich gehalten hätte.

Die Straßen waren frei und trocken, und er kam gut voran. Als er bei Frankfurt auf einer Autobahnraststätte anhielt, war es noch nicht einmal ein Uhr. Nach dem Auftanken ging er zu einer Telefonzelle. Sein erster Anruf galt Hedwig Büllesbach, seiner sechzigjährigen Zugehfrau, die schon seit vielen Jahren dafür sorgte, daß sein häusliches Chaos zumindest einen gewissen Hauch von Charme und Gemütlichkeit erhielt. Das war schon eine beachtenswerte Leistung. Sein Chaos in so etwas wie Ordnung verwandeln zu wollen, hatte sie längst aufgegeben.

»Sie sind schon auf der Fahrt retour?« rief Hedwig überrascht. »Aber Sie wollten doch bis nächste Woche in den schönen Schweizer Bergen bleiben, Herr Hendrik?«

»Jetzt komme ich eben etwas früher aufs schöne Sylt zurück, Hedwig. Also seien Sie so nett und sorgen Sie bitte dafür, daß es warm im Haus ist. Ich werde wohl am frühen Abend eintreffen, wenn ich nicht wieder das Glück habe, daß mir der Autozug vor der Nase wegfährt.«

Hedwig räusperte sich und fragte mit freudiger Erwartung: »Kommen Sie in Begleitung der gnädigen Frau, Herr Hendrik? Ich kann einen schönen Braten vorbereiten oder Kaninchen mit frischen ...«

»Nein, die gnädige Frau wird in Köln von ihren Geschäften aufgehalten. Sie brauchen im Haus also nicht wieder alles auf den Kopf zu stellen«, fiel er ihr mit gutmütigem Spott ins

Wort, denn seine Zugehfrau hegte große Bewunderung für Daniela. Letztes Weihnachten hatte sie ihm sogar bei einem Glas Eierlikör ganz verträumt gestanden, daß sie sich so ihre Tochter gewünscht hätte, wenn sie nur die Kinder gehabt hätte, die ihr und ihrem verstorbenen Mann von der Natur leider verwehrt geblieben waren – nämlich schön, stark, erfolgreich und völlig unabhängig von einem Mann. Da Weihnachten gewesen war, hatte er nicht viel dazu gesagt.
»Jaja, sie ist schon eine bewundernswert tüchtige Person, die gnädige Frau ...«
»Daniela ist nicht gnädiger oder ungnädiger als Sie, Hedwig! Und Tüchtigkeit ist nicht unbedingt eine Tugend!« gab er verdrossen zurück.
»Da bin ich aber ...«
Christian war nicht in der Stimmung, sich ausgerechnet jetzt von Hedwig Lobeshymnen auf Daniela anzuhören. Deshalb schnitt er ihr freundlich, aber bestimmt das Wort ab. »Sagen Sie mir das später, Hedwig, ja? Ich muß Schluß machen. Es sind keine Münzen mehr im Speicher. Bis später dann.«
Er unterbrach die Verbindung und wählte die Nummer der STARDUST STUDIOS. Es meldete sich Danielas Sekretärin. »Tut mir leid, Herr Hendrik, aber Frau Stern ist schon den ganzen Tag außer Haus.«
»Und wann erwarten Sie sie zurück?« wollte er wissen.
»Ich sehe, sie hat heute noch eine ganze Menge Termine. Es kann sein, daß sie gar nicht mehr ins Studio kommt. Soll ich ihr etwas ausrichten?« erkundigte sich Marianne.
Er zögerte. »Ja, richten Sie ihr bitte aus, daß ich heute abend wieder in meinem Haus auf Sylt zu erreichen bin. Sie kann ja mal anrufen, falls sie Zeit zwischen ihren Terminen findet.«
Er kam zügig voran, geriet in Hamburg kurz in einen Stau und fühlte sich gleich besser, als er in Niebüll seinen Wagen auf der oberen Etage des Autozugs eingeparkt hatte, das Festland

hinter ihnen zurückfiel und der Zug über den Hindenburgdamm rollte. Er war in Köln geboren und dort auch aufgewachsen, doch ein Gefühl, in seiner Geburtsstadt auch zu Hause zu sein, hatte er nie gehabt. Dieses Gefühl brachte er allein Sylt entgegen. Sylt war für ihn immer ein Ort der Geborgenheit, eine Zufluchtsstätte gewesen, seit er denken konnte, und seine Erinnerungen reichten weit, weiter sogar, als er es sich manchmal wünschte ... Seine geliebte Insel begrüßte ihn, ganz wie es sich gehörte und wie er es auch erwartet hatte, mit einem fast stürmischen Westwind. Er hatte das Seitenfenster heruntergekurbelt, ließ sich das Haar zerzausen und atmete den Geruch von Salz und Tang, den der Wind so selbstbewußt mit sich trug wie eine Frau ihr Lieblingsparfüm, tief ein.

In Westerland fuhr er von der Fähre. Für die letzten Kilometer bis zu seinem Haus bei Rantum ließ er sich viel Zeit. Der Anblick der Reetdächer, das wellige Auf und Ab der Dünen, der Flug der Möwen am bewölkten Himmel und das Meer, das immer wieder zwischen den Dünen aufblitzte, waren für ihn wie Seelenbalsam.

Sein Haus, ein ehemaliger kleiner Friesenhof, lag versteckt zwischen den Dünen. Vom großen Dachfenster, das erst vor wenigen Jahren für viel Geld eingebaut worden war, als er sein Atelier aus dem alten zugigen Schuppen auf den Dachboden verlegt hatte, konnte man sogar das Meer sehen. Auf dem gepflasterten Vorplatz parkte Hedwigs alter VW-Käfer. Hinter den kleinen Fenstern im Erdgeschoß brannte Licht, und aus dem Kamin stieg Rauch empor und wurde sogleich vom böigen Westwind mitgerissen.

Christian stieg aus und hatte noch nicht einmal die Kofferraumhaube oben, als Hedwig auch schon aus dem Haus geeilt kam, um ihm bei seinem Gepäck zur Hand zu gehen.

»Um Himmels willen, bleiben Sie drin, Hedwig!«

»Ich bin nicht aus Zuckerwatte und keines dieser blutarmen Püppchen! Und nun geben Sie mir schon den Koffer, Herr Hendrik!« rief sie mit der ihr eigenen energischen Art und nahm ihm den ersten Koffer einfach aus der Hand. Die weißen Rüschen ihrer Schürze flatterten im Wind, der ihrem eisgrauen, hochgesteckten Haar jedoch keine Strähne aus dem Knoten im Nacken zu zerren vermochte. Diese weiße Schürze, obwohl zu bügeln eine Heidenarbeit, war ihr Stolz und ihr Statussymbol, auf das sie niemals verzichtete. Sie hing stets griffbereit in der kleinen Kammer links vom Eingang. Und das erste, was sie tat, wenn sie ihren Mantel abgelegt hatte, war, sich die Schürze umzubinden. Zugehfrau war auch nicht die Bezeichnung, die sie für ihre Tätigkeit hätte gelten lassen, wenn er sie vor ihr so genannt hätte, was er sich zu tun hütete. Im Gespräch mit Nachbarn, Freunden und insbesondere mit flüchtigen Bekannten nannte sie sich gern, wie er sehr wohl wußte, die »Hauswirtschafterin unseres berühmten Sylter Malers Christian Hendrik« und deutete stets an, daß sie eine viel größere Verantwortung trug als nur die über den Hausputz und gelegentliche Einkäufe, was auch nicht ganz falsch war. Daß der künstlerische Ruf ihres Arbeitgebers bisher nicht nennenswert weit über Sylt hinausgedrungen war, wußte sie nicht – und hätte sie auch nicht im geringsten verunsichert.
»Sie werden von der langen Fahrt bestimmt sehr müde sein, Herr Hendrik. Ich brühe sofort einen starken Tee auf, wie Sie ihn mögen«, rief sie und hastete auf ihren kurzen, stämmigen Beinen über das alte Kopfsteinpflaster.
»Keine Eile, Hedwig«, sagte er und folgte ihr ins Haus, wo ein großer Kachelofen behagliche Wärme verströmte. Die Dielenbohlen knarrten unter seinen Schuhen, und es roch nach Ölfarben und Terpentin. Es war der Geruch seiner Welt, der Ruhe und Sicherheit in überschaubaren und beherrschbaren Grenzen.

»Hat jemand angerufen?« fragte er.
Hedwig machte ein schuldbewußtes Gesicht. »O ja, das hätte ich fast vergessen. Herr von Ossendorf. Er sagte, er habe schon versucht, Sie in Ihrem Hotel in der Schweiz zu erreichen.«
»Und außer ihm hat keiner angerufen?« fragte er noch einmal nach.
»Nein, nur Herr von Ossendorf. Sie möchten sich doch bitte bei ihm melden, sowie Sie zu Hause sind. Natürlich sagte er mir nicht, worum es geht, doch er klang sehr dringend.«
»Frieder klingt immer sehr dringend«, wehrte er enttäuscht ab, denn er hatte mit einem anderen Anruf gerechnet. Frieder von Ossendorf, sein Agent und Galerist in Westerland, konnte warten.
Nach dem Tee zog Christian Stiefel, warme Hosen und Pullover an und unternahm einen abendlichen Spaziergang am Meer, weil Hedwig darauf bestand, die Kleider aus seinen Koffern einzuräumen. Zudem hatte sie einen Eintopf für ihn vorbereitet, und in der Küche waren noch ein paar Handgriffe nötig.
Es war Ebbe, und er hatte den Strand fast ganz allein für sich, teilte ihn nur mit einer Schar Seevögel und einem herumstreunenden Hund, der ihn beschnuppern kam und ihn eine Zeitlang begleitete, bevor er in den Dünen verschwand.
Als er den Rückweg antrat, war es längst stockdunkel. Wolken zogen über ihn hinweg, das Meer brandete den Strand hinauf, und weit draußen in der salzigen Schwärze der Nacht konnte er zwei einsame Lichter ausmachen.
Hedwigs Eintopfgerichte vermochten es mit jeder teuren Spezialität der Sylter Feinschmeckerrestaurants aufzunehmen. An diesem Abend aß er jedoch ohne großen Appetit. Frieder hatte erneut angerufen, nicht jedoch Daniela.

Um neun wählte er ihre Privatnummer. Ihre Stimme meldete sich sofort, doch sie kam vom Tonband ihres Anrufbeantworters. Plötzlich spürte Christian die Müdigkeit eines langen Tages.
»Hallo, Schatz, ich bin wieder auf Sylt, wie du vermutlich schon weißt. Und ich habe mich entschlossen, mich in den nächsten Tagen intensiv mit ein paar Bildern zu beschäftigen, die schon längst hätten fertiggestellt sein müssen. Wir hören voneinander. Ach ja, und mach auch mal eine Pause von der Karriere«, sagte er aufs Band, legte auf und zog den Anschluß aus der Wand.

10

Ob es ihr wohl jemals gelingen würde, sich endgültig von dem quälenden Gefühl der Schuld zu befreien? Hatte sie denn nicht für das, was sie getan hatte, bitter genug bezahlt? fragte sich Daniela und wünschte plötzlich, sie hätte sich nicht ausgerechnet den Sonntagvormittag für ihren Friedhofsbesuch ausgesucht. Auf den kiesbestreuten Wegen begegneten ihr einfach zu viele Menschen, die das kühle, aber zum erstenmal seit Tagen wieder sonnige Wetter zu einem Spaziergang nutzten.
Daniela klammerte sich an den Blumenstrauß, den sie in der Hand hielt, wie ein Ertrinkender an ein Stück Treibholz. Ihren Blick hielt sie starr geradeaus gerichtet, auf einen imaginären Punkt in der Ferne, jenseits aller Gräber. Seit sie den Friedhof betreten hatte, wurde sie das beklemmende Gefühl nicht mehr los, als sähen diese Frauen und Männer ihr am Gesicht an, daß es ihre Schuldgefühle waren, die sie immer wieder an das Grab

mit dem schweren Stein aus weißem Marmor trieben. Sie empfand den Gang über den bevölkerten Hauptweg wie einen nicht enden wollenden Spießrutenlauf.

Als sie in den schmalen Seitenweg einbog, der zu seinem Grab führte, wurde es stiller. Doch ihre innere Anspannung löste sich nicht. Im Gegenteil, der Knoten in ihrem Magen zog sich noch enger zusammen, und ihr Herz hämmerte, als sie das Ziel ihres Bußganges, wie sie ihre seltenen Besuche im stillen nannte, erreicht hatte.

Das Grab war wie immer makellos gepflegt und schon mit Frühlingsblumen bepflanzt. Sollten sie Opfer einer Frostnacht werden, würden tags darauf neue an ihrer Stelle sein. In der Vase steckte, ganz wie erwartet, ein Strauß Schnittblumen, und in der Grableuchte brannte eine dicke Kerze mit ruhiger Flamme.

Daniela stand mit hämmerndem Herzen vor dem Grab, das eine einzige zu Marmor gewordene stumme Anklage für sie darstellte. Walter Larsen und seine Lebensdaten *27. 8. 1945–17. 2. 1982* waren in den Stein gehauen. Kein Grabspruch, keine Verzierungen.

Sie biß sich schmerzhaft auf die Lippe, um gegen die Erinnerungen und gleichzeitig gegen die Tränen anzukämpfen, die in ihr aufstiegen. Mit kalten, zitternden Händen wickelte sie die Blumen aus dem Papier und legte sie auf die frisch geharkte Erde. Sie wußte, daß ihre Blumen schon am Abend vom Grab verschwunden und in einem der grünen Container für verrottbare Abfälle zu finden sein würden. Diese Gewißheit hatte sie aber nicht davon abhalten können, dennoch Blumen mitzubringen. Sie würde nie ohne Blumen kommen, eher gar nicht mehr, aber genau das wollte *sie* ja.

Der Gedanke, daß *sie* ihr niemals verzeihen würde, wie viele Jahre auch vergehen mochten, war ein zusätzlicher, eisiger Dorn in den dünnen Narben ihrer Seele. Die neun Jahre seit

jener Februarnacht schienen sich plötzlich zu wenigen Wochen, ja Tagen zu verdichten.
Das Blut, das viele Blut ...
Jäh wandte sie sich ab, hastete den Weg zurück, den sie gekommen war, und geriet ins Laufen. Sie achtete nicht auf die verwunderten Blicke, die ihre unstatthafte Hast an diesem Ort hervorrief. Sie lief und lief und stand – endlich, endlich! – vor ihrem Wagen. Mit stoßhaftem Atem und Seitenstechen stützte sie sich auf die Motorhaube. Die Kälte des Blechs unter ihren Händen schien ihr bis in die Knochen zu dringen.
Es dauerte eine ganze Weile, bis das wilde Jagen ihres Herzens abebbte und ihr Atem sich wieder beruhigt hatte. Sie setzte sich in den Wagen, und mit Vivaldi gelang es ihr langsam, wieder halbwegs zu einem inneren Gleichgewicht zu finden.
Sie fuhr zum Rhein zurück, scheute sich jedoch, jetzt schon ihre Wohnung aufzusuchen. Sie hatte das Verlangen, unter Menschen zu sein. Wenn Christian doch bloß nicht sein Telefon abgestellt hätte, hätte sie wenigstens mit ihm reden können. Und vielleicht hätte sie diesmal die Kraft und Überwindung aufgebracht, um ihm von damals zu erzählen ... und von Walter. Doch er grollte ihr und strafte sie, so wie sie seine Reaktion deutete, völlig grundlos, indem er sich wieder einmal in seinen Kokon zurückzog.
Als Daniela eine Parklücke fand, stellte sie ihr weißes Cabrio ab, mischte sich unter die Spaziergänger auf der Rheinuferpromenade und versuchte ihre Gedanken in andere Bahnen zu lenken. Sie bemühte sich, sich nur die erfreulichen Erlebnisse der letzten Tage in Erinnerung zu rufen.
Alan Byrd und sein mittlerweile unterschriftsreifes Angebot, Anthony Capos neue LP in den STARDUST STUDIOS zu produzieren, rangierten auf der Liste der angenehmen Überraschungen der vergangenen Woche natürlich an erster Stelle. Auch

was Heydenreich und den Kredit betraf, hatte sie zumindest einen Teilsieg errungen. Alan hatte dem Filialleiter auf ihre Bitte hin eine Bestätigung darüber gefaxt, daß GoldCoast Records die Stardust Studios im Frühsommer für mindestens drei Monate unter Vertrag nehmen würden. Daraufhin hatte sich die Bank bereit erklärt, die Laufzeit des Kredits um sechs Monate zu verlängern, bei gleichbleibenden Konditionen und ohne Tilgung während dieser Zeit.

»Sollte sich Ihre Geschäftslage bis zum Herbst in der Weise konsolidiert haben, wie Sie es erwarten und wir erhoffen, dann finden Sie in unserer Bank mit Sicherheit einen bereitwilligen Partner für die von Ihnen gewünschte Umschuldung, Frau Stern«, hatte Heydenreich ihr wohlwollend und auch mit unverhohlen persönlicher Erleichterung in Aussicht gestellt.

Glücklicherweise hatte sich auch Mariannes Befürchtung, Charley könne einen Rückfall in schlechte Zeiten erlitten haben, als völlig unbegründet herausgestellt. Tommy hatte zwar einen sehr benommenen und verquollenen Charley Matuschek angetroffen, doch zu diesem Zustand wie auch zu seinen Artikulationsschwierigkeiten hatten ein vereiterter, wurzelloser Zahn, eine dicke Backe und drei Betäubungsspritzen des Zahnarztes geführt – und nicht Asbach Uralt oder irgendein anderer hochprozentiger Alkohol. Am Freitag hatte sie mit Charley gesprochen, und er hatte ihr versichert, daß er am Montag morgen wieder am Mischpult sitzen würde – fit wie 'ne Floppy disk direkt vom Prüfstand! So gesehen war alles in Ordnung, nur die Sache mit Christian bereitete ihr Sorgen und Ärger ...

11

Daniela war derart in Gedanken versunken, daß sie ganz erschrocken zusammenfuhr, als jemand sie anrempelte. Verwundert stellte sie fest, daß sie sich in der Altstadt befand, und sofort dachte sie an Bea, die gar nicht weit von hier wohnte. Einer spontanen Eingebung folgend, beschloß sie, ihrer Freundin einen überraschenden Besuch abzustatten. Bei ihr konnte sie das machen, ohne dabei ein ungutes Gefühl zu haben. Bea war in vieler Hinsicht recht unkonventionell.

Es waren nur zehn Minuten Fußweg bis zu ihrer Wohnung, die sich im dritten Stock eines Mietshauses neueren Datums befand.

Bea war daheim und meldete sich über die Gegensprechanlage. »Du bist es, Ela?« kam es scheppernd aus dem winzigen Lautsprecher neben der Haustür. »Das kann doch nicht wahr sein! O Herr, jetzt glaube ich wieder an Zeichen und Wunder. Los, komm hoch, damit ich es auch wirklich glaube!«

»Nun übertreib mal nicht!«

Bea stand schon in der Wohnungstür, als Daniela aus dem Fahrstuhl trat. Sie hatte sich lässig in einen sehr extravaganten japanischen Kimono aus feuerroter Seide gehüllt, der mit goldenen Blüten bedruckt war und einem wirkungsvollen Kontrast zu ihrem schulterlangen schwarzen Haar bildete. Dazu trug sie seidenglänzende Hausschuhe in derselben Farbe. Daß sie nichts unter dem Kimono anhatte, war unschwer zu sehen, denn unter dem dünnen Stoff, der ihre üppigen Formen umfloß, zeichnete sich weder Slip noch BH ab. Ausgeruht und mit dem strahlenden Lächeln, das jetzt auf ihrem Gesicht lag, konnte sie wirklich recht gut als Frau von achtunddreißig Jahren durchgehen – die sie vor vier Jahren erst einmal für unbestimmte Zeit zu sein beschlossen hatte.

»Hast du ein Double geschickt, oder bist du es tatsächlich höchstpersönlich, Ela, der Komet am Karrierehimmel der Musikszene?« gab sich Bea mißtrauisch.
»Sag mal, für wen hältst du dich? Für Jil Sander die Zweite, der eine kleine Studiomaus den Hof machen muß?« frotzelte Daniela zurück und spielte dabei auf die exklusive Modeboutique ihrer Freundin im Olivandenhof an. »Dir würde ich nicht einmal meinen Chauffeur schicken, wenn ich einen hätte, geschweige denn ein teures Double!«
Bea lachte, und die beiden Freundinnen umarmten sich herzlich. »Ela, wie schön, daß du dich mal wieder blicken läßt! Wir haben uns eine Ewigkeit nicht gesehen.«
»Zwei Wochen ...«
»Eine Ewigkeit, sagte ich doch«, fiel ihr Bea gestenreich ins Wort und zog sie in ihre Wohnung, die sehr geschmackvoll und sehr weiblich eingerichtet war. Sie hatte die Wände mit goldbrauner Seide bespannen lassen und sich mit bequemen modernen Möbeln eingerichtet, zwischen die sie hier und da einige antike Stücke gemischt hatte. Mehrere üppige Blumengestecke moderne Grafiken an den Wänden und flauschige Teppiche auf dem Boden trugen das Ihre zu einer sowohl gemütlichen als auch stimmungsvollen Atmosphäre bei.
»Entschuldige, daß ich dich so ohne Vorwarnung überfalle. Wenn ich gewußt hätte, daß du noch im Bett herumlungerst, hätte ich dir mehr Zeit gelassen«, sagte Daniela und hängte ihren Mantel auf.
»Wenn es mir nicht gepaßt hätte, hätte ich erst gar nicht auf die Klingel reagiert«, erwiderte Bea mit einem fröhlichen Zwinkern.
Sie gingen ins Wohnzimmer. »Ich war heute ...« begann Daniela, brach jedoch mitten im Satz ab, denn im selben Moment öffnete sich die Tür von Beas Schlafzimmer. Rockmusik drang aus dem Raum, und ein junger Mann zeigte

sich auf dem kleinen Zwischenflur zum Bad. Er war splitternackt.
Daniela war zu verblüfft, um den Blick abzuwenden. Der junge Mann war sehr gut gebaut. Überall. Er besaß die Figur eines Adonis – und wohl auch dessen Selbstsicherheit, denn er reagierte weder erschrocken noch verschämt. Zwar zeigte er Überraschung, doch statt seine Blöße zu bedecken und ins Schlafzimmer zurückzuflüchten, hob er die Hand zum Gruß und verschwand ohne Eile im Bad.
»Mein Gott, ist mir das peinlich!« stieß Daniela betreten und mit gedämpfter Stimme aus. »Warum hast du mir nicht gesagt, daß du ... daß du mit jemandem im Bett bist?«
Bea lachte. »Nun mach nicht so ein Gesicht wie ein kleines Schulmädchen, das zum erstenmal einen nackten Mann gesehen hat«, sagte sie und zog ihre Freundin zur Sitzgruppe hinüber. »Das war bloß Bobby.«
»Bloß Bobby!« Daniela verdrehte die Augen und wurde im nachhinein regelrecht verlegen. »Himmel, ich platze einfach so herein ... Nein, ich geh besser wieder.«
»Kommt gar nicht in Frage! Du bleibst. Und du bist auch nicht hereingeplatzt, Ela. Das Feuerwerk im Bett liegt längst hinter uns, und ich war gerade in der Küche, als du geklingelt hast. Also mach jetzt bloß nicht so ein Theater.«
»Aber es ist mir peinlich«, wiederholte Daniela. »Und ihm wird es doch bestimmt auch peinlich sein.«
»Ach was!« wehrte Bea amüsiert ab. »Bobby wäre es noch nicht einmal peinlich gewesen, wenn er mit einem Steifen aus dem Schlafzimmer gekommen wäre. Er weiß, daß er himmlisch aussieht. Und jetzt hol ich uns ein Glas Sekt.«
Daniela fühlte sich gar nicht wohl in ihrer Haut, und es wäre ihr lieber gewesen, wenn ihre Freundin bei ihr geblieben wäre. Sie hatte die ganze Zeit das Bild dieses splitternackten jungen Mannes vor Augen, der doch höchstens Anfang Zwanzig sein konnte.

Bea kam mit einem Tablett zurück, auf dem eine Flasche Sekt, drei Gläser sowie ein Korb mit Weißbrotschnitten und ein längliches Holzbrett mit frischem Lachs standen. Daniela wurde unbehaglich bei der Vorstellung, daß sich Beas jugendlicher Liebhaber gleich zu ihnen setzen sollte.
Gerade hatte ihre Freundin die Gläser gefüllt, als Bobby wie gerufen aus dem Bad trat. Er hatte sich ein Handtuch lässig um die Hüften geschlungen und das vom Duschen nasse Haar nach hinten gekämmt. Auch sein schlanker, muskulöser Körper glänzte noch feucht.
Und er kam doch ganz selbstverständlich zu ihnen herüber, ein unbekümmertes Lächeln auf dem Gesicht, das im Gegensatz zu seinem Körper noch nicht völlig Mann war, sondern noch viele jungenhafte Züge aufwies.
»Bobby, das ist meine beste Freundin Daniela Stern«, machte Bea sie miteinander bekannt.
»Hallo«, begrüßte er sie und gab ihr die Hand, während sie vor Verlegenheit kein Wort herausbekam. Sie hatte das Gefühl, als glühten ihre Ohren. Ganz deutlich nahm sie an ihm den Geruch einer Körperlotion oder des Shampoos wahr, das er beim Duschen benutzt hatte.
»Ela ist sonst gar nicht auf den Mund gefallen, Bobby. Sie besitzt ein großes Tonstudio. Jetzt ist sie nur ein bißchen verlegen, weil sie dich vorhin so im Adamskostüm überrascht hat«, meinte Bea vergnügt und reichte ihm ein Glas.
Daniela wurde nun regelrecht rot. »Es tut mir leid . . .«
Bobby winkte ab. »Vergessen Sie es, Daniela. Nicht der Rede wert. Ich stehe in der Akademie oft genug Modell und fühle mich nackt nicht weniger wohl als in guten Klamotten«, sagte er lässig, nahm einen Schluck und fragte beiläufig: »Oder hatten Sie an meinem Körper etwas auszusetzen?«
Diese direkte Frage brachte Daniela noch mehr aus der Fassung. »Was? . . . O . . . o nein . . . nein, überhaupt nicht!« ver-

sicherte sie dann hastig, als fürchtete sie, er könnte im nächsten Moment das Handtuch von den Hüften ziehen, um ihr noch einmal Gelegenheit zu einer besseren Begutachtung seines Körpers zu geben.

Er lächelte sie an. »Das beruhigt mich.« Und zu Bea gewandt, in deren Augen Belustigung und so etwas wie der Stolz der Liebhaberin stand, sagte er: »Ich ziehe mich dann mal an. Wartet nicht auf mich. Ich muß sowieso gleich weg.« Und so unbekümmert, wie er sich zu ihnen gesellt hatte, schlenderte er ins Schlafzimmer zurück. Daniela konnte nicht anders, als ihm nachzublicken.

»Na, ist der nicht süß?« schwärmte Bea, als sich die Tür hinter Bobby schloß. »Hat er nicht einen hübschen Po? Er ist so fest wie ein saftig frischer Granny. Und hast du seine Hände gesehen? Sie sind schmal und schlank wie die eines Pianisten.« Sie seufzte ganz verzückt. »Ach, der Junge hat wirklich einen Körper wie eine griechische Götterstatue, nur ist in seinem eine Menge mehr Leben, eine ganze Menge mehr sogar.« Sie warf ihrer Freundin einen vielsagenden Blick zu.

»Ja, er sieht ja wirklich ... hinreißend jung und schön aus«, bestätigte Daniela ein wenig verwirrt, »aber ...«

»Aber was?« Bea zog spöttisch die Augenbrauen hoch.

Daniela druckste ein wenig herum. »Mein Gott, du weißt schon, was ich meine ...«

»Nein, weiß ich nicht. Sag's mir, Ela.«

»Mein Gott, er kann doch kaum älter als fünfundzwanzig sein!«

»Er ist gerade zweiundzwanzig geworden. Also mach ihn mir nicht so alt!« drohte Bea ihr scherzhaft.

»Genau das meine ich, Bea. Er ist so jung, daß er glatt dein Sohn sein könnte!«

»Dieter und ich haben nie Kinder gehabt. Aber du kannst sicher sein, daß Bobby kein Sohnersatz für mich ist. Für mich ist er ganz Mann mit viel jugendlichem Elan und jugendlicher Sorglosigkeit, und das ist nicht nur eine ungeheuer erfrischende Mischung, sondern auch ein äußerst erregendes Aphrodisiakum.«

»Das mag ja sein ...«

»Nein, das *ist* so!« bekräftigte Bea. »Natürlich hat ein jugendlicher, ungestümer Liebhaber auch so seine Schwächen. Zum Beispiel ist er im Bett in der ersten Runde viel zu zielstrebig und schnell. Aber ich genieße auch das, denn ich weiß ja, daß er mit seinen zweiundzwanzig Jahren rasch wieder zu Kräften kommt und dann im zweiten Durchgang um so ausdauernder ist. Du kannst mir glauben, daß ich bei Bobby nie zu kurz komme.«

»Das habe ich gar nicht gemeint«, sagte Daniela, konnte sich aber ein Lächeln nicht verkneifen. Beas offene, direkte Art hatte etwas sehr Erfrischendes. »Ich denke nur daran, daß du ...«

Bobby unterbrach sie durch sein Erscheinen. Er trug schwarze Jeans und einen weißen Pullover und sah wirklich unverschämt jung und attraktiv aus. Bea fragte, ob er nicht noch etwas bleiben und sich zu ihnen setzen wolle, doch er lehnte freundlich ab.

»Das geht leider nicht. Es wird Zeit, daß ich mich mal wieder für ein paar Stunden hinters Schweißgerät klemme«, sagte er, nahm eine Scheibe Lachs vom Brett und ließ sie sich von oben in den Mund fallen. Und dann lächelte er bedeutungsvoll, als er hinzufügte: »Ich glaube, ich bin jetzt auch gut drauf. Ich ruf dich später an, okay? Ciao, Daniela.«

Bea brachte ihn zur Tür. Daniela hörte, wie sie sich küßten und leise lachten. Kurz darauf fiel die Tür hinter Bobby zu, und ihre Freundin kehrte zu ihr zurück.

»Er ist *Schweißer?*«

Bea lachte auf. »Nein, aber auch wenn er es wäre, würde es

nichts daran ändern, daß ich mit ihm rundum glücklich bin. Bobby besucht die Kunstakademie und schweißt Skulpturen aus Schrott zusammen. Ich muß jedoch offen zugeben, daß ich sein künstlerisches Talent weit weniger gut beurteilen kann als einige andere Talente, die er besitzt.«
Daniela schüttelte besorgt und zugleich doch auch amüsiert den Kopf. »Bea, Bea«, seufzte sie etwas theatralisch. »Ich bin ja von dir einiges gewohnt, und soweit ich es überblicken kann, hast du in den letzten Jahren ja wahrlich nicht enthaltsam gelebt, aber einen zweiundzwanzigjährigen Liebhaber ... Hoffentlich geht das bloß gut!«
»Natürlich wird es *nicht* gutgehen«, erwiderte ihre Freundin gelassen. »Es kann gar nicht. Zumindest spricht die Wahrscheinlichkeit dagegen. Denn immerhin bin ich gute zwanzig Jahre älter als Bobby, obwohl er nur mit sechzehn Jahren Unterschied rechnet, wenn er sich überhaupt Gedanken darüber macht ...«
»Genau das meinte ich vorhin.«
»... aber das ist im Augenblick doch nicht das Entscheidende«, fuhr Bea ernst fort. »Wir verstehen uns wunderbar, Ela, und das nicht allein im Bett, sondern auch sonst. Und ich fühle mich durch ihn richtig jung. Er hat mir die Augen wieder für so vieles geöffnet, was ich in den letzten zehn, fünfzehn Jahren als Dieters Ehefrau, besser gesagt *Vorzeige*frau, zu sehen und zu empfinden regelrecht verlernt habe. Wie lange unser Verhältnis dauert, ist daher auch ohne große Bedeutung.«
»Das sagst du jetzt«, warf Daniela skeptisch ein.
»Nein. Die Jungmädchenillusionen habe ich verloren. Ich weiß, daß das, was ich mit Bobby erlebe, nicht die große ewige Liebe ist, aber wer findet die schon? Und was ist schon ewig?«
»Wohl die Träume und Wünsche, so etwas zu erleben«, meinte Daniela versonnen.

»Vielleicht ist in sechs Monaten alles vorbei, vielleicht auch schon in sechs Wochen oder sechs Tagen. Aber das nehme ich in Kauf, Ela. Lieber sechs wunderschöne, leidenschaftliche Wochen mit Bobby und danach fünf Jahre und sechsundvierzig Wochen warten auf die nächste große Leidenschaft, als sechs verlorene, leidenschaftslose Jahre mit einem Mann wie Dieter, mit dem ich nicht nur sechs, sondern vierzehn kostbare Jahre meines Lebens vergeudet habe!«

»So gesehen hast du natürlich recht«, räumte Daniela ein und bediente sich vom Lachs.

»Und ob ich recht habe! Dieter war nur daran interessiert, Karriere zu machen. Ich war für ihn bloß ein hübsches Ausstellungsstück, mit dem er sich bei Gesellschaften schmücken konnte. Was ich mir vom Leben und von ihm als Mann wünschte, danach hat er nie gefragt. Ich habe lange gebraucht, um das zu erkennen und den Mut aufzubringen, einen Schlußstrich unter dieses eintönige, wenn auch finanziell sehr sorglose Nebeneinanderleben zu ziehen«, gestand Bea.

»Das passierte doch auf dieser Indienreise, nicht wahr?« erinnerte sich Daniela, denn damals hatten sie sich auf dem Flughafen in Frankfurt kennengelernt.

Bea nickte. »Diese Rundreise durch Indien, von der mich Dieter nicht hatte abbringen können, hat mir die Augen geöffnet. Ohne ihn fühlte ich mich frei und gelöst. Ich vermißte ihn überhaupt nicht. Nicht eine Minute. Damals habe ich erkannt, daß ich im Begriff stand, auch den Rest meines Lebens wegzuwerfen und es auf dem Altar der gesellschaftlichen Anerkennung und des Versorgtseins zu opfern. Wir brauchten einander nicht mehr, Ela, wir gaben uns auch nichts mehr, und diese stille Tragödie bestimmte unsere Ehe schon seit mindestens zehn Jahren. Ich habe zehn Jahre verschenkt! Deshalb bin ich nach meiner Rückkehr kurzentschlossen ausgezogen und habe begonnen, mein Leben wieder in die eigenen Hände zu nehmen. Gut, ich habe von Dieter eine Abfindung erhalten, die es mir ermöglicht hat, diese Boutique auf die Beine zu stellen. Aber ich wäre auch gegangen, wenn ich nicht einen Pfennig von ihm bekommen hätte. Und ich habe es nicht einen Tag bereut, das kannst du mir glauben, auch wenn mir manchmal zum Heulen zumute war.«

»Und wie hast du deinen Bobby kennengelernt?« wollte Daniela wissen.

»Auf einer kleinen Modenschau einer Kollegin, die ein Geschäft mit Herrenmode führt. Es hat gleich bei uns gefunkt. Erst habe ich doch ein bißchen gezögert, aber dann habe ich alle diese altbekannten Bedenken über Bord geworfen«, berichtete Bea. »Zum Teufel damit, Ela! Warum sollen wir Frauen, die wir in unserem besten Alter sind und in jeder Hinsicht eine Menge zu bieten haben, nicht auch junge Männer als Liebhaber oder Ehemänner nehmen? Egal, ob wir nun vierzig, fünfzig oder sechzig sind! Die selbsternannten Herren der Schöpfung haben es uns doch schon seit Jahrhunderten, ach was, seit Jahrtausenden vorgemacht. Sie sehen es ja noch heute als ihr Recht an, mit Sechzig oder gar Siebzig blutjunge Dinger, die ihre Enkelinnen sein könnten, zu heiraten oder sich als Geliebte zu nehmen. Sie kümmern sich nicht darum, und so müssen wir das auch machen. Ich sehe überhaupt nicht ein, warum wir das Blatt nicht endlich einmal umdrehen sollten. Und ich denke auch nicht daran, mir deshalb das dämliche Vorurteil anzuziehen, daß eine ältere Frau einen jungen Mann schon finanziell aushalten muß, damit er auch nur für kurze Zeit bei ihr bleibt. Wer sich so unattraktiv und reizlos findet, tut mir einfach nur leid. Ich jedenfalls ziehe mir den Schuh nicht an.«

»Du hast recht, alte Männer mit jungen Frauen findet man ganz normal«, pflichtete Daniela ihr bei, »während man die umgekehrte Kombination immer noch als etwas sehr Anrüchiges bewertet.«

»Anrüchig ist nur das, was verklemmte, dumme und neidische Leute in diesem Zusammenhang denken und zu wissen *meinen,* nicht das, was zwei erwachsene Menschen für sich als richtig und beglückend empfinden, wie lange es auch immer halten mag!« erklärte Bea kategorisch. »Und glaube ja nicht, ich würde mich mit Bobby in meinen eigenen vier Wänden verstecken. Dies ist mein Leben, wir haben nur eins, und ich habe weiß Gott lange gebraucht, um selbstbewußt genug zu werden, um es so zu leben, wie es meinen Träumen und Bedürfnissen entspricht.«

Daniela sah sie gerührt an. »Ich glaube, du bist sehr viel mutiger und wohl auch glücklicher als ich. Es war wirklich dumm, daß ich vorhin so ... na ja, so entgeistert reagiert habe.«

»Entgeistert? Von wegen! Du warst im ersten Moment richtig schockiert, gib es doch zu!« sagte Bea ihr fröhlich ins Gesicht.

Daniela machte eine verlegen entschuldigende Geste. »Ja, stimmt.«

»Aber nun vergessen wir mal meinen süßen Bobby für einen Augenblick, und du erzählst mir, warum du nicht glücklich bist!« sagte Bea und füllte ihre Gläser wieder auf. »Ich dachte, zwischen dir und Christian liefe es ganz hervorragend.«

Daniela drehte den dünnen Kristallstiel des Kelches zwischen ihren Fingern. »Ach, ich will es ja auch nicht dramatisieren«, begann sie zögernd. »Wir haben uns eigentlich noch nicht einmal richtig gestritten. Wie sollten wir auch. Christian ist wieder auf Sylt und hat mich wissen lassen, daß er eine Zeitlang konzentriert arbeiten will.«

»Und was ist daran so irritierend?«

»Die Vorgeschichte und die Tatsache, daß er dann immer sein Telefon ausstöpselt und einfach nicht zu erreichen ist. Und

Post, die er in diesen Tagen bekommt, verschwindet ungeöffnet in Jonas' Bauch.«
»Wer oder was ist Jonas?«
Daniela lachte kurz auf. »Ach, das ist ein armlanger, aus Holz geschnitzter Walfisch, dick wie ein Kürbis, dessen obere Hälfte man abnehmen kann.«
»Also gut, dann erzähl mir mal die Vorgeschichte.«
Daniela berichtete ihr, was sich in der letzten Woche bei ihr alles ereignet hatte, und es tat ihr gut, ihrer Freundin ihr Herz ausschütten zu können.
»Das mit dem angeblichen Versicherungsbetrug ist ja ein dicker Hund!« meinte Bea. »Und bist du dir auch sicher, daß die Hinweise im Polizeibericht nicht vielleicht doch einen realen Hintergrund haben?«
»Dann müßte es ja einer von meinen Leuten gewesen sein, und das ist einfach absurd.«
Bea sah sie skeptisch an. »Wirklich?«
Daniela zögerte kurz. »Ja. Ich könnte es mir genausowenig denken, wie von dir bestohlen zu werden, Bea. Da sind einfach ein paar Zufälle zusammengekommen, die einen Verdacht *möglich* machen, und diese Chance hat die Versicherung sofort beim Schopf gepackt. Wenn ich zu meinem Recht kommen will, muß ich mich auf einen jahrelangen Rechtsstreit mit äußerst ungewissem Ausgang einlassen. Und wenn GoldCoast Records mir in dieser kritischen Situation nicht ein sehr lukratives Angebot gemacht hätte, hätte mich die Bank möglicherweise gezwungen, die Stardust Studios zu verkaufen, um ihre Kredite zu retten. Meine Schulden hätte ich bezahlen können, wäre danach aber mit leeren Händen dagestanden – nach sieben Jahren knochenharter Arbeit.«
»Und daß du in dieser kritischen Phase nicht mit ihm nach Gstaad gefahren bist, hat Christian dir zum Vorwurf ge-

macht?« fragte Bea ungläubig. »Das kann ich mir bei ihm einfach nicht vorstellen.«

Daniela machte ein unglückliches Gesicht. »Nein, direkt zum Vorwurf hat er es mir nicht gemacht. Er hat schon verstanden, daß in dieser angespannten Situation von Urlaub keine Rede sein konnte und ich das alles erst wieder in Ordnung bringen mußte.«

»Ah, dann ...«

»Aber irgendwie war er doch verstimmt, und indirekt hat er mir schon einen Vorwurf gemacht«, fuhr Daniela betrübt fort. »Er meint, ich hätte die STARDUST STUDIOS erst gar nicht so groß ausbauen dürfen und würde jetzt die Quittung dafür bekommen, daß ich letztes Jahr nicht auf ihn gehört habe.«

Bea atmete tief durch. »Nun, so völlig anderer Meinung als er war ich damals auch nicht, wenn du dich recht erinnerst. Ich habe ja wirklich viel für tatkräftige Frauen übrig, aber manchmal scheinst du es mir zu übertreiben. Arbeit ist nun auch nicht des Lebens Glück, meine liebe Ela!«

Daniela zog es vor, nicht darauf einzugehen. »Und da ist noch etwas, was Christian mir wohl übelgenommen hat.«

»So?«

»Ich habe ihn nicht gebeten, bei mir zu bleiben. Er wollte sogar aus Gstaad zurückkommen, als er hörte, daß die Geschichte komplizierter ist als zuerst gedacht und ich nicht nachkommen konnte. Aber ich habe ihm erklärt, daß das nicht nötig sei und daß ich das schon allein in Ordnung bringen müsse«, beichtete sie ihrer Freundin. »Er hat zwar nichts dazu gesagt, aber hinterher ist mir doch klargeworden, daß ich ihn damit verletzt habe.«

»An seiner Stelle wäre ich auch gekränkt, Ela!« sagte Bea vorwurfsvoll.

»Okay, er hat vielleicht etwas anderes erwartet, aber ich wollte es nun mal so«, verteidigte sich Daniela. »Du weißt, ich habe

mir damals geschworen, mich nie wieder in Abhängigkeit zu begeben und ...«
»Aber das hat doch mit Abhängigkeit nichts zu tun!« unterbrach Bea sie. »Das hat etwas mit Teilen und Liebe zu tun. Du bist wirklich sehr hart geworden, Ela, weißt du das? Du bist in das andere Extrem geflüchtet, und das ist nicht gut. Das fängt bei dir mit der Arbeit an, in die du dich in den letzten Jahren förmlich vergraben hast, und hört leider auch in der Liebe nicht auf, was wohl die größte Tragik ist.«
Daniela stellte ihr Glas heftig ab und sprang auf. Hektische rote Flecken traten plötzlich auf ihrem Gesicht zum Vorschein, und in ihren Augen war ein unruhiger, flackernder Blick. Bea war die einzige, die von Walter wußte und was sie danach durchgemacht hatte. In diesem Moment wünschte sie, sie hätte es ihr nie erzählt – und wäre nicht ausgerechnet jetzt von ihr indirekt an damals erinnert worden.
»Das stimmt nicht, Bea! Du übertreibst. Ich bin einfach nur konsequent. Außerdem sehe ich nicht ein, daß ich mich immer so verhalten muß, wie es Männer von uns Frauen erwarten!« rief sie erregt und ging nervös hin und her.
Bea spürte, daß es im Moment nichts brachte, dieses brisante Thema weiter zu verfolgen. Sie hatte da einen sehr neuralgischen Punkt berührt. Wenn Ela so erregt reagierte, war sie Argumenten der Vernunft nicht mehr zugänglich. Dann blockte sie völlig ab. Dieser Tag war offenbar nicht dazu geeignet, ihr ins Gewissen zu reden. »Okay, lassen wir das. Wir sind wohl beide nicht gerade pflegeleichte Frauen, aus der Perspektive der Männer betrachtet«, sagte sie deshalb scherzhaft und versöhnlich. »Du wirst das mit Christian schon wieder in Ordnung bringen. So ein Beinbruch war die ganze Sache ja nun auch wieder nicht, und vielleicht will er dich mit seiner Telefonmacke gar nicht strafen, wie du vermutest, sondern wirklich nur mal wieder intensiv und ungestört arbeiten.«

»Ja, und daß ich seine ›kreativen Schübe‹ und seine Einbildung, nur auf Sylt malen zu können, hinnehme – das erwartet er ganz selbstverständlich von mir!« grollte Daniela.
»Ich an deiner Stelle würde einfach hinfahren und ihn überraschen«, schlug Bea ihr vor.
»Ich weiß nicht«, überlegte Daniela laut und strich sich eine Strähne ihres rotblonden Haars aus der Stirn.
Bea stand mit einer energischen Bewegung auf und sagte unternehmungslustig: »Schluß mit der Trübsal, Ela! Wir beide machen uns heute einen schönen Tag. Heute abend gehen wir in die Filmdose ...«
»Die Schwulen- und Lesbenkneipe, von der du mir mal erzählt hast?«
»Da verkehren auch andere. Auf jeden Fall herrscht da eine tolle Stimmung. Und ich habe auch schon eine Idee, was wir bis dahin unternehmen können. Ich ziehe mich nur schnell an. Nein, keine Widerrede. Der Rest des Tages gehört uns beiden! So, und jetzt erzähl mal, was dieser Alan Byrd für ein Typ ist«, sagte Bea und stieß die Tür zum Schlafzimmer auf.
»Da gibt es nicht viel zu erzählen«, zierte sich Daniela ein wenig und mußte beim Anblick des zerwühlten Bettes an den jungen nackten Bobby denken. Die Leichtigkeit, mit der ihre Freundin offenbar ihr Liebesleben zu gestalten schien, war bewunderns- und beneidenswert.
»Na, du klangst aber so, als gäbe es sehr viel über ihn zu erzählen!« neckte Bea sie. »Oder ist er ein alter, häßlicher, seibernder Miesling?«
Daniela lächelte unwillkürlich. »O nein, genau das Gegenteil. Er ist ein ebenso erfolgreicher wie charmanter und attraktiver Amerikaner.«
»Ha! Von wegen nicht viel zu erzählen. Was du da gerade genannt hast, sind die besten Voraussetzungen für wahre

Epen, meine Liebe!« rief Bea triumphierend. »Ist er verheiratet?«
»Nein, ich glaube nicht.«
»So liebe ich die Männer!« scherzte Bea, warf frische Unterwäsche aufs Bett und öffnete den Kleiderschrank. Dann hielt sie inne, sah ihre Freundin mit leicht geneigtem Kopf an und fragte mit verschwörerischer Stimme: »Sag mal, hast du vielleicht ein Auge auf ihn geworfen?«
»Bea!«
»Okay, okay, ich habe ja auch nur gemeint. Also wenn nicht, stellst du ihn mir bei Gelegenheit mal vor.«
»Weißt du, daß du unmöglich bist?«
Bea zog die Stirn kraus und nickte bedächtig. »Hm, ja, ich erinnere mich dunkel, so etwas in der Art irgendwann schon einmal gehört zu haben. Ich glaube, es war mein unmöglicher Ehemann.« Ihre Augen blitzten schalkhaft. »Aber laß uns von erfreulicheren Dingen reden, beispielsweise von diesem Alan Byrd. Wie sieht er aus? Beschreib ihn mir. Und gib dir bitte Mühe, okay?«
Daniela schüttelte lachend den Kopf, und dieses Lachen kam so richtig unbeschwert von Herzen. Jetzt wußte sie, daß der Sonntag, obwohl er so bedrückend für sie begonnen hatte, noch schön werden und sie noch mehr als einmal herzhaft lachen hören würde. Bea war wirklich unmöglich, herzerfrischend unmöglich – und als Freundin unbezahlbar.

12

Es ist derselbe Text, den ich Ihnen schon am Montag zu Ihrer Information ins Studio gefaxt habe, Daniela. Nur fehlte verständlicherweise in der Zeile hier unten der Name des Künstlers und der Termin der Produktion«, sagte Alan und reichte ihr die vorbereitete Erklärung. Blasses Sonnenlicht fiel an diesem späten Mittwoch vormittag in sein Büro.

Daniela überflog noch einmal den Text. Setzte sie ihre Unterschrift darunter, verpflichtete sie sich, Stillschweigen über Anthony Capos Comeback und die anstehende Produktion in ihrem Tonstudio zu bewahren sowie der Presse zu keiner Zeit während der Aufnahme Interviews oder gar Zugang zu den Stardust Studios zu gewähren, und mußte ihre Angestellten gleichfalls dazu verdonnern.

»Ich bin gern bereit, das zu unterschreiben, Alan. Nur hege ich so meine Zweifel, ob wir diese Geheimhaltung auch bis zum Schluß durchhalten können. Selbst wenn meine Leute eisern den Mund halten, und dafür kann ich schon sorgen, so wird die Presse irgendwann doch Wind davon bekommen, daß sich Anthony Capo in Köln aufhält. Immerhin wird er ja zwei bis drei Monate hier sein«, gab sie offen zu bedenken. »Irgendwer wird ihn erkennen und der Presse einen Tip geben. Das ist doch immer so.«

»Ich weiß, früher oder später ist an Geheimhaltung nicht mehr zu denken«, pflichtete Alan ihr bei. »Aber Anthony Capo ist doch sehr daran interessiert, daß der Rummel um seine Person und sein Comeback nicht schon gleich am ersten Tag einsetzt. Er hat mit mir nicht darüber gesprochen, aber ein bißchen nervös wird er wohl sein, nach so vielen Jahren wieder ins Studio zu gehen und Qualität abliefern zu müssen und zu wollen, mit der er an seine großen Erfolge von früher anknüpfen kann.«

»Das verstehe ich sehr gut.«

Alan nickte. »Und deshalb möchte er erst einmal ohne großes Tamtam bei Ihnen an die Arbeit gehen können. Wenn es uns gelingen würde, uns die Presse wenigstens in den ersten zwei, drei Wochen vom Hals zu halten, wäre das schon ein großer Gewinn.«

»Ich werde alles tun, was in meiner Macht steht, damit er möglichst lange seine Ruhe hat«, versicherte Daniela. »Es ist auch nicht gerade in meinem Interesse, wenn die STARDUST STUDIOS dauernd von Presseleuten und Fans belagert werden.«

Denn daß dieser weltberühmte Star seine neue Platte bei ihr einspielte und abmischen ließ, würde sich in der Branche schon noch früh und vor allem auch schnell genug herumsprechen – und zwar ganz ohne Zweifel zu ihrem geschäftlichen Nutzen.

»Ich weiß. Diese schriftliche Verpflichtung ist auch nur eine Formsache, auf der unsere Vertragsabteilung besteht«, sagte Alan ein wenig entschuldigend und schraubte die Kappe von seinem goldenen Montblanc-Füller.

Als Daniela ihn entgegennahm und ihre Hände sich kurz berührten, bemerkte sie, daß er keinen Ring trug. Und die Tatsache, daß sie darauf geachtet hatte, war ihr plötzlich unangenehm.

Alan beobachtete sie von der Seite, als sie sich in dem weißen Ledersessel vorbeugte und das Schriftstück auf dem Glastisch mit schwungvoller, selbstbewußter Handschrift unterschrieb. Sie sah in dem grauen Kaschmirkleid, zu dem sie weiße Strümpfe und einen weißen Seidenschal als Gürtel trug, einfach hinreißend aus. Das Kleid brachte ihre schlanke Figur wunderbar zur Geltung; und wie es sich um ihre Brüste schmiegte! Merkwürdigerweise fand er es an ihr erregend, daß sie keine so üppige Oberweite besaß wie all die anderen Frauen, die bisher in seinem Leben eine wichtige Rolle gespielt hatten. Es waren sanfte Wölbungen mit aufrechten Spitzen, deren Konturen der weiche Stoff nachzeichnete. Aber es war nicht allein ihre mädchenhafte Figur, die es ihm angetan hatte. Der rotblonde Ton ihres Haars faszinierte ihn, wie übrigens auch das seltene, blasse Blau ihrer Augen. Je öfter er sie traf und mit ihr zusammen war, desto nachhaltiger und beunruhigender war ihre Wirkung auf ihn.

Als sie von dem Schriftstück aufsah und ihm den Füller mit einem Lächeln zurückgab, ruhte sein Blick noch auf ihrem Gesicht – und irgendwie fühlte er sich ertappt.

»Ich finde, darauf sollten wir anstoßen«, schlug er vor. »Meinen Sie nicht auch, daß ein Glas Champagner auf die neue Produktion von Anthony Capo ganz angebracht wäre – und auf unsere gute Zusammenarbeit?«

»Champagner um diese Zeit?« fragte sie unschlüssig, doch mit einem Lächeln, das ihn nur ermuntern konnte.

»Für guten Champagner gibt es gar keinen falschen Zeitpunkt, und wir wollen ja nicht auf irgendeine x-beliebige Produktion anstoßen, oder?«

»Also gut, aber nur ein Glas.«

Er gab sich pikiert. »Ja, was haben Sie denn gedacht? Halten Sie mich vielleicht für einen Wüstling?«

Sie lachte amüsiert, und er ging rasch ins Vorzimmer, um zwei Gläser und die Flasche Champagner aus dem Kühlschrank zu holen, die er vorsorglich am Morgen schon kalt gestellt hatte.

»Es entspricht zwar nicht der feinen Art, den Korken bei Champagner knallen zu lassen, aber irgendwie gehört das für mich so sehr dazu wie Hollywood zu Los Angeles und Karneval zu Köln«, sagte er vergnügt und ließ den Korken auch ordentlich knallen.

Wenig später hielt Daniela ein Glas mit perlendem Champagner in ihrer Hand. »Also, auf eine gute Produktion und ein großartiges Comeback für Anthony Capo!«

»Und auf all das, was uns neben beruflichem Erfolg wichtig im Leben ist!« fügte er vieldeutig hinzu und sah ihr in die Augen. Sie lächelte und trank. Dann fragte sie: »Woher können Sie überhaupt so ausgezeichnet Deutsch, Alan? Für einen Amerikaner ist das doch eher ungewöhnlich.«
Er schmunzelte. »Das verdanke ich meiner deutschen Mutter, die sich vor einundvierzig Jahren auf das Abenteuer eingelassen hat, einen jungen amerikanischen Diplomaten zu heiraten, der dann mein Vater wurde, und die mich konsequent zweisprachig erzogen hat.«
»Oh, dann sind Sie ja sogar hier auf gewachsen«, sagte sie überrascht.
Er schüttelte lachend den Kopf. »Nein, mein Vater hat schon dafür gesorgt, daß ich in Amerika zur Welt kam, und zwar in Washington, wo meine Eltern die ersten beiden Jahre meines Lebens blieben. Doch aufgewachsen bin ich in England, wohin es meinen Vater danach verschlagen hat. Das war eigentlich die schönste Zeit meiner Jugend.«
»Ja?« fragte sie interessiert.
»Wissen Sie, Familien von Diplomaten sind wie menschliches Treibgut«, sagte er scheinbar leichthin und scherzhaft, doch hinter seinen Worten steckte bittere Wahrheit. »Es verschlägt sie alle paar Jahre in ein anderes Land, sofern die Väter nicht sehr hohe Posten wie etwa den des Botschafters bekleiden. Mein Vater schaffte es erst gegen Ende seiner Laufbahn, zum Wirtschaftsattaché ernannt zu werden. Aber England war schön, weil wir dort das Glück hatten, sechs Jahre bleiben zu können. Ich hatte Zeit, mit anderen Jungs richtig Freundschaft zu schließen. Wir hatten sogar ein kleines Sommerhaus an der Küste gegenüber der Isle of Wight gemietet, und meine Mutter ist oft mit mir nach Deutschland gereist. Danach habe ich noch in Tunis, Rom, Moskau und Kairo gelebt, bevor ich dann in Amerika aufs College ging und Management studierte.«

»Dann sprechen Sie bestimmt auch noch andere Sprachen, nicht wahr?«
»Ganz leidlich Französisch und Italienisch, aber mit den paar Brocken Russisch und Arabisch, die ich noch behalten habe, käme ich nicht sehr weit.«
»Ich kann mir gut vorstellen, daß Sie es als Junge nicht immer sehr leicht gehabt haben ...«
»Auch nicht als Mann«, warf er ein.
»... aber um Ihre vielen Sprachen sind Sie zu beneiden«, beendete sie ihren Satz. »Das sind wahre Schätze, die Sie sich in Ihrer Jugend angeeignet haben.«
»Dafür sind Sie um ganz andere Schätze zu beneiden, Daniela«, sagte er und fragte spontan: »Wie wäre es, wenn wir zusammen Essen gingen?«
»Jetzt?« fragte sie verblüfft.
»Ja, jetzt.«
»Oh, es ... es wäre bestimmt sehr nett, Alan. Aber leider kann ich nicht. Ich habe gleich noch einen Termin und müßte eigentlich schon unterwegs sein.«
»Schade.« Er machte ein richtig trauriges Gesicht.
»Aber vielleicht ein andermal.«
»Ich nehme Sie beim Wort!«
Daniela versicherte ihm lachend, daß er das ruhig tun dürfe, trank ihr Glas aus und verabschiedete sich von ihm. Sie hatte Mühe, Alan aus ihren Gedanken zu verbannen und sich auf das Gespräch mit Rechtsanwalt Dr. Breuer zu konzentrieren, zu dem sie nun fuhr. Heydenreich hatte ihn ihr empfohlen. Er war Spezialist auf dem Gebiet des Versicherungsrechts und hatte viele erfolgreiche Prozesse gegen große Versicherungskonzerne geführt. Um so niederschmetternder war das Ergebnis ihres Gesprächs. Breuer riet ihr davon ab, die Versicherung zu verklagen, erklärte sich jedoch bereit, Kontakt mit dieser aufzunehmen und zu versuchen, einen Kom-

promiß herauszuhandeln. Er machte ihr allerdings keine großen Hoffnungen.

Die Hochstimmung, in der sie sich in Alan Byrds eindrucksvollem Büro nicht allein wegen des Glases Champagner befunden hatte, verflüchtigte sich wie ein dünner Rauchfaden im Wind. In jeder Beziehung ernüchtert, verließ sie die Kanzlei von Dr. Breuer und betrat fünfzehn Minuten später ihr Tonstudio.

Marianne saß an ihrem Schreibtisch und machte Mittagspause. Während sie einen Naturjoghurt löffelte, blätterte sie in Reisekatalogen.

»Wo soll es denn hingehen, Marianne?« fragte Daniela und warf einen Blick über die Rezeption auf die bunten Prospekte. Es handelte sich ausschließlich um Broschüren über Kreuzfahrten. »Oh, steht eine Kreuzfahrt bei Ihnen an?«

Marianne lachte verlegen. »Ach was. Ich war doch vorhin bei der Bank, und daneben ist das Reisebüro. Und als ich an den Schaufenstern vorbeikam, mußte ich unwillkürlich an die letzte Folge vom *Traumschiff* denken, die am Wochenende im Fernsehen lief. Da habe ich mir die Prospekte geben lassen, nur um mal zu sehen, was so eine tolle Reise durch die Karibik überhaupt kostet. Aber das ist ja ein Vermögen! Hier, sehen Sie mal, zwei Wochen auf der *Calypso* ... Ein schönes Schiff, nicht wahr?«

Daniela nickte. »Kann man wohl sagen. Ein richtiger Luxusliner.«

»Genau, Luxus! Bei der *Calypso* ist unter sechstausend Mark nichts zu haben, und das sind dann die Innenkabinen gleich neben dem Maschinenraum. Außerdem sind da noch keine Landausflüge und nichts dabei. Nein, nein, so etwas kann ich mir nicht leisten. Ganz davon abgesehen, wer soll sich denn in der Zeit um meine Mutter kümmern?«

»Na, das dürfte wohl Ihre geringste Sorge sein, Marianne.

Denn wie ich das so sehe, kommt sie noch sehr gut allein zurecht, wenn sie nur will«, meinte Daniela.
»Ach ja«, seufzte Marianne und blickte verträumt auf die bunten Bilder einer fernen, luxuriösen Welt, die sie wohl einzig in ihren Gedanken und vor dem Fernseher bereisen würde.
Daniela schaute kurz bei Charley rein, der sich noch immer mit Paula Berkheimer alias Pamela Berkley abquälte, überzeugte sich davon, daß bei Oliver alles lief, und begab sich dann in ihr Büro, um den leidigen Papierkram aufzuarbeiten, der in den letzten Tagen unerledigt auf ihrem Schreibtisch liegengeblieben war.
Die Arbeit ging ihr schwer von der Hand. Sie dachte an Christian, der noch immer nichts von sich hatte hören lassen. Und sein Telefon war weiterhin außer Betrieb. Es ärgerte sie, wie es sie gleichzeitig auch ganz kribblig machte. Sie beschloß, ihm einen Brief zu schreiben.
Um vier rief Alan an. »Störe ich gerade bei einer wichtigen Arbeit?« fragte er.
»Nein, gar nicht«, sagte sie und adressierte den Brief an Christian. Sie würde ihn per Eilpost wegschicken. Vielleicht verschwand er dann nicht im Bauch von Jonas.
»Erinnern Sie sich noch an heute vormittag, als Sie sagten, ich dürfe Sie wegen des gemeinsamen Essens ruhig beim Wort nehmen?«
»Ja, natürlich.«
»Also gut, wie wäre es mit heute abend?«
»Sie lassen aber wirklich nicht viel Zeit verstreichen, Alan!«
»Ja, weil Zeit das kostbarste Gut unseres Lebens ist, Daniela. Sind Sie heute abend noch frei, und hätten Sie Lust? Ich war schon lange nicht mehr in der Bastei. Man hat dort so einen wunderbaren Blick über den Rhein. Was halten Sie davon?«
Erst wollte sie eine freundliche Ausrede erfinden, warum sie

nicht konnte, doch dann fragte sie sich, warum sie sich eigentlich so anstellte. Warum sollte sie denn nicht mit Alan zum Essen ausgehen?
»Es kommt zwar sehr überraschend, Alan, aber ich nehme Ihre Einladung dennoch gern an«, antwortete sie deshalb.
»Wunderbar!« sagte er erfreut. »Ist es Ihnen recht, wenn ich Sie um zwanzig vor acht abhole?«
»Ja, das kann ich einrichten.«
»Gut, dann bis um zwanzig vor acht, Daniela. Ich freue mich schon sehr darauf.«
»Ja, danke, Alan«, erwiderte sie. »Ich auch.«
Daniela legte auf und lächelte. Sie würde mit Alan Byrd ausgehen. Es war die erste Einladung, die sie von einem Mann annahm, seit sie Christian kennengelernt hatte. Aber warum auch nicht, zum Teufel noch mal? Sie hatte wahrlich keine Veranlassung, allein zu Hause herumzusitzen und wie eine devote Ehefrau darauf zu warten, daß Christian endlich aufhörte, ihr zu grollen. Sie würde sich in Alans Gesellschaft bestimmt ausgezeichnet amüsieren, und das war genau das, was auch Bea ihr verschrieben hatte. Bea würde natürlich jede Einzelheit wissen wollen, wenn sie erfuhr, daß sie mit ihm ausgegangen war. Was sie wohl anziehen sollte?
Als Daniela Alan um Punkt zwanzig vor acht die Wohnungstür öffnete, präsentierte sie sich ihm in einem schlichten schwarzen Kleid, das allein eine schwarze Brosche mit einem Halbkreis aus täuschend echt funkelnden Diamanten aus Zirkon zierte. Die Brosche saß über ihrer linken Brust, und an ihren Ohren baumelten goldene Creolen.
»Sie sehen einfach bezaubernd aus«, sagte Alan bewundernd.
»Bezaubernd« war auch das Wort, mit dem Daniela später ihrer Freundin den Abend mit ihm beschreiben sollte.

13

Christian starrte die Leinwand an, als wollte er das halbfertige Bild durch Hypnose dazu bringen, daß die Ölfarben so ineinanderflossen und jene magische Wirkung entfalteten, wie er es vor seinem geistigen Auge sah. Doch das Wunder blieb aus.
Irgend etwas stimmte nicht mit der Komposition des Bildes, das spürte er ganz genau. Nur vermochte er einfach nicht zu sagen, was es war, das er falsch machte. Ob es am Himmel lag? Vielleicht sollte er ihn eine Spur aufhellen.
Er wühlte in den Farbtuben, die rechts von ihm auf einem alten Bistrotisch mit buntbekleckster Marmorplatte ein wildes Durcheinander abgaben, quetschte Titanweiß, Chromoxidgrün und ein wenig Schwarz auf seine Palette und mischte die Farben, bis sie zu einem hellen Grau mit einem Stich ins Grünblaue wurden.
Er machte sich an die Arbeit, hellte den fast nachtschwarzen Himmel auf der Leinwand mit kurzen Pinselstrichen auf und riß Lichtlöcher in die düstere Wolkendecke, während ein böiger Wind den Regen, der schon seit dem frühen Morgen über die Insel niederging, gegen das große Dachfenster peitschte.
Ein Wagen hielt vor dem Haus. Unten klingelte es, und er hörte, wie Hedwig die Tür öffnete und mit dem Postboten redete. Augenblicke später fuhr der Wagen wieder vom Hof. Dann knarrte die Treppe, die zu seinem Atelier unter dem Dach führte, unter den zögerlichen Schritten von Hedwig.
»Herr Hendrik?«
Christian gab ein unwilliges Knurren von sich und machte mit der linken Hand eine Bewegung, daß er nicht gestört werden wollte und daß sie sich gefälligst wieder hinunter in ihr Reich begeben sollte.

Hedwig blieb bei der Treppe stehen. »Der junge Jansen hat gerade einen Brief für Sie gebracht.«
»Wie aufschlußreich«, brummte Christian und tunkte den Pinsel energisch in die frisch angemischte Ölfarbe. »Legen Sie ihn zu der anderen Post, Hedwig. Und nun möchte ich bitte weiterarbeiten, wenn Sie erlauben.«
Unter normalen Umständen hätte sie jetzt augenblicklich den Rückzug angetreten. Diesmal jedoch wagte sie es, ihm zu trotzen. »Es ist ein Eilbrief, Herr Hendrik!«
Christian seufzte geplagt auf und wandte sich nun zu ihr um. »Sicher, Hedwig, sonst hätte ihn ja auch nicht der junge Jansen gebracht, sondern Pietke mit der normalen Post. Aber Sie wissen doch, ob nun normale Post oder Telegramm, alles wandert erst einmal in Jonas' Bauch!«
»Aber der hier ist von der gnädigen Frau!« Sie sagte es mit einem Anflug von Protest und Empörung in der Stimme und hielt den Brief in der ausgestreckten Hand. Inständig sah sie ihn an.
Sein Gesicht verdunkelte sich. »Wenn ich hätte wissen wollen, von wem der Brief ist, hätte ich Sie schon danach gefragt!« entgegnete er gereizt.
»Ja, aber ...«
Aus einem ihm später unerfindlichen Grund brachte dies das Faß in ihm zum Überlaufen. Er explodierte. »Außerdem kenne ich keine *gnädige* Frau! Und jetzt lassen Sie mich endlich in Ruhe! Sie haben mich ganz aus meiner Konzentration und meine Arbeitsrhythmus gebracht. Nun kann ich sehen, wie ich den Kopf wieder freibekomme. Mein Gott, begreifen Sie denn nicht, daß ich es ernst meine, wenn ich sage, daß ich nicht gestört werden möchte? Und wenn ich sage, von keinem, dann meine ich auch von keinem!«
Hedwig erblaßte, schluckte und wich seinem wütenden Blick aus. »Dieser Ton steht nicht einmal Ihnen zu, Herr Hendrik!«

Ihre Stimme war leise, aber fest. »Nein, nicht einmal Ihnen, auch wenn Sie ein Künstler sind und ich Ihnen deshalb einiges durchgehen lasse.« Und statt den Brief wieder mit nach unten zu nehmen und zu den anderen in den Walfisch zu tun, legte sie ihn oben auf den Pfosten des Treppengeländers.

Christian saß einen Augenblick betreten vor der Staffelei und schämte sich plötzlich für seinen Wutausbruch. Dann sprang er auf und lief die Treppe hinunter. Dabei nahm er den Brief von Daniela an sich. »Hedwig! Bitte warten Sie!«

Seine Zugehfrau stand in der kleinen Diele und wickelte sich gerade einen dicken Wollschal um den Kragen ihres Regenmantels. Mit einer Miene, die sowohl ihre Kränkung als auch ihren Stolz ausdrückte, sah sie ihn an.

»Es tut mir leid, Hedwig. Bitte entschuldigen Sie«, sagte er zerknirscht. »Es war nicht so gemeint. Ich weiß wirklich nicht, was in mich gefahren ist. Wahrscheinlich liegt es daran, daß ich diesmal nicht so gut vorankomme wie sonst. Es will mir einfach nicht gelingen. Deshalb bin ich gerade wohl so ausgerastet. Es tut mir sehr leid. Glauben Sie mir, ich wollte Sie wirklich nicht kränken. Ich weiß, wie gut Sie es mit mir meinen und was ich an Ihnen habe.«

»Das glaube ich manchmal nicht, Herr Hendrik«, gab sie schmollend zurück. »Und ich glaube auch nicht, daß Sie mich so angefahren haben, weil Sie mit Ihrer Arbeit unzufrieden sind. Daß Sie seit Ihrer Rückkehr so unleidlich sind, hat vielmehr mit Ihnen und der gnädigen Frau zu tun. Und ob Sie es nun von mir hören wollen oder nicht, ich werde es Ihnen trotzdem sagen: Was Sie da mit der gnädigen Frau machen, gehört sich nicht. Aber Sie müssen es ja wissen, Herr Hendrik. Bis morgen dann.« Sie zog ihren Regenschirm aus der bemalten Milchtonne neben der Tür und trat mit energischen Schritten hinaus in den Regen.

Christian hätte sich selbst ohrfeigen mögen. Hedwig hatte

recht. Seit er aus Gstaad zurück war, war mit ihm nicht viel anzufangen. Diese Verstimmung mit Daniela ging ihm mehr an die Nieren, als er sich bisher selbst hatte eingestehen wollen.
Unschlüssig blickte er auf ihren Brief in seiner Hand. Dann begab er sich zum Kachelofen hinüber, setzte sich in einen der buntkarierten Sessel und öffnete ihn. Er las ihren Brief langsam und dreimal. Er hatte einen Kloß im Hals und war froh, daß niemand im Haus war und seine feuchten Augen sah. Ihm war, als könnte er durch das cremefarbene Papier hindurch ihre Haut unter seinen Fingern spüren und ihren Duft wahrnehmen.
Christian war innerlich zutiefst aufgewühlt und verspürte den Drang, an die frische Luft zu gehen. Draußen am Meer würde er mit sich und seinen widerstrebenden Empfindungen bestimmt wieder ins Reine kommen. Er zog einen warmen Pullover über, fuhr in Gummistiefel und Ölhaut und setzte eine speckige Lederkappe auf, die ihm schon bei manch stürmischem Strandspaziergang gute Dienste geleistet hatte und nicht davongeflogen war.
Er begrüßte den Regen, der ihm kalt ins Gesicht schlug, und kletterte über die Dünen. Diesmal gehörte ihm der Strand ganz allein. Nicht einmal ein Hund ließ sich blicken. Das Meer schäumte und brandete, und Regenschleier tanzten wie Derwische aus Wasser über den dunklen Sand.
Über zwei Stunden ließ er sich vom Wind durchpusten und vom Regen drangsalieren, doch die Zeit kam ihm gar nicht so lang vor. Zu vieles ging ihm durch den Kopf, aber es war nicht seine Arbeit, die ihn beschäftigte, sondern das, was er für Daniela empfand und was ihre Beziehung so kompliziert machte.
Zurück in seinem Haus, stellte er sich unter die heiße Dusche, frottierte sich ab und schlüpfte in den weichen Morgenmantel aus warmem Flanell, den er von Daniela geschenkt bekom-

men hatte, machte sich einen Tee, setzte sich an den kleinen Schreibtisch unter dem Sprossenfenster, griff zu Papier und Füller und begann zu schreiben.

Meine liebe Daniela ...

Er hielt inne, knüllte den Briefbogen zusammen und fing noch einmal an.

Mein geliebter Schatz ...

14

Eigentlich hatte Daniela vorgehabt, bei Ortloff nur das neue Briefpapier für ihre Firma in Auftrag zu geben und dann sofort wieder ins Studio zurückzukehren. Doch als sie Ortloff verließ und ihr Blick auf die Eingangspassage des Olivandenhofs fiel, der auf der anderen Straßenseite lag, entschloß sie sich spontan, kurz bei Bea vorbeizuschauen.

Ihre Freundin dachte jedoch nicht daran, sie gleich wieder gehen zu lassen. »Ein halbes Stündchen wirst du ja wohl noch Zeit haben. Ich mach uns schnell einen Kaffee. Schau dich ruhig ein bißchen um, und verbreite bloß keine Hektik«, drohte sie ihr. Und ohne eine Entgegnung abzuwarten, stöckelte sie auf hochhackigen Pumps und in einem Kostüm von Rena Lange, einem Traum in den von ihr bevorzugten Farben Rot und Schwarz, nach hinten in ihr kleines Büro.

Bea führte sehr weibliche Mode in der gehobenen Preisklasse, und Daniela konnte der Versuchung einfach nicht widerstehen. Auf Anhieb verliebte sie sich in eine schwarze Jacke mit gestepptem weißem Kragen und Ärmelaufschlägen. Und wie angegossen saß auch das weiße Strickkleid mit den dazu passenden grob gerippten weißen Leggins. Bea überließ ihr alles zum Einkaufspreis.

Das war Daniela eigentlich gar nicht recht. »Ich habe ja nichts gegen einen kleinen Abschlag, Bea, aber ich weiß doch, wie astronomisch hoch die Mieten hier sind und was du sonst noch an fixen Kosten hast. Allein schon, was du deiner Verkäuferin an Gehalt zahlen mußt ...«

»Das ist Renate auch wert. Und nun veranstalte nicht so einen Zirkus, bloß weil ich mal an zwei Kleidern keinen Profit mache, Ela!« sagte Bea energisch, nahm die Kanne aus der Kaffeemaschine und füllte zwei Tassen. »Ich komme schon ganz gut über die Runden. Außerdem freue ich mich doch, daß du bei mir etwas findest, was dir gefällt. Und die beiden Sachen stehen dir ganz ausgezeichnet, so als wären sie nur für dich gemacht worden.«

Daniela lachte. »Das Kleid trägt sich auch wirklich toll, und die Jacke ist ein Gedicht. Die hätte ich eigentlich schon Mittwoch haben müssen.«

»Was war Mittwoch?«

Daniela gab ein wenig Milch in ihren Kaffee und rührte ihn um. »Da war ich mit Alan aus.«

Bea machte große Augen und fragte mit freudiger Neugier: »Du bist mit diesem amerikanischen Plattenfritzen ausgegangen?«

»Ja, er hat mich in die Bastei eingeladen.«

»Ich werd verrückt. Toll! Hat es also doch etwas genutzt, daß ich dir ins Gewissen geredet habe!« rief Bea begeistert. »Warum hast du mich nicht gleich gestern morgen angerufen und mir davon erzählt?«

»Ich dachte, du hättest erst einmal alle Hände voll zu tun mit deinem Bobby und dessen süßem Po«, scherzte Daniela und nahm vorsichtig einen Schluck.

»Ah, Bobby hat noch mehr, was mich immer wieder in atemloses Verzücken versetzt, das kannst du mir glauben«, versicherte Bea mit einem fröhlichen Augenzwinkern. »Na, du hast ihn ja selbst gesehen ... Aber lenk jetzt nicht vom Thema ab, und das ist dein Alan. Erzähl schon, wie war es?«
Daniela lächelte. »Hm, ja, sehr nett«, sagte sie zurückhaltend.
Bea verdrehte gequält die Augen nach oben und hob dabei die Hände, als schickte sie ein Gebet gen Himmel. »Das kann doch wohl nicht wahr sein. Ela, bitte! Du wirst mich doch nicht etwa mit so einer nichtssagenden Platitüde abspeisen wollen!«
»Ich denke, das sind Platitüden immer.«
»Was?«
»Na, eben nichtssagend.«
»Ela, setz nicht unsere Freundschaft aufs Spiel! Nun erzähl endlich, und spann mich nicht länger auf die Folter. Wie ist es überhaupt zu dieser Einladung gekommen?«
Wenn Bea eine große Schwäche besaß, dann war es ihre fast unersättliche Neugier, wenn es um Männergeschichten und Beziehungskisten ging, die anständigerweise ihren Ausgleich in einem nicht minder schonungslosen Mitteilungsbedürfnis über das eigene Privatleben fand – sofern man nicht gewillt war, dies als ihre zweite große Schwäche zu bezeichnen. Auf jeden Fall hätte sie es am liebsten gehabt, wenn Daniela ihr nicht nur den Abend mit Alan beschrieben, sondern ihr auch alle Dialoge wortwörtlich wiedergegeben hätte.
»... ja, und danach sind wir dann noch zu diesem Rock-'n'-Roll-Turnier gegangen, für das er Karten gehabt hat«, kam Daniela schließlich zum Schluß ihres Berichts. »Es war ein Masters-Tanzturnier, an dem die weltbesten Rock-'n'-Roll-Amateure und -Profis gegeneinander angetreten sind. Die Atmosphäre war wie in den fünfziger Jahren, du weißt schon,

Musik à la *Rock around the clock* und dazu wirbelnde Petticoats und Pomadelocken. Es war toll.«

»Und?« fragte Bea ungeduldig.

Daniela stellte sich dumm. »Und was?«

»Mein Gott, na ihr beide! Ich meine, hat er sich in dich verliebt? Wart ihr noch zusammen irgendwo tanzen? War er noch auf eine Tasse Kaffee bei dir oder du bei ihm? Mein Gott, du weißt schon ...«

Daniela lachte belustigt. »Ich glaube, du kannst wohl nur noch an das eine denken, seit du Bobby in die hohe Kunst der fleischlichen Lust einführst«, neckte sie ihre Freundin.

»Bobby ist so gelehrig, daß er sich in zwei Wochen aus einem Schüler in einen Meister verwandelt hat«, entgegnete Bea humorvoll. »Und es ist natürlich immer sehr aufregend, mit jemandem zusammenzusein, der ein wahrer Meister seines Fachs ist, meine liebe Ela. Und jetzt tu du bloß nicht so, als würdest du mit dem Klosterleben liebäugeln!«

»Nein, es gab hinterher weder bei mir noch bei ihm einen sogenannten Kaffee«, teilte Daniela ihr nun mit, was sie so brennend interessierte. »Es war ein rundum schöner, ja bezaubernder Abend, der damit endete, daß er mich bis zur Haustür brachte ...«

»Und dir da wenigstens einen Kuß zum Abschied gab!« Bea sagte es regelrecht hoffnungsvoll, als könnte sie sich ein weniger romantisches Ende nicht vorstellen.

Daniela schüttelte über Beas fast inständige Miene erheitert den Kopf. »Auch damit kann ich dir leider nicht dienen. Er hat sich mit einem reizenden Lächeln und einem ebenso reizenden Kompliment verabschiedet. Ich habe ihm beim Essen nämlich von Christian erzählt.«

»Du hast ihm von Christian erzählt!« echote Bea und schien dabei förmlich in sich zusammenzusacken. »Du hast ihm bei einem ersten Rendezvous von Christian erzählt! Nein!«

»Es war kein Rendezvous«, warf Daniela ein.
»Das kann doch nicht wahr sein!« stöhnte Bea auf, als hätte ihre Freundin sie zutiefst enttäuscht. »Mein Gott, du tust ja wirklich so, als wären die Straßen nur so mit attraktiven Singles im richtigen Alter für uns gepflastert! Ein attraktiver, im Beruf erfolgreicher Mann kreuzt deine Wege und interessiert sich für dich – und du hast nichts Besseres zu tun, als ihm von deinem Verhältnis zu Christian zu erzählen, von dem nicht einmal du weißt, wohin es denn führen kann und soll! Himmel, da hält man doch erst einmal den Mund und wartet ab, was sich so entwickelt. Was geht ihn denn jetzt schon dein Christian an?«
»Ich mag Alan sehr, Bea«, antwortete Daniela ernst. »Er ist wirklich attraktiv, umwerfend charmant und ein sehr aufmerksamer und anregender Unterhalter ...«
»Sag ich's doch! Ein Hundert-Punkte-Kandidat, den du noch nicht einmal auf die Reservebank läßt!«
»Ja, ich *mag* Alan«, stellte Daniela noch einmal fest. »Doch ich *liebe* Christian. Ich habe ihm übrigens einen Brief geschrieben, denn das Schweigen ertrage ich nicht länger.«
Bea verzog das Gesicht und seufzte. »Jaja, die vermaledeite Liebe. Sie ist unserem Glück doch immer im Weg. Wenn es sie nicht gäbe, würde man mit einem jugendlichen Liebhaber mit einer Adonisfigur und viel Appetit auf Sex den Himmel auf Erden haben«, sagte sie voll Selbstironie.
Daniela blieb noch ein paar Minuten, stellte ihrer Freundin einen Scheck über eine Summe aus, für die sie in einem anderen Geschäft noch nicht einmal das Strickkleid bekommen hätte, und fuhr in ihre Firma zurück.
Charley war am Vortag mit den Aufnahmen von Paula Berkheimer fertig geworden und hatte damit begonnen, den ersten Song abzumischen. Daniela hielt sich eine Stunde bei ihm im Studio auf und war wieder einmal fasziniert, welch ein Künst-

ler er am Mischpult war. Kein Wunder, daß Anthony Capo unbedingt ihn für seine Produktion haben wollte.
»Ausgezeichnet, Charley. Du wirst die Kleine noch zu einem Star hochmischen«, lobte sie ihn.
Er drehte sich eine Zigarette, während er die Version mit dem Saxophon-Overdub vom Band laufen ließ. »Höchstens zu einer Sternschnuppe, die aber verdammt schnell im Strohfeuer maßloser Überschätzung verglühen wird«, korrigierte er sie sarkastisch. »Eigentlich sollte sie Paula Pumpkin heißen ...«
»Kürbis?«
»Ja, weil sie so viel Grips unter ihrer Schüssel hat wie ein Kürbis. Denn statt zu begreifen, daß ihre Stimme eine totale High-Tech-Geburt hier am Mischpult ist, und statt den Mund nicht so voll zu nehmen, bildet sie sich doch jetzt tatsächlich ein, sie wäre die neue Donna Summer.« Er schüttelte genervt den Kopf. »Ich hoffe bloß, daß die Kiste, die du da für Mai bis Juli mit GoldCoast Records angeleiert hast, zur Abwechslung mal nicht so ein voller Abtörner ist wie Paula Kürbis.«
Daniela legte ihm freundschaftlich eine Hand auf die Schulter und sagte lächelnd: »Charley, ich darf dir im Augenblick nicht verraten, mit wem du die drei Monate arbeiten wirst. Aber du kannst mir glauben, wenn ich dir verspreche, daß diese Produktion dich sogar für ein Dutzend solcher Paula-Pumpkin-Torturen entschädigt.«
Er sah sie skeptisch an, während er den Klebestreifen des Zigarettenpapiers über seine Zungenspitze zog. »Das klingt fast zu gut, um wahr zu sein.«
»Wart's ab«, sagte Daniela, nickte ihm aufmunternd zu und hörte sich wenig später von Marianne zum zweitenmal an diesem Tag an, wie man ihr am gestrigen Abend auf offener Straße die Handtasche entrissen und wie beherzt dieser fremde Mann eingegriffen hatte.

»Das gibt einem wirklich den Glauben an die Menschen wieder«, meinte ihre Sekretärin.
Daniela pflichtete ihr bei. »Alles hat seine zwei Seiten. Nichts ist nur weiß oder nur schwarz«, sagte sie und begab sich in ihr Büro.
Eine halbe Stunde später meldete Marianne ihr den Besuch von Alan. Mit einem strahlenden Lächeln kam er in ihr Büro.
»Störe ich, Daniela?«
»Ganz und gar nicht«, versicherte sie und erwiderte sein Lächeln wie seinen Händedruck. Gut sah er in dieser Kombination aus, die durch das Tweedjacket im Pfeffer-und-Salz-Ton eine britische Note besaß, und sie dachte unwillkürlich an Beas Worte bezüglich attraktiver und im Beruf erfolgreicher Singles. Alan Byrd gehörte zweifellos zu dieser immer seltener werdenden Spezies.
»Und wenn es anders wäre, würden Sie es natürlich nicht zugeben, nicht wahr?« unterstellte er ihr vergnügt.
Sie schmunzelte. »Sie haben mich durchschaut, Alan ...«
»Ich gebe mir zumindest allergrößte Mühe, Daniela.«
»... aber wenn ich mich mit Steuerunterlagen herumschlage, wie das gerade der Fall ist, dann lasse ich mich immer gern von der Arbeit abhalten.«
»Steuern!« Er machte ein Gesicht, als hätte er in eine Zitrone gebissen. »Wie können Sie an einem Freitagnachmittag so ein Reizwort in den Mund nehmen? Es könnte einem ja das ganze Wochenende verderben.«
»Ach, das glaube ich nicht«, wehrte sie ab und bot ihm einen orangefarbenen Sessel an.
»Sollte die Gefahr jedoch bestehen, so habe ich hier etwas, mit dem Sie sich ablenken können«, sagte er und zog ein dickes Buch aus der braunen Papiertüte, die er die ganze Zeit in der Hand gehalten hatte.
»Was ist das?« fragte sie überrascht.

»Der Roman des australischen Autors Patrick White, von dem ich Ihnen am Mittwoch abend so vorgeschwärmt habe«, antwortete er. »Sie sagten, es würde Sie sehr interessieren, ihn auch einmal zu lesen, und ich versprach Ihnen doch, Ihnen den Roman bei Gelegenheit zu bringen.«
»Richtig, bei Gelegenheit, Alan«, betonte sie.
Er lächelte. »Manchmal darf man nicht auf Gelegenheiten warten, sondern muß sie schaffen. Ganz besonders wenn es darum geht, eine so reizende Frau wie Sie wiederzusehen, Daniela.«
Leichte Röte stieg ihr bei seinem Kompliment in die Wangen. Er besaß das seltene Talent, ihr manchmal das Gefühl zu geben, wieder siebzehn zu sein und nicht zu wissen, was sie wollte, es aber zu genießen, daß ihre Reize bei den Männern Verwirrung und Begehren weckten.
»Danke für das Buch – und danke für die Blumen«, sagte sie und nahm das Buch entgegen. »Sie bekommen es zurück, bei Gelegenheit.«
»O nein, es ist ein Geschenk, auch wenn mich das um eine dieser Gelegenheiten bringt«, scherzte er. »Apropos Gelegenheit. Ich habe heute mittag mit Anthony in Cannes gesprochen.«
Sie sah ihn interessiert an. »Ja?«
»Wir haben vereinbart, daß wir uns bei ihm treffen, um den Vertrag zu unterzeichnen und einige Dinge zu besprechen, die am Telefon zu regeln zu unpersönlich wäre.«
»Das verstehe ich sehr gut.«
»Anthony will uns dann auch einige seiner neuen Songs vorspielen und so einen ersten Test wagen, wie gut er nach den Jahren des Pausierens noch ist.«
»Uns?« fragte Daniela verwundert.
Alan nickte mit einem Lächeln. »Ja, er hat mich gebeten, Sie doch gleich mitzubringen. Er möchte Sie sehr gerne kennen-

lernen«, berichtete er und zündete sich eine Zigarette an. »Die Reise geht natürlich auf Kosten von GoldCoast.«
»Oh, das ist wirklich sehr freundlich von Ihnen beiden«, sagte sie überrascht. »Aber ich werde diese Einladung wohl leider ausschlagen müssen, Alan. Jetzt ist nicht die Zeit für mich, um große Reisen zu unternehmen.«
»Es ist doch nur für drei, vier Tage, quasi ein verlängertes Wochenende«, versuchte Alan sie zu überreden. »Wir sind auch ganz flexibel und können uns bei dem Termin völlig nach Ihnen richten. Es sollte nur innerhalb der nächsten vierzehn Tage sein.«
»Tut mir leid, Alan, aber ich fürchte, Sie werden allein nach Cannes fliegen müssen.«
Alan sah auf seine Uhr. »Zu dumm, daß ich jetzt noch einen Termin bei RTL habe, sonst wäre ich erst gegangen, wenn Sie mir Ihre Zusage gegeben hätten. Aber aufgehoben ist ja nicht aufgeschoben. Vielleicht sehen wir uns am Wochenende ...«
»Ja, vielleicht«, sagte sie ausweichend. »Das Leben ist voller Zufälle. Und noch einmal schönen Dank für das Buch. Sowie ich Zeit habe, werde ich damit anfangen.«
»Für manche Dinge muß man sich die Zeit einfach nehmen, Daniela«, entgegnete er vieldeutig, wünschte ihr ein schönes Wochenende und beeilte sich dann, damit er noch einigermaßen pünktlich zu seinem Termin bei RTL erschien.
Daniela hatte ein versonnenes Lächeln auf den Lippen, als sie sich wieder hinter ihren Schreibtisch setzte. Ein paar Minuten dachte sie über Alan nach. Dann gab sie sich einen Ruck, schob den Roman zur Seite und machte sich wieder an die unerfreuliche Arbeit, die vom Steuerberater schon mehrmals angemahnten Unterlagen fertigzustellen.

15

Die Stunden verstrichen, und Daniela saß noch in ihrem Büro, als überall sonst in den STARDUST STUDIOS schon die Lichter ausgegangen waren. Mehr als einmal war sie versucht, die Erledigung auf Montag zu verschieben, denn mit nach Hause wollte sie diese Arbeit nicht nehmen. Doch sie blieb hart gegen sich selbst und ging nicht eher, bis sie alles vom Tisch hatte, und da war es schon halb acht.

Sie fühlte sich regelrecht groggy, als sie um acht endlich daheim war. Das erste, was sie tat, als ihre Wohnungstür hinter ihr zufiel, war, Schuhe und Rock auszuziehen. Dann stellte sie den CD-Player an und ließ sich ein heißes Bad ein. Die Bluse landete im Badezimmer gleich im Wäschekorb. Nur mit Strümpfen und einem Hemdhöschen aus mokkafarbener Seide bekleidet, lief sie zurück ins Wohnzimmer, um ihre neuen Sachen aus der Tragetasche zu holen. Doch sosehr sie sich über die Jacke und das Strickkleid mit den passenden Leggins auch freute, sie war einfach zu müde, um sie noch einmal anzuziehen, was sie sonst mit neuen Dingen nach fast jedem Einkaufsbummel tat, besonders bei so wunderschönen Teilen. Sie hängte sie, was ein Kompromiß war, im Schlafzimmer jedoch nicht *in* den Schrank, sondern an den aufklappbaren Wandhaken aus Messing.

Mit einem wohligen Seufzer sank Daniela kurz darauf in das Badewasser, auf dessen Oberfläche sich eine dicke Schicht Schaum gebildet hatte. Sie war sehr großzügig mit dem teuren Badesalz umgegangen, aber sie glaubte, es verdient zu haben. Es war eine Wohltat, sich im heißen Wasser auszustrecken und von herrlich duftendem Schaum umhüllt zu sein. Ein Schaumbad hatte für sie etwas ungemein Erotisches, und mit der Wärme, die ihren Körper durchdrang und ihre Verspan-

nungen löste, stellte sich ein Verlangen nach Zärtlichkeit und Liebe ein.
Die Righteous Brothers sangen »The White Cliffs of Dover«, »You've Lost That Lovin' Feelin'« und natürlich »Unchained Melody«, und wie immer ging Daniela dieser melodiös wie textlich bewegende Song durch und durch. »Unchained Melody« war ein ganz großer Wurf, gewesen, ein Song, der seit Jahrzehnten immer wieder in den Charts auftauchte, weil jede Generation ihn für sich neu entdeckte. Sie hatte den CD-Player so programmiert, daß diese drei Songs wieder und wieder zu ihr ins Bad drangen, und sie legte den Kopf auf das kleine zusammengerollte Handtuch am Beckenrand, schloß die Augen, spreizte die im Wasser leicht angewinkelten Beine ein wenig, fuhr mit dem Mittelfinger ganz sanft über ihren Schoß, streichelte sich und glitt in einem wechselnden Rhythmus, den ihr Körper bestimmte, über ihr weiches, warmes, anschwellendes Fleisch, bis sich die Lust in heißen Wellen Bahn brach und sich das *My love, my darling, I've hungered for your touch ... Time goes by so slowly ... and time can do so much ... Are you still mine? I need your love ... I need your love ... God speed your love to me,* bis sich die sehnsüchtigen Stimmen der Righteous Brothers mit ihrem gedämpften, lustvollen Stöhnen vermischten.
Als das Wasser sich abzukühlen begann, stieg sie widerstrebend aus der Wanne, frottierte sich ab, schlüpfte in einen flauschigen Pyjama aus blauem Baumwollflanell mit rot abgesetzten Paspelband an Kragen und Ärmeln, erlöste die Righteous Brothers von ihrer Wiederholungsorgie, legte »The Best of Anne Murray« auf und ging in die Küche. Sie begnügte sich mit einem Schwarzbrot und ein paar Löffeln einer Quarkspeise, weil ihr nicht groß nach Kochen und Essen zumute war, sondern nach Kuscheln und traumlosem Schlaf.
Mit einem Glas Weißwein und Alans Buch begab sie sich ins

Bett. Viel würde sie nicht lesen. Der Wein würde sie nach dem heißen Bad kaum über das erste Kapitel von Patrick Whites Roman *Der Maler* hinauskommen lassen, das wußte sie schon, noch bevor sie das Buch aufgeschlagen hatte.

Sie kam nicht einmal bis zur dritten Seite, dann holte das Klingeln des Telefons auf dem gläsernen Nachttisch sie aus der armen australischen Welt der Duffields, die einen Pfefferbaum auf ihrem schäbigen Hof ihr eigen nannten.

Sie griff zum Hörer, und ihr Herz schlug schneller. Ob es wohl Christian war? Wenn auf die Post auch nur einigermaßen Verlaß war, mußte er ihren Brief heute bekommen haben.

Doch es war eine fremde Stimme, mit südländischem Akzent, die an ihr Ohr drang. »Spreche ich mit Frau Daniela Stern?« fragte der Anrufer.

»Ja, das tun Sie. Und mit wem spreche ich?« fragte sie zurück.

»Mit Anthony Capo.«

»Oh!« kam es ihr in ihrer Überraschung unwillkürlich über die Lippen.

»Ich hoffe, Sie sehen es mir nach, daß ich Sie zu Hause belästige, zumal zu dieser abendlichen Stunde«, entschuldigte er sich.

»Aber nein, es ist doch erst neun Uhr«, erwiderte sie und dachte, daß er ja schlecht ahnen konnte, daß sie heute früh zu Bett gegangen war. »Ich freue mich sehr, daß ich Sie einmal persönlich spreche, Signore Capo, und natürlich freue ich mich noch mehr, daß Sie Ihre neue Platte in den STARDUST STUDIOS aufnehmen werden. Das ist wirklich eine Auszeichnung.«

»Ich wollte wieder Charley Matuschek«, räumte er offen ein. »Doch wie ich inzwischen von Alan gehört habe, haben die STARDUST STUDIOS einiges mehr zu bieten als nur ihn allein. Alan hält große Stücke auf Sie, und er ist gewöhnlich nicht der Typ, der beruflich allzuleicht ins Schwärmen gerät.«

Daniela freute sich über das Lob. »Danke, aber ich möchte nicht ganz ausschließen, daß er manche Dinge, die ihn zum Schwärmen verleiten, überhaupt nicht mit seinem Beruf in Verbindung bringt.«
Anthony Capo verstand die dezente Anspielung und lachte belustigt auf. »Ja, das mag sein. Aber weswegen ich anrufe, Frau Stern ...«
»Ja?«
»Ich habe gerade mit Alan telefoniert, und da teilte er mir mit, daß Sie meinem Wunsch, ihn auf seiner Reise nach Cannes zu begleiten, wohl nicht entsprechen werden ...«
»Ich fürchte ja«, bestätigte sie.
»Das fände ich aber sehr bedauerlich, Frau Stern. Ich würde mich sehr freuen, Sie bei mir begrüßen und kennenlernen zu können, bevor ich ins Studio gehe. Können Sie mir nicht Hoffnung machen, daß Sie vielleicht doch noch mit nach Cannes kommen?«
»Nun, ich weiß nicht ...«
»Ich möchte Sie um Gottes willen nicht bedrängen«, beteuerte er. »Verstehen Sie meinen Anruf bitte nicht falsch. Sollten Ihre geschäftlichen und privaten Verpflichtungen es beim besten Willen unmöglich machen, so habe ich dafür volles Verständnis. Aber es würde mich einfach freuen, Sie ein paar Tage bei uns in Cannes zu haben. Ich gestehe, daß ich darauf brenne, Sie kennenzulernen ... nach allem, was Alan mir von Ihnen erzählt hat.«
»Glauben Sie nie einem Amerikaner, der aus einem Moloch wie Los Angeles kommt und es geschafft hat, einen Anthony Capo zu einem Comeback zu überreden«, entgegnete Daniela scherzhaft.
Anthony Capo lachte am anderen Ende der Leitung amüsiert auf. »Im Prinzip haben Sie völlig recht, Frau Stern. Aber im Fall von Alan Byrd bin ich doch geneigt, eine Ausnahme zu

machen. Immerhin spricht für ihn, daß er eine deutsche Mutter hat, in Europa aufgewachsen ist und ein leidliches Italienisch spricht. Und ein Amerikaner, der ein paar Jahre in Rom verbracht hat, kann so schlecht nicht sein«, erwiderte er mit viel Sinn für Humor.

»Hm, ja, so gesehen spricht ja doch einiges für ihn«, gab sie scheinbar wohlwollend zu.

»Das würde ich auch so sehen, Frau Stern. Aber lassen wir Alan doch mal aus dem Spiel. Ihn werde ich ja mit Sicherheit in Cannes begrüßen. Wie schon gesagt, würde es mein Vergnügen komplett machen, wenn auch sie mitkämen«, kehrte er zu seinem Anliegen zurück, das ihn zu diesem Anruf bewogen hatte.

»Ich weiß Ihre Einladung wirklich sehr zu schätzen, Signore Capo«, versicherte sie.

»Aber ich bitte Sie! Ich bin nicht der Papst, der Privataudienzen hält, für die man dankbar sein muß, wenn man dazu eingeladen wird«, wehrte er ab und bewies für einen Star seines Kalibers eine in seinen Kreisen sehr seltene Form der Natürlichkeit und Bescheidenheit. »Es geht doch vielmehr darum, daß Sie *mir* die Gunst erweisen und es mir einfacher machen, wieder in den alten Trott zurückzufinden.«

»Ich glaube, Sie sind nicht nur ein phantastischer Sänger, Signore Capo, sondern zeigen auch auf anderen Gebieten eine große Überzeugungskraft. Ich kann mir gut vorstellen, daß es die Menschen in Ihrer Umgebung sehr schwer haben, Ihrer Überredungskunst zu widerstehen.«

Er lachte. »Merkwürdig, daß Sie das sagen. Ich hielt das bisher für eine der größten Stärken meiner Frau, um die ich sie immer beneidet habe.«

»Ihre Frau kenne ich nicht, aber wenn sie Sie noch in den Schatten stellt, muß sie eine sehr ungewöhnliche und willensstarke Person sein.«

»Ich hätte Lucia mit so wenigen Worten nicht besser beschreiben können«, sagte er, und seine Stimme hatte ihren leichten, scherzhaften Ton verloren. »Sie ist in der Tat sehr ungewöhnlich und sehr willensstark.«

Daniela hatte plötzlich das unangenehme Gefühl, etwas Unpassendes gesagt zu haben. »Ich ... ich hoffe, ich bin jetzt nicht ungewollt in irgendein Fettnäpfchen getreten«, sprach sie ihre Befürchtung offen aus.

»Nein, ganz im Gegenteil«, beruhigte er sie. Dann fragte er scheinbar ohne jeden Zusammenhang: »Lieben Sie Blumen, Frau Stern?«

»Ja, sehr.«

»Gut! Denn wenn Sie schon nicht meinetwegen nach Cannes kommen wollen, dann aber doch wegen der einzigartigen Blumenpracht, die Sie hier erwartet. Der Frühling hat bei uns schon mit voller Macht seinen Einzug gehalten, und die ganze Côte d'Azur ist ein einziges Blütenmeer. Waren Sie schon mal im Frühling an der Côte d'Azur?«

»Ich war noch nie da.«

»Dann dürfen Sie sich diesen Blumenzauber erst recht nicht entgehen lassen!« beschwor er sie. »Es ist ein Erlebnis, das Sie mit Sicherheit nie vergessen werden. Ich will Sie nicht überreden, sondern höchstens *überzeugen.*«

Daniela seufzte. »Vielleicht vermag ich es ja doch irgendwie einzurichten, aber im Augenblick kann ich das beim besten Willen nicht sagen.«

»Überlegen Sie es sich. Der März hat ja erst angefangen. Ich würde mich wirklich sehr freuen, und Sie würden sich damit selbst ein Geschenk machen.«

Daniela versprach ihm, es sich gut zu überlegen und mit Alan nach Cannes zu kommen, wenn es sich irgendwie mit ihren anderen Terminen einrichten ließ. Als sie aufgelegt hatte, dachte sie verwundert darüber nach, wie natürlich und humorvoll ihr Gespräch doch gewesen war. Sie hatten sich auf Anhieb verstanden und gespürt, daß sie auf einer Wellenlänge lagen. Es war, als hätte sie sich mit einem alten Freund unterhalten. Und sie wünschte schon, sie könnte es irgendwie einrichten, doch die Vorstellung, mit Alan nach Cannes zu reisen und mit ihm dort einige Tage zu verbringen, weckte zwiespältige Gefühle in ihr.

Eine Entscheidung dafür oder dagegen brauchte sie aber glücklicherweise nicht jetzt zu treffen. Das hatte noch Zeit. Morgen und übermorgen war auch noch ein Tag. Jetzt wollte sie nichts als schlafen, und sie legte das Buch weg, das noch in ihrem Schoß lag, leerte das Weinglas und knipste die Wandleuchte aus.

Mit einem leisen Seufzer kuschelte sich Daniela in die Kissen, von denen drei auf ihrer Seite waren. Christian hatte auf seiner Seite nur ein einziges großes, festes Kissen. Ihre Hand legte sich im Dunkeln unwillkürlich auf sein Kissen, und ein Gefühl von Schmerz und Verlassenheit überkam sie. Warum konnte er jetzt nicht bei ihr sein, hier in ihrem Bett, das für sie allein viel zu groß war. Merkwürdig, daß sie das in den vergangenen Jahren nie so empfunden hatte.

Tränen füllten ihre Augen, obwohl sie versuchte, sie zurückzuhalten. Warum heulte sie? Hatte sie es denn nicht so gewollt? Sie hatte vor vielen Jahren ihre Wahl getroffen, sich ganz bewußt für dieses Leben entschieden, in dem ein Mann und privates Glück eine zweitrangige Rolle spielten, ja spielen *mußten!* Sie hatte sich sogar geschworen, nie wieder diesen sentimentalen Empfindungen nachzugeben. Also, was flennte sie jetzt und beklagte sich im stillen, daß sie sich einsam und unverstanden fühlte? Sie hatte bekommen, was sie gewollt hatte. Alles hatte nun mal seine zwei Seiten, und dies hier war eben nicht die Schokoladenseite ihres Lebens. Aber damit hatte sie sich abzufinden. Und zwar zu ihrem eigenen Besten!

Und doch weinte sie sich in den Schlaf. Der gräßliche Alptraum, von dem sie sich seit Jahren befreit geglaubt hatte und der in den letzten Monaten zu ihrem Entsetzen plötzlich wieder zurückgekehrt war, verschonte sie jedoch gnädigerweise. In dieser Nacht träumte sie von einem Friesenhaus an der Côte d'Azur und einem Bett aus Blumen, das auf dem Meer schwamm. Sie teilte dieses Blumenbett mit einem Mann. Es war Christian, der sie in seinen Armen hielt und sie küßte und liebkoste. Doch als sie die Augen öffnete, blickte sie in Alans Gesicht, während Christian im Meer trieb und mit gellender Stimme schrie. Und in dem Augenblick lösten sich die Blütenflechten unter ihr auf, und sie stürzte mit Alan ins Wasser ...

Daniela fuhr mit einem erstickten Aufschrei aus dem Schlaf hoch und schlug die Augen auf. Tageslicht fiel vom Wohnzimmer herein, und hell leuchtete das weiße Strickkleid am Haken neben der Tür.

Der Schrei, den sie im Traum gehört hatte, hallte noch in ihren Ohren nach. Doch im nächsten Augenblick schrillte ihre Wohnungsklingel, und sie wußte plötzlich, daß es dieses Geräusch gewesen war, das sie geweckt hatte.

Schnell schlug sie die Decke zurück, sprang aus dem Bett und lief in die Diele. Sie drückte den Sprechschalter der Gegensprechanlage. »Ja, bitte?« fragte sie.

»Die Post, Frau Stern!« antwortete ihr eine fast schon aufreizend muntere Stimme. »Ein Eilbrief für Sie.«

»Woher?« Fast hatte sie Angst gehabt, die Frage zu stellen. Wenn ihre Ahnung sie nun trog ... »Von Sylt, von einem Christian Hendrik.«

Daniela war schlagartig hellwach. Christian hatte ihr geantwortet! »Bitte werfen Sie ihn in den Briefkasten«, sagte sie zu dem Eilboten. »Und besten Dank.«

»Gern geschehen.«

Daniela rannte ins Bad, zerrte ihren Morgenmantel so hektisch vom Haken, daß der Aufhänger riß, fuhr mit der Bürste zweimal durchs Haar und konnte dann nicht schnell genug zum Briefkasten kommen. Niemand begegnete ihr im Treppenhaus, und es wäre ihr auch gleichgültig gewesen. Christian hatte geantwortet und seinen Brief auch per Eilpost an sie abgeschickt.

Ihr Herz schlug wie verrückt, und sie mußte sich zwingen, den Brief nicht schon im Hausflur aufzureißen. Sie beherrschte ihre Ungeduld, lief die drei Stockwerke so schnell sie konnte hinauf und sprang schließlich wie ein junges übermütiges Mädchen mit dem Brief auf ihr Bett.

Sie riß den Umschlag auf, zog zwei Briefbögen heraus, faltete sie auf und las: *Mein geliebter Schatz.* Und in dem Moment wußte sie, daß alles wieder in Ordnung kommen würde. Mit einem zärtlichen Lächeln las sie weiter, und all der Groll und Schmerz fielen von ihr ab und machten einer grenzenlosen Sehnsucht und Zärtlichkeit Platz.

»Ach, Christian, Christian«, flüsterte sie mit Tränen in den Augen, als sie den Brief gelesen hatte. Sie drückte ihn überglücklich an ihre Lippen, griff zum Telefon und wählte seine Nummer. Sie hörte das Freizeichen, doch Christian nahm nicht ab. Aber diesmal machte es ihr nichts aus. Vermutlich war er am Strand oder in der Stadt. Er war ja ein Frühaufsteher und leidenschaftlicher Strandläufer.

Daniela brauchte nicht lange zu überlegen, was sie jetzt zu tun hatte. Sie stellte in der Küche die Kaffeemaschine an, holte ihren Kofferset aus dem Schrank und begann zu packen. Sie hatte noch nie in ihrem Leben so schnell geduscht, sich angezogen, gefrühstückt und sich entschieden, was sie von ihren Sachen auf die Reise mitnehmen sollte. Alles ging ihr so leicht und schnell von der Hand, daß es einem kleinen Wunder glich.

Als sie in ihrem Wagen saß und über die Zoobrücke auf die Autobahn fuhr, war es gerade neun. Es war ein ungemütlicher Morgen. Der Himmel hing niedrig und wie eine Platte aus dreckigem Blei über dem Rheintal. Zudem regnete es. Doch Daniela war glücklich. Bis auf einen Wunsch: Wenn sie doch nur fliegen könnte!

16

»Himmelherrgott, warum reagierst du denn gleich so kratzbürstig, Christian? Ich habe dir doch bloß einen Vorschlag in aller Freundschaft gemacht«, beschwerte sich Frieder von Ossendorf am Telefon.

»Ich reagiere überhaupt nicht kratzbürstig«, widersprach Christian und warf Holzscheite in die Feuerluke des Kachelofens. Funken sprühten.

»Tust du doch!«

»Tu' ich nicht!« beharrte Christian mit erhobener Stimme. »Und was deinen Vorschlag betrifft, so ist der, mein lieber Frieder, *bei aller Freundschaft* absolut indiskutabel!«

»Du hast mich doch gar nicht ausreden lassen. Ich habe dir doch nur …«

»Eine Ausstellung in einem Hotel!« fuhr Christian ihm ungehalten ins Wort. »Das ist ja wohl wirklich eine Schnapsidee!«

»Der Benen-Diken-Hof in Keitum ist doch nicht irgendein x-beliebiges Hotel, sondern eine der ersten Adressen auf Sylt. Und es ist auch keine moderne Bettenburg aus Stahl und Beton, sondern ein exklusives und stilvolles Landhaus mit genau dem richtigen Publikum für dich«, verteidigte der Agent und Gale-

rist seinen Vorschlag. »Wir könnten deine Bilder in den Gängen . . .«
»Sag mal, für wen hältst du mich, Frieder?« schnitt Christian ihm erneut das Wort ab. »Für einen dieser artigen Gebrauchsmaler, deren Werke man auf dem Weg zwischen Sauna und Bar an sich Revue passieren lassen kann, ohne sich dabei den Appetit auf das Jever-Pils und das deftige Crevettenbrot zu verderben?«
»Ich möchte wirklich wissen, was heute in dich gefahren ist, Christian. Du bist nie besonders pflegeleicht gewesen, aber heute bist du regelrecht unleidlich«, grollte Frieder. »Reden wir also besser nicht vom Geschäft, sondern über das, was dir quer im Magen liegt.«
»Mir liegt gar nichts quer im Magen. Mit mir ist alles in bester Ordnung, wenn du mir bloß nicht mit solch schwachsinnigen Verkaufsideen kommen würdest«, brummte Christian und schloß die Feuerluke des Kachelofens. Und noch während er das sagte, wußte er, daß es nicht der Wahrheit entsprach. Nichts war in bester Ordnung! Frieder hatte völlig recht, wenn er ihm vorwarf, er sei kratzbürstig. Er war es, und das hatte mit ihm und der vorgeschlagenen Ausstellung im Benen-Diken-Hof nicht das Geringste zu tun. Es hing vielmehr mit seiner Unruhe zusammen, die ihn seit dem frühen Morgen erfüllte. Daniela mußte seinen Brief mittlerweile erhalten haben. Bis zum Mittag hatte er mit sich gerungen, ob er sie nicht anrufen sollte. Als er es dann getan hatte, hatte sich ihr Anrufbeantworter gemeldet. Seitdem hatte er sich nicht mehr auf seine Arbeit konzentrieren können und fast jede halbe Stunde ihre Nummer gewählt, immer mit demselben Ergebnis. Sie war nicht zu Hause, und das konnte ein ebenso gutes wie schlechtes Zeichen sein.
»Dummes Zeug! Wenn dir nichts quer im Magen oder auf der Seele liegt, dann sehe ich so aus wie der Zwillingsbruder von

Arnold Schwarzenegger!« rief Frieder von Ossendorf, ein schwergewichtiger Mann von einssechzig, den schon die geringste körperliche Betätigung ins Schwitzen brachte. »Ich mach dir einen Vorschlag zur Güte, mein Freund ...«

Christian hörte, daß sich ein Wagen seinem Haus näherte. Wasser aus einer tiefen Pfütze spritzte unter Reifen zur Seite weg. Dann quietschten Bremsen. Er sprang von der Sitzbank des Kachelofens auf, verrenkte sich den Hals, sah ein weißes Wagenverdeck – und wußte in dem Moment, daß Daniela gekommen war. Ein Gewicht wie von tausend Ketten schien von ihm abzufallen.

»Frieder, sei mir nicht böse, aber ich muß Schluß machen. Ich muß dringend weg. Ich ruf dich heute abend oder morgen zurück. Ich habe jetzt etwas zu erledigen, das wirklich nicht einen Augenblick Aufschub verträgt«, rief er hastig ins Telefon und legte auf, ohne eine Entgegnung abzuwarten. Dann rannte er zur Haustür und riß sie auf.

»Daniela!«

Sie ließ den Regenschirm im Wagen liegen, warf die Tür zu und lief nur in Rock und Bluse zu ihm. Was machte ihr der Regen schon aus. Es waren doch nur ein paar Schritte, die sie jetzt noch voneinander trennten, nach der immer breiter werdenden Kluft der letzten beiden Wochen.

»Mein Gott, Daniela! Endlich!« rief er, als sie in seine ausgestreckten Arme flog.

»Du elender Schuft!« stieß sie hervor, und dann verschmolzen ihre Lippen mit den seinen. Sie küßten sich leidenschaftlich. Eine Regenbö, die unter das Vordach fuhr, trieb sie ins Haus. Christian wollte sie gar nicht loslassen und schloß die Tür mit einem Fußtritt.

»Mein Liebling, ich bin ja so glücklich, daß du gekommen bist.«

Sie sah ihn mit leuchtenden Augen an. »Wirklich?«

»Und wie!« Er gab ihr einen Kuß und hielt sie ganz fest an sich gedrückt. »Als ich deinen Brief las, war ich richtig aufgewühlt. Was hätte ich dafür gegeben, wenn du da schon hättest bei mir sein können.«

»Du hast auch mir einen wunderbaren Brief geschrieben«, sagte sie und sah ihm mit einem glücklichen Lächeln in die Augen. »Es war der schönste Liebesbrief, den ich je in meinem Leben bekommen habe. Ich habe richtig geweint ...«

»Mein Schatz«, flüsterte er und bedeckte ihr Gesicht mit vielen zärtlichen Küssen.

»Liebster ...«

Christian schüttelte verständnislos und doch zugleich auch lächelnd den Kopf. »Was haben wir uns in den letzten Wochen bloß angetan. Wie dumm wir uns benommen haben, wie kleine störrische Kinder.«

»Ja, wir haben uns selbst bestraft«, sagte sie und verstand in diesem Moment, da sie in sein Gesicht schaute und seine Hände auf ihrem Körper spürte, überhaupt nicht mehr, wie es zu ihrer ernsten Verstimmung hatte kommen können. Sie liebten sich doch.

»Wenn du wüßtest, wie sehr ich mich nach dir gesehnt habe, Liebling«, sagte er mit belegter Stimme und fuhr mit einer Hand durch ihr Haar.

»Und ich nach dir«, erwiderte sie und ihr Körper antwortete auf seine Küsse und streichelnden Hände wie eine Blume, die sich der Sonne zuwendet und im Licht des Tages ihre Blüten öffnet. Das Verlangen nach Hingabe schwoll in ihr an – wie auch seine Erregung, was sie deutlich durch die Kleider hindurch spüren konnte.

»Endlich, endlich sind wir wieder zusammen.« Seine Hand schob ihren Rock hoch, und glitt über den seidigen Stoff ihres Höschens. Dann lag nackte Haut unter seinen Fingerspitzen.

»Du hast ja gar keine Strümpfe an«, stellte er mit wachsender Erregung fest.

»Ich dachte, die könnten unter Umständen im Weg sein«, entgegnete sie mit einem Lächeln.
»Unter Umständen?« wiederholte er und streichelte ihren Po. »An welche Umstände hast du denn dabei gedacht?«
»Ich dachte, du könntest es vielleicht so eilig haben wie ich«, sagte sie und begann sein Hemd aufzuknöpfen.
»Womit sollte ich es denn eilig haben?« fragte er leise zurück und öffnete die obersten Knöpfe ihrer Bluse.
»Ist es möglich, daß du wirklich so ahnungslos bist?« Daniela ließ sich von ihm die Bluse abstreifen und revanchierte sich dann, indem sie ihm das karierte Baumwollhemd aus der Hose zog. Sie beugte sich vor und biß liebevoll in seine rechte Brustwarze, während sie sich an seinem Gürtel zu schaffen machte. Er stöhnte auf, öffnete ihren BH und verlor fast im gleichen Augenblick seine Hose. Vom Gürtel befreit, rutschte sie ihm von den Hüften und bauschte sich um seine Füße.
Christian wäre fast gestolpert, als er aus den Schuhen fuhr und sich von der Fußfessel seiner Hose befreien wollte.
»Meinst du, wir schaffen es noch ins Schlafzimmer, ohne uns vorher die Knochen zu brechen?« rief Daniela und hielt ihn fest.
»Komm, führe mich«, sagte er, brachte sich mit einer geschickten Bewegung hinter sie und schmiegte sich an ihren Rücken, während er seine Hände auf ihre Brüste legte und sie sanft drückte.
Den Rock verlor Daniela noch vor dem Schlafzimmer. Dann fielen sie auf das Bett. Engumschlungen küßten und streichelten sie sich. Sie trug noch immer ihr seidenes Höschen, so wie er noch mit einem weißen Sportslip bekleidet war. Als er sich über sie beugte und ihre Brüste mit seinen Lippen umschloß und liebkoste, befreite sie ihn ganz langsam von seinem letzten, beengenden Kleidungsstück. Ihre Hände umschlossen und spielten mit ihm.

»Tu das besser nicht«, sagte er stöhnend, als er sich auf dem Rücken wiederfand und ihr Mund sich warm und feucht um ihn schloß. »Heute kann ich für nichts garantieren.«

»Im Bett gibt es nie Garantien«, erwiderte sie, folgte jedoch seinem Rat und überließ sich seinen Händen, die ihr das Seidenhöschen auszogen.

Dann konnten sie sich nicht länger zurückhalten, und er teilte ihr heißes, feuchtes Fleisch, das ihn mit pochendem Drängen empfing. Es war ein wilder, heftiger und kurzer Akt der Vereinigung. Ihre Sinne waren so gereizt, daß es sie beide sehr rasch überwältigte. Als Daniela spürte, wie er kam, trug seine Lust sie über die letzte winzige Schwelle hinweg. So kurz und heftig wie ihre Vereinigung war auch ihr Höhepunkt. Er war für Seele und Körper wie ein klärendes, erfrischendes Gewitter nach langen Tagen unerträglich drückender Schwüle.

»O Gott!« seufzte sie wie erlöst.

»Das kann man wohl sagen«, murmelte er und drehte sich mit ihr auf die Seite, streichelte ihr über das Gesicht und lächelte sie an.

»Was hast du nur mit mir getan?« flüsterte sie und küßte ihn auf die Nase.

»Nicht mehr als du mit mir«, antwortete er zärtlich. »Und ich begreife wirklich nicht, daß wir so geschmollt und uns selbst um unser Glück gebracht haben. Es war einfach dumm, daß ich überhaupt allein nach Gstaad gefahren bin.«

»Das ist doch jetzt nicht mehr wichtig, Christian«, sagte sie und streichelte über seine Hüfte.

»O doch! Ich hätte bei dir in Köln bleiben sollen, statt allein im Berner Hof mit mir und dir zu hadern«, erwiderte er selbstkritisch. »Es tut mir leid, daß ich mich so idiotisch benommen habe, Daniela. Es war ja ganz klar, daß du in der Situation auf keinen Fall hast kommen können.«

»Es hat nicht allein an dir gelegen, daß wir uns ... na ja, in die

Haare geraten sind«, meinte sie. »Ich war einfach zu stolz, dich zu bitten, doch zu bleiben. Manchmal weiß ich hinterher selbst nicht, warum ich dies und jenes getan habe.«
»Hauptsache, du weißt, wie sehr ich dich liebe.«
»O ja«, flüsterte sie und küßte ihn.

17

Wie ein tief fliegender Nachtvogel mit weit ausgebreiteten Schwingen, in dessen dichtem Federkleid sich das letzte Tageslicht verlor, glitt die Dunkelheit aus Westen über dem Meer heran, erklomm mit der Brandung den Strand und ergriff Besitz von Dünen und Hinterland.
Daniela lag auf der Seite und befand sich in einem halbwachen Zustand, als Christian sich zu ihr herumdrehte und ganz nah an sie rückte. Ihre nackten Körper berührten sich von Kopf bis Fuß. Eine Hand streichelte von hinten über ihre Wange.
Sie schnurrte wie eine Katze.
Die Hand spielte mit ihrem Ohrläppchen, dann wanderte sie über ihre Schulter, ihren Arm hinunter, glitt über ihre Hüfte und bewegte sich anschließend ganz langsam auf ihrem Bauch wieder nach oben.
Sie zog ihren Arm zum Kopf hoch und entblößte dabei ihre Brust, die seine Fingerspitzen nun umkreisten. Die Kreise wurden immer enger, bis sie ihre Brustwarze erreichten.
Daniela blieb nicht verborgen, was sich in ihrem Rücken tat. Heiß pochte es gegen ihren Po. Als Antwort auf die stumme Frage des Verlangens drückte sie sich mit ihrem Gesäß in die Beuge seiner Hüfte.
»Komm«, flüsterte sie nur.

Er lachte leise, rückte ein wenig von ihr ab und drang im nächsten Moment in sie ein.
Sie hielt auch weiterhin die Augen geschlossen und genoß es, wie er sie mit seinen sanften Stößen langsam in den Taumel sinnlicher Erregung versetzte.
Diesmal ließen sie sich Zeit, und Christian brauchte nicht zu fürchten, daß er den Höhepunkt weit vor ihr erreichte. Ihre Zungen spielten so leidenschaftlich miteinander wie die Muskeln ihres Schoßes mit seiner harten Männlichkeit, und ihre Hände waren ebenso beteiligt an diesem wunderbaren Verschmelzen und Voneinanderlösen, dem kräftigen Hineintauchen, das sie bis in die entfernteste Zelle ihres Körpers zu spüren schien.
Es war völlig dunkel im Zimmer, als sie ganz außer Atem und auf glückliche Weise erschöpft voneinander abließen. Etwas später gingen sie unter die Dusche.
»Hast du Hunger?«
»Wie kannst du *danach* bloß fragen?« Sie strahlte ihn an. »Ich habe einen Bärenhunger! Ich glaube, du hast mir die letzten Energien geraubt. Wer weiß, ob ich es gleich noch schaffe, den Fön zu halten.«
Er lachte. »Gut. Ich habe den Kühlschrank voll mit Delikatessen. Habe sie heute morgen selbst in Westerland eingekauft.«
»Also deshalb bist du nicht ans Telefon gegangen!«
»Ja, ich habe so eine Ahnung gehabt, besser gesagt eine Hoffnung«, gestand er ein. »Und dann bin ich in der Stadt in einem Geschäft noch etwas aufgehalten worden. Sonst wäre ich schon viel früher zurück gewesen.«
»Wenn du bloß wüßtest, wie lang mir heute die Fahrt geworden ist! Jeder Lastwagen, der vor mir ausgeschert ist, hat mich fast zur Verzweiflung gebracht Und dann das Warten in Niebüll auf den Autozug und das langsame Gebummel über den

Hindenburgdamm! Ich konnte einfach nicht schnell genug zu dir kommen.«

»Das war auch richtig so. Dafür spendiere ich heute einen ganz edlen Rotwein, einen kalifornischen Cabernet Sauvignon!«

»Ich beeil mich schon«, sagte sie und spülte sich den Schaum von ihrem makellosen Körper.

»Nein, nein, laß dir nur Zeit. Ich decke den Tisch und bereite alles vor, mein Schatz«, entgegnete er, gab ihr einen Kuß auf die rechte Brust und saugte kurz an ihrer kleinen braunen Brustwarze. »Hm, eine ganz köstliche Vorspeise.«

»Ich glaube, du brauchst noch eine eiskalte Dusche«, neckte sie ihn.

Er sah sie zärtlich an. »Bitte zieh dich nicht an, nicht richtig jedenfalls«, bat er sie.

»Nicht richtig? Wie meinst du das?« fragte sie belustigt.

»Ich habe dir etwas gekauft und möchte, daß du es gleich probierst.«

»Oh!« rief sie mit freudiger Überraschung »Ein Geschenk? Was ist es?«

»Warte!« Er ging ins Schlafzimmer und kam einen Augenblick später mit einem länglichen Karton zurück, der in teures Geschenkpapier verpackt und mit einer dunkelblauen Schleife versehen war. »Das habe ich heute morgen zufällig in einem Schaufenster entdeckt und konnte einfach nicht daran vorbeigehen. Ich habe dich sofort darin vor Augen gehabt.«

»Worin?«

»Mach es auf, dann siehst du es.«

Daniela packte den Geschenkkarton aus, klappte den Deckel auf und hielt ein zweiteiliges Nachtensemble in der Hand. Es war ein Traum aus weißer, durchbrochener Spitze. Der feine Batist glitt wie Daunenfedern durch ihre Hände. Das Oberteil besaß halblange Ärmel und einen Spitzenkragen mit einem halbrunden Ausschnitt, wurde unter der Brust mit einer blaßrosa Seidenschleife gebunden und fiel dann bis über die Hüften. Das Unterteil war wie ein Beinkleid aus Omas Zeiten gearbeitet, lag jedoch eng wie Leggins an und reichte gerade bis zu den Knien, wo weitere kleine blaßrosa Samtschleifen wie bei den Ärmelabschlüssen vor dem Spitzensaum eingearbeitet waren.

»Mein Gott, Christian!« rief sie überwältigt. »Das muß ja ein Vermögen gekostet haben! Dieses herrliche Material und die viele Spitze.«

»Ich habe überhaupt nicht auf den Preis geschaut. Gefällt es dir?«

Sie umarmte ihn. »Es ist himmlisch, Christian, und viel zu schön, um nur nachts getragen zu werden.«

»Darum will ich ja auch, daß du es jetzt anziehst. Ich möchte dich darin sehen, mein Liebling, weil ich weiß, daß du darin unwiderstehlich ausschaust.«

»Dann sollte ich es vielleicht besser doch nicht jetzt schon anziehen, ich meine vor dem Essen.«

Er schmunzelte. »Ich verspreche, daß ich mich zivilisiert benehmen und nicht über dich herfallen werde!«

»Na, darauf würde ich keine Wette eingehen«, scherzte sie. »Und was ziehst du an?«

»Was du möchtest.«

Sie überlegte nicht lange. »Den schwarzweiß gestreiften Pyjama mit den kurzen Hosen.«

Er nickte. »Wie Madam wünschen. Ich rufe dich, wenn ich mit allem fertig bin. Du hast also eine gute Viertelstunde Zeit.«

Christian deckte den runden Holztisch in der Eßecke zügig und doch mit viel Liebe. Er holte Gläser für den Rotwein und Schüsseln für die verschiedenen Salate, die er im Delikatessenladen eingekauft hatte. Er heizte den Backofen vor, legte das

große Baguette bereit und entkorkte schon die Flasche Rotwein.
Als Daniela aus dem Schlafzimmer kam, konnte er sich an ihr kaum satt sehen. Er hatte gewußt, daß sie wunderschön darin ausschauen würde, doch die Wirklichkeit übertraf all seine Erwartungen. Ihr Körper schimmerte durch den Stoff hindurch und weckte sofort sein Verlangen. Ihre Brüste zeichneten sich aufs reizvollste unter dem durchbrochenen Batist ab und wurden von der kleinen Schleife noch betont. Unwillkürlich verglich er sie mit einer wunderschönen Braut aus dem viktorianischen Zeitalter, die, endlich befreit vom Fischbeinkorsett und von einem Dutzend Unterkleidern, in ihrer zarten Leibwäsche vor ihrem Mann stand und schamhaft ein weiteres Entkleiden nicht wagte.
Nur was das Schamhafte anging, so konnte der Vergleich kaum auf Daniela zutreffen. Ihr Lächeln und ihre Bewegungen waren die einer auch in der Liebe selbstsicheren Frau, die auf ihren Körper stolz war. Sie hatte sich die Haare gefönt, und sie glänzten jetzt in einem rötlichen Goldton und fingen das Licht der beiden Kerzen auf, die Christian auf den Tisch gestellt und angezündet hatte. Vom Plattenspieler ertönte leise Musik von Chopin.
»Ich wußte es«, sagte er mit belegter Stimme und kam zu ihr. »Du siehst wunderbar aus, zum Auf-Händen-Tragen – und zwar ins nächste Bett.«
Sie lächelte. »Hast du dein Versprechen schon vergessen?«
»Nein, ich werde mich beherrschen«, antwortete er, konnte es jedoch nicht lassen, sie zu streicheln, als sie neben ihm unter der niedrigen Balkendecke zum Tisch hinüberging. Er wußte, daß sie sich nachher noch einmal lieben würden. Dies war einer jener magischen Tage in ihrem Leben, an dem ihr Verlangen nach Liebe und Lust kein Ende zu nehmen schien und er das Gefühl hatte, wieder die Potenz eines Zwanzigjäh-

rigen zurückgewonnen zu haben. »Obwohl du unerträglich verführerisch aussiehst, mein Schatz.«

»Das möchte ich immer für dich sein, Christian. Aber daß ausgerechnet du mir einmal etwas so Romantisches schenken würdest, hätte ich nie gedacht.«

»In manchen Dingen bin ich eben ein hoffnungsloser Romantiker, auch wenn ich es nicht offen vor mir hertrage«, gestand er.

Sie gab ihm einen Kuß. »Meinetwegen kannst du das auch ruhig bleiben. Ein bißchen Romantik hat noch keinem Mann geschadet, im Gegenteil.«

Der Wein floß dunkelrot in die Gläser, und sie stießen an. Dann holte Christian das Baguette aus dem Ofen, schnitt es auf und stürzte sich wie sie mit einem wahren Heißhunger auf die verschiedenen Köstlichkeiten, die er am Morgen eingekauft hatte.

Sie unterhielten sich über alles mögliche, während das knusprige Weißbrot im Korb dahinschmolz wie Butter in der Sonne und eine zweite Flasche Wein geöffnet wurde, und ihr Gespräch kam zwangsläufig auch auf die Weigerung der Versicherung, den Schaden zu begleichen.

Christian war so empört wie alle anderen, denen sie bisher davon berichtet hatte, ihren Banker und den Anwalt mal ausgenommen. Private Gefühle zu zeigen, war mit ihrer Berufsethik und insbesondere wohl mit ihrer Geschäftspolitik nicht zu vereinbaren.

»Das ist eine ganz linke Tour, aber eben typisch für diese mächtigen Konzerne. Auf Kosten unserer Brieftasche setzen sich die sauberen Herrschaften einen Palast nach dem anderen hin, gewähren sich in der Vorstandsetage Millionengehälter und verschieben ungestraft Milliardenbeträge in Fonds und anderen Anlagenbeteiligungen, an deren Gewinnzuwachs wir Versicherten von Rechts wegen beteiligt werden müßten, aber immer noch nicht werden«, sagte er aufgebracht. »Und wenn sie dann einmal zahlen sollen, dann lassen sie sich die schäbigsten Tricks einfallen, um sich aus ihrer gottverdammten Pflicht zu stehlen, für die man lange und teuer bezahlt hat. Das ist alles eine Mischpoke, Banken und Versicherungen. Ich sage dir, die größten Wirtschaftsverbrecher unserer Zeit sind leider nicht im Gefängnis und befinden sich auch nicht irgendwo im Ausland auf der Flucht, sondern sitzen als hochangesehene Direktoren und Vorstände in den Spitzengremien dieser Konzerne und bekommen möglicherweise für ihre legalen Betrügereien irgendwann auch noch das Bundesverdienstkreuz Erster Klasse verliehen oder gehen in die Politik, wo sie wieder ganz unter sich sind.«

»Du hast leider nur zu recht«, pflichtete Daniela ihm seufzend bei. »In Abänderung von Brechts Zitat könnte man fast sagen: Was ist schon ein Bankraub im Vergleich zu den Geschäften eines Versicherungskonzerns.«

Er nickte. »Sehr treffend. Aber was hat dir denn dein Anwalt geraten?«

»Dr. Breuer?« Daniela lachte bitter auf und streute Pfeffer und Salz auf eine Tomatenscheibe. »Das einzige, was er bisher erreicht hat, war, daß die Versicherung meine sogenannte Bedenkzeit noch um eine Woche verlängert hat.«

»Ist das nicht schon ein Zeichen, daß sie einzuknicken und von ihren ersten, knallharten Forderungen abzurücken beginnen?«

Daniela schüttelte den Kopf. »Leider nein. Es steht ganz außer Zweifel, daß sie keinen Pfennig zahlen werden und dazu noch entschlossen sind, mir ein strafrechtliches Verfahren an den Hals zu hängen.«

»Das werden sie nie gewinnen!«

»Das habe ich zuerst auch gedacht, aber inzwischen bin ich mir nicht mehr so sicher«, sagte sie. »Ich habe lange mit Dr.

Breuer gesprochen. Er befürchtet, es könnte zu so etwas wie einem Indizienprozeß kommen, und wie er mir erklärte, ist bei solchen Prozessen alles denkbar. Er hat mir deshalb klipp und klar den Ratschlag gegeben, das Angebot der Versicherung anzunehmen und diese Verzichtserklärung zu unterschreiben.«

»Aber das wäre doch indirekt ein Schuldanerkenntnis!« empörte sich Christian. »Und du würdest enorm viel Geld verlieren.«

»Das Geld kann ich sowieso abschreiben«, sagte sie und war überrascht, wie ruhig sie inzwischen dieser Tatsache ins Auge sehen und sie auch aussprechen konnte. »Damit habe ich mich schon abgefunden, Christian. Ich habe einfach nicht die Zeit und obendrein nicht das Geld, um über Jahre hinweg gegen so einen Konzern mit einer Heerschar von Gutachtern auf beiden Seiten zu prozessieren und von Instanz zu Instanz zu gehen. Denn die Rechtsabteilung der Versicherung wird jedes nur erdenkliche Rechtsmittel ausschöpfen und jeden juristischen Trick anwenden, um mich zu zermürben, darauf hat mich Dr. Breuer sehr nachdrücklich hingewiesen. Nein, dafür habe ich wirklich weder Zeit noch Geld und Nerven. Die dreihundertachtzigtausend Mark muß ich als Totalverlust abschreiben.«

»Und um den geschäftlich zu verkraften, wirst du dich noch mehr abrackern!« folgerte er.

Sie lächelte. »Mehr als jetzt wird kaum möglich sein.«

»Sehr wahr!«

»Nein, ich werde in den nächsten ein, zwei Jahre so gut wie jede Mark Gewinn dafür verwenden müssen, um meine Schulden zu verringern«, sagte sie, sah an sich hinunter und strich über den geschmeidigen Stoff. »Geld für solch wunderschöne Luxussachen wird dann nicht mehr drin sein. Ich werde auch privat alles auf Sparflamme hinunterschrauben und jede Mark zweimal umdrehen und mir gut überlegen, ob diese oder jene Ausgabe auch wirklich nötig ist.«

»Und du meinst, deine STARDUST STUDIOS sind all diese Sorgen und Selbstkasteiungen wert?« fragte er mit leicht anklingender Kritik.

»Ja, Christian, das sind sie«, antwortete sie mit fester Stimme. »Und hast du mir nicht mal gesagt, Bilder zu malen sei viel weniger ein Rausch der Kreativität als ein langer und zäher Kampf des Geistes mit den Beschränkungen des eigenen Talents?«

Er nickte. »Das ist richtig, Liebling. Manche Bilder zermürben mich physisch wie psychisch, und ich muß tatsächlich tagelang mit mir selbst kämpfen, um diese riesige Kluft zu überbrücken, die zwischen dem klafft, was ich empfinde und als Bild vor meinem geistigen Auge sehe, und dem, was davon schließlich auf der Leinwand erscheint«, räumte er ein. »Doch ich kämpfe diesen Kampf nicht an dreihundertfündundsechzig Tagen im Jahr. Ich gewähre meiner Psyche wie meiner Physis zwischendurch immer wieder längere Erholungspausen, während du das nicht tust. Du stehst das ganze Jahr hindurch permanent unter Hochdruck und Erfolgszwang.«

Daniela seufzte, und weil sie dem nicht viel entgegenzusetzen wußte, bat sie: »Komm, laß uns nicht heute darüber reden. Dafür ist der Tag einfach zu schön.«

Christian lächelte. »Und die Nacht liegt noch vor uns«, sagte er, wurde dann aber noch einmal ernst. »Wie wäre es denn, wenn du den Spieß einfach umdrehen würdest?«

»Und wie soll das funktionieren?« fragte sie verwundert.

»Die Versicherung weigert sich zu zahlen, weil es angeblich erhebliche Verdachtsmomente gibt, daß der Einbruch nur vorgetäuscht ist. Wenn du ihnen aber nun beweist, daß dieser Verdacht völlig unhaltbar ist, werden sie zahlen müssen, nicht wahr?«

»Theoretisch ja. Aber wie soll ich denn diesen Beweis erbringen?« wollte sie wissen.
Er lachte sie an. »Ganz einfach, indem jeder von euch für die Nacht des Einbruchs ein hieb- und stichfestes Alibi vorlegt. Das muß doch zu machen sein. Immerhin war ja Rosenmontag. Ich meine, wenn du das schaffst, muß die Versicherung zahlen!«
Verblüfft sah sie ihn an, und eine schwache Hoffnung regte sich in ihr. »Das ist eine Idee. Nur wird es nicht so leicht sein, wie es sich anhört. Außerdem, wie soll ich beweisen, daß ich in jener Nacht wirklich in meiner Wohnung war und sie nicht verlassen habe.«
»Notfalls werde ich das bezeugen.«
»Nein, das kann ich nicht annehmen!« wehrte sie fast erschrocken ab. »Das wäre ein Meineid und könnte dich in große Schwierigkeiten bringen, wenn durch irgendeinen dummen Zufall herauskommt, daß du gelogen hast, um mir zu helfen.«
»Ach was, das Gegenteil soll mir erst einer nachweisen!« erwiderte er zuversichtlich. »Außerdem ist es nur eine weiße Lüge.«
»Und wie unterscheidet sich die von einer schwarzen Lüge?« wollte sie spöttisch wissen.
»Dadurch, daß sie einem guten Zweck dient und dabei keinem Schaden zufügt«, erklärte er. »Denn ich weiß, daß du dich nicht selbst bestohlen hast, um die Versicherungssumme einzukassieren.«
Sein Vorschlag hatte etwas Verlockendes, das mußte Daniela zugeben. Allerdings widerstrebte es ihrem ganzen Charakter, sich solch letztlich doch unredlicher Mittel zu bedienen, um zu ihrem Recht zu kommen. »Das ist sehr lieb von dir, daß du das für mich tun würdest ...«
»Ich würde noch viel mehr für dich tun, mein Liebling, wenn du mich nur ließest«, warf er vielsagend ein.

»Ich weiß nicht«, entgegnete sie unschlüssig. »Ich werde es mir aber in Ruhe überlegen und mich mit Dr. Breuer besprechen. Am Freitag muß ich mich entschieden haben.«
»Du hast mir noch gar nicht verraten, wie lange du bleiben kannst«, sagte er erwartungsvoll.
»Ich denke, bis Mittwoch«, erwiderte sie und sah ihn zärtlich an.
Dann hatten sie noch drei volle Tage für sich. »Und wir werden jede Sekunde auskosten«, versprach er.
»Ja, mein Liebling.« Ihr war, als spürte sie seinen Blick auf ihrer Haut.
Wenn es nach Christian gegangen wäre, hätten sie alles so stehen- und liegenlassen und nur noch den Rest Wein mit ins Schlafzimmer genommen. Daniela jedoch sorgte dafür, daß sie vorher noch den Tisch abräumten und die Fischteller spülten. Aber die meiste Zeit schmuste er dabei schon mit ihr und flüsterte ihr ins Ohr, was er gleich mit ihr machen würde, und seine Worte erregten sie stärker, als sie zuzugeben bereit gewesen wäre. Schließlich konnte auch sie es nicht erwarten, im Schlafzimmer aufs Bett zu sinken und sich dem lustvollen Rausch ungezügelter Liebe hinzugeben. Es wurde eine Nacht der Hingabe, wie sie sie beglückender noch nie zuvor erlebt hatten.

18

Er hatte ganz entschieden zuviel getrunken, und dabei war das eigentlich gar nicht seine Art, sich einen Drink nach dem anderen hineinzukippen. Doch manchmal war die betäubende Wirkung des Alkohols ein wahrer Segen, und zumal er bei ihm keine Aggressionen verstärkte oder freisetzte, waren

diese vielen Gin-Tonics, die zu zählen er sich erst gar nicht die Mühe gemacht hatte, der beste Schild gegen die Versuchung, aus der Rolle zu fallen. Und es hätte nicht gut ausgesehen, wenn ausgerechnet der »Statthalter aus L.A.«, wie er hinter seinem Rücken genannt wurde, Mißklänge in dieses aufwendige Fest im Maritim gebracht hätte.
Aber auch unter dem Einfluß gehöriger Mengen besten Gins fiel es Alan noch sehr schwer, die Wichtigtuerei und Aufgeblasenheit von Peter Kreuter und einigen anderen seines Schlags zu ertragen. Schon dieser weiße Dandyanzug mit dem schwarzen Rollkragenpullover ließ ihn einfach affig aussehen. Aber es war seine Show, und wenn er darauf stand, zwischen den Gesangsnummern der Nachwuchsstars, die vom Privatfernsehen für ihre Sendung *Stars von morgen!* aufgezeichnet wurden, auf der Bühne herumzukaspern, dann war das seine Sache.
Es bereitete ihm große Mühe, solche Leute ernst zu nehmen und mit ihnen zu arbeiten, denn aus den USA war er es in seiner Branche gewohnt, es mit wirklichen Top-Profis zu tun zu haben. Profis nicht nur in ihrem fachlichen Können, sondern auch in der Art, in der sie das präsentierten Und die wirklich Guten und Großen, egal auf welchem Gebiet, blieben immer mit den Füßen auf dem Boden und arbeiteten hart und gewissenhaft. Anthony Capo war so einer. Typen wie Peter Kreuter dagegen glaubten, sich mit dreißig Prozent Arbeit, fünfzig Prozent Schaumschlägerei und zwanzig Prozent Glück durchschlagen zu können.
Er seufzte, leerte sein Glas und fragte sich, was er auf diesem Showfest der Talente überhaupt zu suchen hatte.
»Das klang aber nicht so, als würden Sie den Abend sehr genießen, Alan«, sagte Iris Seiler, eine bildhübsche Blondine Mitte Zwanzig, die in der PR-Abteilung von GoldCoast arbeitete. Sie trug ein hautenges Minikleid aus rubinrotem Samt. Der Saum endete so weit oben, daß Alan meinte, der

Zwickel ihres Höschens müsse zum Vorschein kommen, wenn sie bloß die Schultern ein wenig anhob. Aber vermutlich trug sie gar keinen Slip darunter.
»Ja, wie eine warme Kochsalzlösung«, erwiderte er bissig.
Ein spöttisches Lächeln umspielte ihren hübschen, vollen Mund. »Davon soll man erbrechen müssen.«
»Genau.«
Leise lachte sie auf. »Das scheint wirklich nicht Ihr Abend zu sein.«
»Sie können so treffend raten, daß Sie es mal mit Lotto versuchen sollten«, sagte er. »Sie müßten auf Anhieb sechs Richtige tippen.«
Ihr Lachen perlte so klar und unbeschwert wie die Kohlensäurebläschen in ihrem Champagnerglas. »Im Spiel habe ich wenig Glück. In Baden-Baden habe ich mal ein halbes Monatsgehalt verloren.«
»Für alles gibt es einen Ausgleich«, sagte er und dachte: Nur für diesen Hampelmann Kreuter nicht.
»Soll ich Ihnen noch einen Drink holen?« erbot sie sich.
»Wie oft sind Sie heute schon für mich zur Bar gegangen, um mir einen neuen Drink zu bringen, Iris?« fragte er. »Ich meine seit dem Beginn der zweiten Hälfte dieser umwerfenden Ein-Mann-Show mit talentierten Sängern als Staffage.«
Iris schmunzelte über seine abschätzige Bemerkung. »Ein gutes halbes Dutzendmal, schätzungsweise.«
Alan sah sie von der Seite an. »Haben Sie schon mal daran gedacht, den Beruf zu wechseln?«
»Weshalb?«
»Als PR-Texterin haben Sie eine Menge drauf, aber als Animierdame könnten Sie ein Vermögen verdienen.«
Sie lachte schallend auf. »Alan, Sie sind heute abend unübertrefflich!«
»Lassen Sie das nicht Peter Krauter hören, Iris! Oh, habe ich

wirklich Krauter gesagt? Dabei muß es sich eindeutig um eine Freudsche Fehlleistung gehandelt haben. Sie wissen doch, die Geschichten, die aus den unergründlichen Tiefen des Ichs an die Oberfläche brodeln und dann ihren Gestank verbreiten wie eine Stinkbombe.«

Iris amüsierte sich glänzend. »Soll ich Ihnen nicht doch noch einen Drink von der Bar holen?«

Er schüttelte den Kopf. »Besser nicht, sonst stürze ich womöglich wie ein gefällter Baum unserem Zeremonienmeister der Stars von morgen vor die Füße, und er könnte das für einen sehr tiefen Kniefall halten, was ich mir nie verzeihen würde. Nein, ich mach mich aus dem Staub. Meine masochistischen Veranlagungen sind doch nicht so stark ausgeprägt, daß ich bis zum Schluß bleiben könnte. Ich verdrücke mich klammheimlich.«

»Mir reicht es auch. Wenn Sie möchten, bringe ich Sie heim. Ich tue es wirklich gern, das wissen Sie doch. Und wenn Sie noch Lust auf einen Absacker haben, Gin und Tonic habe ich auch bei mir zu, Hause.«

Er sah sie an, und sie wich seinem Blick nicht aus, sondern lächelte mit fragend hochgezogenen Brauen. Und wie die Frage lautete, war ihnen beiden klar. Sie mußte nicht erst noch in Worte gekleidet werden.

Iris hatte von Anfang an heftig mit ihm geflirtet und ihm gezeigt, daß sie an ihm interessiert war. Und seit in der Firma bekannt war, daß sein Verhältnis mit Vanessa in die Brüche gegangen war, hatte die Jagd der Frauen auf ihn erst richtig begonnen – und nicht nur die der ledigen!

Alan zögerte, dann nickte er und sagte: »Okay, gegen einen Absacker ist wirklich nichts einzuwenden.«

Gemeinsam stahlen sie sich aus dem großen Saal des Maritim. Iris hakte ihn auf dem Weg in die Tiefgarage unter, da er schon beträchtlich schwankte. Sie fuhr einen roten BMW mit hellen Sitzen.

Es war nicht weit bis zu ihr, und als er ihre Wohnung betrat, dachte er, daß sie gut zu Iris paßte. Sie war ästhetisch ansprechend, sehr modern in der Einrichtung und hatte einen Touch von diesem vordergründigen Hochglanz, der heutzutage allen teuren Werbebroschüren gemein war.

Sie machte ihm und sich einen Drink. Als er das Glas von ihr entgegennahm, erklärte er in einem Anflug von Offenheit: »Danke, Iris ... aber um es gleich vorweg zu sagen, ich bin nicht auf etwas Ernstes aus. Wenn du das im Sinn hast, ist es für uns beide besser, du rufst das Taxi jetzt gleich.«

Sie lächelte. »Keine Sorge, Alan, ich fühle mich noch ein paar Jahre zu jung für was Ernstes. Ich bin scharf auf dich, seit ich dich das erstemal gesehen habe. Und ich möchte mit dir schlafen. Nicht mehr, aber auch nicht weniger.«

Er lachte kurz auf. »Klingt gut, Iris. Doch ich bin mir noch nicht mal sicher, ob ich ihn heute überhaupt noch hochkriege. Du weißt, die männliche Potenz ist anfälliger als eine Mimose, und diese Menge Gin, die ich intus habe, wirkt wie eine Dampfwalze auf die Libido.«

Sie lächelte zuversichtlich. »Warum lassen wir uns nicht überraschen?« sagte sie und führte ihn ins Zimmer.

Sie trug wirklich nichts unter dem Kleid als nackte Haut. Und sie wußte, was sie wollte, und auch, wie sie das am besten und lustvollsten erreichen konnte.

Alan erinnerte sich später noch daran, daß sie außerordentlich gelenkig und einfallsreich und daß es mit seiner Potenz erstaunlicherweise gar nicht so schlecht bestellt war. Und wenn er auch schon reichlich benebelt gewesen war, so kriegte er dennoch mit, daß sie sehr gut auf ihre Kosten kam und es nicht bereute, ihm auf äußerst reizvolle Art Leben eingehaucht zu haben. Und ihm gefiel es auch. Er genoß ihren jungen Körper und die Lust, die er mit ihr erlebte.

Auf das gemeinsame Erwachen und Frühstücken verzichtete

er jedoch wohlweislich. Miteinander schlafen war eine Sache, sich am Morgen ein Bad zu teilen und an einem Tisch zu sitzen und reden zu müssen, eine völlig andere. Nein, so intim wollte er die Beziehung zu Iris nicht gestalten. Deshalb verließ er sie im Morgengrauen, halbwegs nüchtern, und kehrte in seine Wohnung zurück. Er löste zwei Alka-Seltzer mit Vitamin C in Wasser auf, kippte das Gebräu auf einen Zug hinunter und stellte sich dann unter die Dusche, besser gesagt, er hockte sich in die Ecke auf die Fliesen. Nackt und mit noch feuchtem Haar warf er sich später aufs Bett.

Auf dem Nachttisch stand ein Silberrahmen mit einem Bild von Vanessa. Auf dem Foto trug sie nichts als eine hüftlange Pelzjacke aus Silberfuchs, die ihren Schoß noch gerade so bedeckte, dafür jedoch einiges von ihrer beeindruckenden Oberweite zeigte.

Alan nahm den Silberrahmen in die Hand, schaute das Foto, auf dem Vanessa ihn verführerisch anlächelte, lange an und zog es dann aus dem Rahmen.

Und plötzlich wünschte er, er hätte ein Bild von Daniela, das er jetzt und später hätte anschauen können.

19

Als Daniela am nächsten Morgen erwachte, fand sie Christians Seite des Bettes verlassen vor. Sie gab einen Seufzer des Bedauerns von sich, denn sie liebte es, sich morgens vor dem Aufstehen noch für eine Viertelstunde in seinen Arm zu kuscheln und so gemeinsam den Beginn des neues Tages zu erleben. Dann drang das intensive Aroma von frisch aufgebrühtem Kaffee in ihre Nase. Sie lächelte. Christian schien ihr diesmal wie verwandelt. Er war nicht nur ein wunderbarer und genauso einfühlsamer wie leidenschaftlicher Liebhaber, sondern verwöhnte sie auch sonst über alle Maßen. Sie räkelte sich genüßlich im warmen Bett. Dann stand sie auf, ging ins angrenzende Bad, machte eine flüchtige Morgentoilette und tupfte sich zwei Tropfen Diorissimo hinters Ohr. Dieses Parfüm mit dem Duft von frischen Maiglöckchen hatte Christian an ihr am liebsten.

Sie hatte damit gerechnet, ihn in der Küche beim Vorbereiten des Frühstücks zu finden. Doch dort war er nicht, und da wußte sie, was ihn so früh aus dem Bett getrieben und warum er sie nicht geweckt hatte. Er war oben in seinem Dachatelier und malte!

Es war überall angenehm warm im Haus. Christian haßte nichts so sehr wie kühle, klamme Räume. Er hatte ihr einmal gesagt, daß es für ihn ein Inbegriff von wahrer Lebensqualität, ja vielleicht sogar von Luxus sei, zu jeder Jahreszeit überall im Haus mit bloßen Füßen und fast nackt durch die Räume gehen zu können, ohne zu frieren. Sie hatte ihm halb im Spaß, aber auch halb im Ernst Energieverschwendung vorgeworfen, woraufhin er ihr geantwortet hatte: »Ich könnte dir eine lange Liste von all den löblichen Dingen aufzählen, die ich für die Umwelt tue, mein Schatz. Aber bei allen guten Taten und Vorsätzen, ich bin weder ein Fanatiker noch ein Heiliger, sondern letztlich doch nur ein normaler Mensch mit ein paar Schwächen und Lastern. Vor Heiligen und Fanatikern soll man sich hüten. Sie haben fast alle nur Tod und Unglück über die Menschheit gebracht.«

Daniela goß Kaffee in einen der Kaffeebecher, die auf einem alten Holzbord über der Anrichte standen, gab Süßstoff und viel Milch dazu und nahm vorsichtig einen Schluck. Er schmeckte ihr besonders gut an diesem Morgen, und das Wissen, noch den ganzen Sonntag, Montag und Dienstag

gemeinsam mit Christian verbringen und die Seele einmal wieder so richtig baumeln lassen zu können, war herrlich.
Mit dem Becher in der Hand ging sie durch das Wohnzimmer in die halb offene Diele, wo eine Treppe steil nach oben auf den ausgebauten Dachboden führte.
In Christians Atelier herrschte ein wildes Durcheinander an unfertigen Ölbildern und Pappen aller Formate, die mit Entwürfen, Ideen und Skizzen aus Kreide und Bleistift bedeckt waren. In einer Ecke türmten sich Holzrahmen für Miniaturbilder wie für großformatige Werke aufeinander. Daneben lagen mehrere Rollen weiße, unberührte Leinwand, die darauf wartete, mit Ölfarben bemalt zu werden. Alte, zum Teil schon sehr wurmstichige und zumeist nur hüfthohe Bücherschränke waren mit Zeitschriften, Romanen und Bildbänden derart vollgestopft, daß man den Eindruck hatte, sie würden förmlich überquellen. Sie fungierten nicht nur als Raumteiler, sondern auch als Ablage für Farbtuben, von denen manche total ausgequetscht waren und dort scheinbar schon seit Jahren lagen, sowie für Spachtel, Pinsel und eine ganze Reihe von kleinen und bauchigen Einmachgläsern. In einigen steckten bunte Bündel von Stiften, während aus anderen, die mit einem Wasser- und Terpentingemisch gefüllt waren, verschieden dicke Pinsel herausragten.
Der Mittelpunkt von Christians Schaffen befand sich im Lichtkreis des großen Dachfensters, der auch räumlich von zwei mächtigen Stützbalken mit Querverstrebungen vom Rest des Dachbodens gut abgegrenzt war. Dort standen in einem Halbkreis drei Staffeleien, davor ein harter Bürostuhl aus blank poliertem Eichenholz und mit Armlehne, wie ihn früher ein Bürovorsteher stolz sein eigen genannt hatte, und zu beiden Seiten des Stuhls drei Tische unterschiedlicher Größe und Art. Da gab es einen Bistrotisch mit runder Marmorplatte im Wiener-Café-Stil, einen englischen Gatleg-Tisch mit ge-

drechselten Beinen und weiter hinten unter der Schräge einen ganz profanen Tapeziertisch, der mit allen möglichen nützlichen wie unnützen Utensilien vollgestellt war. Das war sein Reich, und er liebte es mit einer fast blinden Inbrunst, die ihm manchmal, wenn er über sich nachdachte, angst machte.
Christian saß vor einem großformatigen Bild. Als er sie über die knarrenden Stufen heraufkommen hörte, legte er den Pinsel aus der Hand.
Mit verwuscheltem Haar, einen dampfenden Kaffeebecher in der Hand und in dem romantischen Nachtensemble, das er ihr zur Versöhnung geschenkt hatte, tauchte sie auf dem Treppenabsatz auf. Am liebsten hätte er diesen Moment und dieses verträumte, glückliche Lächeln auf ihrem Gesicht für ewigen Zeiten in einem Bild festgehalten.
»Habe ich dich geweckt, Liebling?« fragte er und blickte sie voller Liebe und Bewunderung an.
»Nein, oder vielleicht doch«, sagte sie und folgte den abgetretenen Läufern und Brücken, die sich durch das Labyrinth zu seinem Arbeitsplatz zu schlängeln schienen wie ein sicherer Knüppelpfad durch eine gefährliche, unübersichtliche Moorlandschaft. »Vielleicht bin ich aufgewacht, weil du nicht mehr da warst und ich dich nicht bei mir gespürt habe. Bist du schon lange hier?«
Er blickte auf die Uhr. Es war halb neun. »Eine Stunde ungefähr«, sagte er.
»Habe ich dich inspiriert?«
»Du inspirierst mich immer, und nicht nur zum Malen«, antwortete er hintersinnig, nahm ihr den Kaffeebecher aus der Hand und stellte ihn auf den Bistrotisch neben seine Palette. Dann legte er seine Arme besitzergreifend um ihre Taille, zog sie auf seinen Schoß und küßte sie. Bereitwillig öffneten sich ihre Lippen seiner Zunge. Seine Hände liebkosten ihren Körper durch das leichte Gewebe hindurch.

»Hm, du schmeckst wunderbar«, sagte er, als sich ihre Lippen voneinander lösten.
Daniela warf einen Blick auf das Gemälde und war überrascht. Es handelte sich nicht um eines dieser Sylter Landschaftsbilder, die Christian zu einem regional recht erfolgreichen Maler gemacht hatten, der für ein Bild bis zu zehntausend Mark nehmen konnte und auch bekam. Seine Landschaften und Impressionen von der Insel waren weit davon entfernt, folkloristische oder gar volkstümelnde Bedürfnisse zu befriedigen. Ganz im Gegenteil. Seine Bilder vermittelten durch ihre eindringliche Form und Farbgebung und durch detailfreudige Ausgestaltung der Motive stets etwas ganz besonders Fragiles, so daß man beim Betrachten das Gefühl hatte, jeden Moment vor seinen Augen das Auseinanderbrechen einer nur noch scheinbar intakten Natur zu erleben.
Doch was dort auf der Staffelei stand, hatte mit Christians bisherigem Schaffen nicht mehr das Geringste zu tun. Es zeigte auch kein Sylter Motiv oder sonst irgendeine wiedererkennbare Landschaft, sondern das großformatige Bild war eine Symphonie von Farben, dunklen, kalten und leuchtend hellen, die in einem weiten, menschenleeren Tal, das jedoch nur vage angedeutet war, offenbar im Wettstreit miteinander standen.
Daniela war fasziniert von dem Bild. »Wann hast du das gemalt?« wollte sie wissen.
»In den letzten Tagen.«
»Hat es einen Namen?«
Er nickte. »Mahlstrom.«
»Es ist ...« Sie stockte. »Ich weiß nicht, wie ich es beschreiben soll. Es packt und berührt mich.«
»Genau wie du mich«, erwiderte er und wollte ihr Gesicht zu sich drehen.
»Nein, wirklich. Es ist aufwühlend. Es ist ein ungewöhnliches,

aussagestarkes Bild. Ich habe ja gar nicht gewußt, daß du auch so etwas malst.«

»Wir alle haben unsere kleinen Geheimnisse«, scherzte er.

»Du mußt diese Art des Malens unbedingt fortführen, Christian!«

»Heißt das, dir gefallen meine Inselbilder nicht?« fragte er.

»Natürlich gefallen sie mir, und das weißt du auch ganz genau. Aber das hier ist ... wie soll ich es nur ausdrücken ...? Es ist einfach größer, als Kunst gewichtiger, finde ich«, bemühte sie sich um eine Wertung seines Schaffens. Und obwohl sie auf diesem Gebiet keine Expertin war, spürte sie doch, daß ihm da etwas Außergewöhnliches gelungen war, das in einem viel größeren, ja internationalen Vergleich Bestand haben konnte. »Ich habe immer gewußt, daß noch viel mehr in dir steckt als das, was du schon erreicht hast.«

»Ich fühle mich mit meinen Inselbildern sehr wohl. Und solche Sachen wie das hier erlaube ich mir dann und wann einmal als privaten Luxus der Seele«, erklärte er ungewöhnlich schroff. »Weißt du, manchmal kommt Malen einem seelischen Striptease gleich. Und ich habe nun mal etwas gegen Exhibitionisten.« Er hob ein verschlissenes Bettlaken vom Boden auf und warf es über das Bild, als schämte er sich, ihr ungewollt diese andere Seite seines Schaffens offenbart zu haben.

»Aber das ist ein phantastisches Bild!« protestierte sie. »So etwas darfst du nicht verstecken!«

»Was man von dir auch sagen kann, mein Schatz. Und jetzt laß uns bitte nicht mehr von solch unwichtigen Dingen wie Malen im besonderen und Beruf im allgemeinen reden. Da gibt es viel, viel Wichtigeres, worauf wir uns konzentrieren sollten.«

»Ja? Und das wäre?« fragte sie scheinbar ahnungslos, lächelte jedoch dabei.

»Ich will dir ein Beispiel geben«, sagte er zärtlich, legte eine Hand in ihren Nacken und küßte sie.

Daniela vergaß das Bild und erwiderte seinen Kuß mit all ihrer Liebe. Seine Hand glitt unter das Oberteil und über ihren Bauch.

Eine ganze Weile saßen sie auf diesem harten Bürostuhl, ohne daß sie spürten, wie unbequem er eigentlich war. Ihre Küsse und Zärtlichkeiten machten alles andere um sie herum zu lebloser, unwichtiger Staffage.

Nach einem langen Kuß sagte Christian: »Ich möchte dich gar nicht mehr los- und fortlassen, weißt du das?«

Sie fuhr ihm durch das Haar und lächelte ihn an. »Ich bin doch bei dir, mein Liebster.«

Ein ernster Ausdruck trat auf einmal in seine Augen. »Ich meine es so, wie ich es gesagt habe, Daniela. Ich möchte, daß du nie mehr von mir gehst, daß wir immer zusammen sein können.«

Daniela zuckte innerlich zusammen, und der Schleier glückseliger Verzauberung bekam für sie einen jähen Riß. Eine dunkle Ahnung bemächtigte sich ihrer. Doch sie ließ sich ihre Beunruhigung nicht anmerken. »Wir werden so oft zusammensein, wie es nur eben möglich ist«, sagte sie und hoffte, daß er es dabei belassen würde.

Doch Christian schüttelte den Kopf. »Nein, so habe ich es nicht gemeint, mein Schatz. Ich möchte, daß du meine Frau bist.«

Sie schluckte und zwang sich zu einem Lächeln, während ihr ganz und gar nicht danach zumute war. »Sag mal, soll das vielleicht ein Heiratsantrag sein?« fragte sie in betont scherzhaftem Ton.

»Ja, das ist ein Heiratsantrag. Ich möchte dich heiraten«, erklärte er mit fester Stimme.

Daniela gab ihm einen burschikosen Kuß auf die Stirn. »Das

ist eine wunderschöne Liebeserklärung, aber du weißt doch ganz genau, daß so etwas nicht möglich ist ... jedenfalls vorerst nicht«, milderte sie ihre Ablehnung.
»Du gibst mir einen Korb?« fragte er enttäuscht.
Sie befreite sich aus seiner Umarmung und rutschte von seinem Schoß. Ihr Herz hämmerte, und sie war innerlich einer Panik nahe. Doch das durfte er um Gottes willen nicht einmal ahnen!
»Christian, bitte! Mach daraus doch kein Drama. Wir sind nicht mehr in der Welt unserer Großeltern, wo man verheiratet sein mußte, wenn man eine Liebe auch leben wollte. Sind wir nicht glücklich miteinander? War das gestern nicht ein traumhafter Tag?« sprudelte es aus ihr hervor.
»Ja, schon ...«
Sie ließ ihn nicht ausreden. »Du hast mich so glücklich gemacht und mir gezeigt, wie sehr du mich liebst und begehrst, mein Schatz. Und es spielte überhaupt keine Rolle, ob ich nun einen Ring am Finger trage und eine Eheurkunde im Stammbuch habe oder nicht. Christian, unser Glück ist nicht von einem Trauschein abhängig!«
»Unser Glück ist immer nur ein Glück auf Zeit, eine leidenschaftliche Wochenendliebe, die eine richtige Verbindung unser beider Leben unmöglich macht«, erwiderte er. »Doch ich liebe dich zu sehr, um mich mit so einem Glück auf Raten zufriedenzugeben. Ich möchte, daß wir zusammengehören, Daniela, und unserer Beziehung diese Unverbindlichkeit nehmen, die sie jetzt noch hat.«
»Aber was ist denn daran so falsch?« wehrte sie sich.
»Was ist daran so falsch, zu heiraten und Verantwortung füreinander zu tragen, wenn man sich wirklich liebt?« fragte er zurück. »Und was ist daran so falsch, die Frau, die man über alles liebt, auch seine Ehefrau nennen zu dürfen? Und was ist daran so falsch, sich Kinder von dieser Frau zu wünschen?«

Ihre innere Panik drohte sie zu überwältigen. »Heiraten und Kinder? Christian, das ist wirklich ein bißchen viel auf einmal ... und kommt auch sehr überraschend.« Sie versuchte zu lächeln, als sie die tiefe Enttäuschung auf seinem Gesicht sah. »Und ich weiß auch nicht, wie das im Augenblick gehen sollte ... ich meine, du hier auf Sylt und ich in Köln.«
»Mit Liebe und gutem Willen würde es schon gehen.«
»Glaubst du denn, ich würde dich mehr lieben, wenn ich deine Ehefrau wäre, als ich es jetzt schon tue?« hielt sie ihm mit eindringlicher und um Verständnis bittender Stimme vor.
»Ich weiß es nicht, aber vielleicht anders ...«
Daniela schluckte schwer und kämpfte um ihre Kontrolle. O ja, anders! Er wußte nicht, wie recht er damit hatte!
»Und unsere Zukunft hätte eine gemeinsame Perspektive«, fuhr er fort. »Ach, Daniela, an der Tatsache, daß eine Ehe eine Liebe doch auf ganz andere Beine stellt als solch eine ... freie und letztlich unverbindliche Beziehung, läßt sich mit keinem Argument rütteln. Es ist einfach so, und es bleibt auch so.«
»Ja, du hast ja vielleicht recht«, gab sie zu und dachte, daß er leider nur zu sehr recht hatte. »Aber sei mir bitte nicht böse, wenn ich im Augenblick einfach nicht an Ehe denken kann. Dafür ist jetzt nun mal nicht die richtige Zeit.«
»Ich glaube, das ist eine sehr schwache Ausrede, hinter der du dich versteckst«, erwiderte er ganz sanft und ohne jeden bitteren Vorwurf. Aus seiner Stimme klangen vielmehr Bedauern und die stumme Frage, warum dem so war.
Sie trat zu ihm und ergriff seine Hand. »Es hat nichts mit dir nicht zu tun, Christian. Bitte glaube mir!« flehte sie ihn an. »Es hat auch nichts damit zu tun, daß ich an meiner Liebe zu dir vielleicht zweifeln würde und fürchte, sie könnte nicht stark genug für eine Ehe sein. Das ist es ganz bestimmt nicht!«
Er sah die Qual in ihren Augen und verstand sie nicht. »Was ist es dann?«

»Ich ... ich kann es dir nicht sagen, Christian. Du mußt mir Zeit lassen. Es ist da etwas in mir, das ... das sich dafür noch nicht reif fühlt«, sagte sie mit erstickter Stimme, und es war noch nicht einmal eine Lüge.
Es bestürzte ihn, Tränen in ihren Augen schimmern zu sehen, und er nahm sie in seine Arme, drückte sie fest an sich und versuchte seine Enttäuschung zu verdrängen. »Es ist schon gut, mein Liebling. Vielleicht bin ich auch zu egoistisch und liebe dich mehr, als ich eigentlich sollte.«
»Nein, nein!« widersprach sie mit tränenerstickter Stimme und schmiegte sich an ihn. »Du kannst mich nie zuviel lieben. Niemals!«
»Was vermag man auch schon groß gegen Liebe zu tun?« fragte er ein wenig ratlos, streichelte über ihr Haar und blickte auf das verhängte Bild. Manchmal hatte er Angst, ihre Liebe könnte zerbrechen, gerade weil sie ihm so viel bedeutete. War es möglicherweise diese Angst in seinem Innersten, die hinter seinem Wunsch stand zu heiraten? Er wußte es nicht.
Es gab so vieles, worauf er keine Antwort hatte.
»Ich werde jetzt Frühstück machen, und danach unternehmen wir einen schönen Strandspaziergang. Es soll heute ein sonniger Tag werden. Und ich möchte jede Minute mit dir auskosten«, sagte Daniela nach einer Weile, küßte ihn und brachte ein Lächeln zustande.
Sie ging nach unten und verdrängte mit aller Macht seinen Heiratsantrag und die schrecklichen Erinnerungen, die Christian damit ungewollt in ihr geweckt hatte. Niemals durfte sich jene Katastrophe wiederholen, die damit begann, daß ein Mann seiner strahlenden Braut von zweiundzwanzig Jahren den Ring vor dem Altar an den Finger steckte und sie sich einander ewige Liebe und Treue schworen. Liebe bis in den Tod. Und dorthin hatte die Liebe wahrhaftig geführt – in den Tod in einer eisigen Februarnacht!

20

Frieder von Ossendorf kam am Dienstag nachmittag um kurz nach drei. Er brachte frischen Streuselkuchen mit, weil er wußte, daß Daniela nichts lieber mochte als frischen Streusel, wenn sie denn überhaupt einmal Kuchen aß, was höchst selten der Fall war.

Frieder kannte diese Art der Zurückhaltung nicht. Bei ihm gab es deshalb auch längst keine »schlanke Linie« mehr, die es zu bewahren galt. Er war von kleiner, rundlicher Figur, ging schon auf die Sechzig zu und trug das graue Haar so kurz geschnitten wie ein amerikanischer GI. Er besaß eine überaus lebhafte, leicht zu begeisternde Natur, die jedoch ihre Grenzen kannte, wenn es um Kunst und Kommerz ging, und von beiden verstand er viel. Er führte gern die Rede vom »antizyklischen Denken und Handeln« im Mund und praktizierte das auch im normalen Alltag. So sah man ihn im Sommer nie in hellen, farbigen und im Winter nie in dunklen Kleidern.

An diesem grauen, regnerischen Nachmittag trug er einen weißen Sommeranzug und ein farbenfrohes Hemd, mit dem er sich am Strand von Hawaii in bester Gesellschaft befunden hätte. Und während man ihn im Sommer selten einmal ohne seine schwarze Hornbrille antraf, schmückte er sich in der unfreundlichen Jahreszeit mit leichten und bunten Gestellen, etwa mit diesem weißen Modell, das blaue Querstreifen besaß und sehr extravagant wirkte.

Daniela freute sich, ihn wiederzusehen, war er doch ein anregender und geistreicher Unterhalter. Die Kaffeestunde verging in einer dementsprechend heiteren, lebhaften Atmosphäre.

»Ein Cognac könnte jetzt nicht schaden«, schlug Frieder vor,

nachdem er den Kuchenteller auch vom letzten Streusel befreit hatte.
Christian holte drei Gläser und seinen besten Cognac, und als er allen eingeschenkt hatte, sagte Frieder: »Wir sollten noch mal über die Ausstellung sprechen ...«
Christian schwenkte die braune Flüssigkeit in seinem Glas und schüttelte den Kopf. »Die Mühe kannst du dir sparen, Frieder. Ich habe dir schon am Samstag erklärt, daß ich dafür nicht zu haben bin.«
»Darf ich erfahren, um was für eine Ausstellung es sich handelt?« fragte Daniela neugierig.
»Ach, es ist gar nicht der Rede wert«, sagte Christian und berichtete kurz, worum es ging. »Ich weiß wirklich nicht, wie Frieder auf diese Schnapsidee gekommen ist.«
Daniela konnte sich diesem negativen Urteil nicht anschließen. »Aber wieso denn Schnapsidee, Christian? Ich finde das gar nicht so übel. Du solltest das Angebot wirklich noch einmal gut überdenken.«
»Fang du jetzt bitte nicht auch noch an«, meinte Christian enttäuscht.
Frieder nahm die Gelegenheit, Daniela auf seiner Seite zu wissen, sofort wahr. »Ich finde auch, daß es alles andere als eine Schnapsidee ist, Christian. Ähnliche Hotelausstellungen haben bewiesen, daß man auf diesem Weg nicht nur einen beachtlichen wirtschaftlichen Erfolg erzielen kann, sondern auch Schichten erreicht, die eben nicht Galerien und Museen besuchen.«
»Das mag sein, Frieder, aber ich bin nicht interessiert«, blockte Christian ab. »Die Bilder, die ich bei dir in der Galerie verkaufe, reichen mir, was den wirtschaftlichen Erfolg angeht. Da bist du wirklich tüchtig genug.«
»Aber so kann man doch nicht denken!« protestierte Frieder. »Du malst ja nicht nur, um dein Auskommen zu haben! Du

bist ein Künstler, der etwas zu sagen hat. Es steckt doch viel mehr in dir als das, was du bisher an die Öffentlichkeit hast kommen lassen.«

Daniela nickte zustimmend.

»Das klingt sehr schmeichelhaft, Frieder«, sagte Christian leicht spöttisch, »aber dennoch bin ich dafür, daß wir jetzt das Thema wechseln.«

»Ich bin Galerist und dein Agent, und als solcher bin ich absolut dagegen, das Thema zu wechseln! Es wird Zeit, daß wir die Dinge endlich mal beim Namen nennen. Du hältst mich jetzt schon lange genug hin. Und daß du ein Künstler bist, der mehr zu sagen hat, habe ich nicht geäußert, um dir zu schmeicheln!« stellte Frieder ungehalten klar. »Das ist für mich eine Tatsache, der du dich mit all ihren Konsequenzen aber einfach nicht stellen willst!«

Christian machte eine ärgerliche Miene. »Frieder, bitte! Wir wollen uns doch wohl nicht vor Daniela in die Haare geraten, oder?«

»Was soll denn das heißen?« fragte Daniela irritiert. »Laß uns doch ruhig darüber reden, Christian. Deine Arbeit interessiert mich sehr. Ich verstehe nur nicht, wo das Problem liegt.«

Frieder stellte sein Glas ab. »Ich will Ihnen sagen, wo das Problem liegt, Daniela. Christian hat in sich das Potential, als Maler etwas Bedeutendes zu schaffen. Doch er hat schlicht und ergreifend Angst, sich seinem Talent zu stellen, es wie ein großer Künstler anzunehmen und vor die Öffentlichkeit zu treten. Er verkriecht sich hier auf der Insel und verkauft sich als regional geschätzter Landschaftmaler, obwohl ganz anderes in ihm steckt.«

»Unsinn!« rief Christian. »Es reicht mir nun mal, in einer Galerie vertreten zu sein, und es ist nicht mein Lebensziel, ein Vermögen anzuhäufen!«

»Jetzt streust du Daniela und auch dir Sand in die Augen!

Es geht doch gar nicht um deine Sylter Landschaftsbilder!« hielt Frieder ihm vor. »Es geht um die Bilder, die du seit über einem Jahr da oben in der Kammer versteckt hältst und die auszustellen du dich weigerst, obwohl du es mir versprochen hast!«

Daniela begriff. »Ist das, was ich am Sonntag morgen auf der Staffelei gesehen habe, eines dieser Bilder, von denen Frieder spricht?« fragte sie Christian.

Dieser nickte mit verkniffenem Gesicht. »Die haben aber mit meiner eigentlichen Arbeit nicht das geringste zu tun«, behauptete er. »Sie sind etwas ganz Persönliches!«

»Das ist nichts als hohles Gerede, und das weißt du ganz genau!« erwiderte Frieder vehement. »Jeder große Künstler muß sein Leben, die ganze Welt seines Denkens und Fühlens in sein Werk einbringen, wenn er glaubhaft sein und etwas schaffen will, das Bestand hat. Du bist ein ausgezeichneter Inselmaler, Christian.«

»Danke«, sagte dieser trocken.

»Doch im Vergleich zu den anderen Bildern und dem, was in dir steckt und erst noch von dir selbst zutage gefördert werden muß, sind das wirklich nichts weiter als artige Gebrauchsbilder!«

Christian zuckte sichtlich zusammen. Sein Gesicht verschloß sich. »Ich wußte nicht, daß deine Galerie artigen Gebrauchsmalern offensteht!« sagte er verletzt.

»Es tut mir leid, wenn du dich der Wahrheit verschließen willst, Christian, aber so lautet sie nun mal«, rückte Frieder nicht von seinem Urteil ab. »Es ist eine Schande, daß du nicht den Mut findest, endlich den Schritt an die Öffentlichkeit zu wagen – und zwar nicht hier auf der Insel, sondern in Frankfurt, Köln und Hamburg, in Amsterdam, London und Paris, ja sogar New York!«

»Das verstehe ich auch nicht«, pflichtete Daniela Frieder bei

und wandte sich Christian zu. »Warum hältst du diese Bilder versteckt, statt sie in einer Ausstellung zu zeigen?«
»Ich habe schon meine Gründe«, entgegnete er schroff.
Frieder lachte freudlos auf. »Natürlich hast du die, Christian. Du hast Angst, dein beschauliches Dasein als recht erfolgreicher Nischenkünstler aufzugeben und dich dem internationalen Wettkampf der großen Künstler zu stellen.«
»Du redest dummes Zeug, Frieder. Und allmählich habe ich genug davon!« rief Christian aufgebracht.
Frieder dachte jedoch nicht daran, einen Rückzieher zu machen. »Du hast Angst, Christian, und diese Angst ist auch berechtigt. Denn wer mit den Großen spielt, der kann sich dabei ein paar schmerzliche Blessuren holen, bevor er von ihnen akzeptiert und einer von ihnen wird – oder gänzlich scheitert«, fuhr er mit unerbittlicher Direktheit fort. »Aber diese Angst ist nichts, dessen man sich schämen müßte. Wohl jeder Künstler hat sie, und er muß mir ihr leben und sich ihr auch stellen. Und genau das ist es, was du nicht willst – du scheust dich vor dem Risiko, das mit solchen Ausstellungen in bekannten Galerien in Frankfurt und Köln verbunden ist! Lieber bleibst du ein hervorragender zweitklassiger Maler hier auf Sylt, als herauszufinden, ob du nicht wirklich das Zeug zu einem erstklassigen Maler hast, der sich international einen Namen machen kann.«
Christian erhob sich abrupt und mit vor Wut gerötetem Kopf. »Wenn du nur mein Agent wärst, hätte ich dich schon längst aus dem Haus geworfen. Aber auch als Freund hast du allmählich die Grenze dessen erreicht, was man sich unter guten Freunden sagen kann!« stieß er mühsam beherrscht aus. »Da meine Erziehung und unsere langjährige Freundschaft es mir verbieten, dir die Tür zu weisen, gehe ich lieber selber!«
»Christian! Du kannst vielleicht vor mir davonlaufen, nicht jedoch vor deinem Talent. Du mußt dich ihm stellen, früher oder später!« rief Frieder ihm beschwörend nach.

Im nächsten Augenblick warf Christian die Haustür knallend hinter sich zu.
»Tut mir leid, Daniela«, murmelte Frieder.
»Das glaube ich nicht«, erwiderte sie.
Er lächelte müde. »Sie haben recht, es tut mir nicht leid. Es lag mir schon so lange auf der Seele und mußte endlich einmal gesagt werden. Und wenn Sie eines seiner anderen Bilder gesehen haben, verstehen Sie vielleicht, warum ich manchmal als Freund und als Agent verzweifle.«
Sie nickte. »Ich war überwältigt.«
Frieder blickte in sein Glas und schüttelte den Kopf. »Er hat Angst, im internationalen Vergleich nicht zu bestehen und zu versagen. Deshalb begnügt er sich mit dem Leben eines Dorfschwans, der von allen auf dem Dorfteich bewundert und auch gut gefüttert wird«, sagte er bitter. »Dabei könnte er weit oben fliegen und die Welt unter seinen Schwingen haben. Mein Gott, ja, er könnte ein Adler sein!«
Eine halbe Stunde nachdem Frieder von Ossendorf gegangen war, kehrte Christian zurück. Er versuchte diese heftige Auseinandersetzung herunterzuspielen und schnell das Thema zu wechseln.
Doch Daniela wollte mit ihm darüber reden, weil sie spürte, daß diese Angelegenheit auch ihre Beziehung beeinflußte.
»Ich begreife nicht, weshalb du so wütend reagiert hast«, sagte sie verwundert. »Eigentlich hat er dir doch ein großes Kompliment gemacht.«
Er lachte höhnisch auf. »Ja, artiger Gebrauchsmaler!« Er verschwieg ihr, daß Frieder damit einen Begriff von ihm verwendet hatte.
»Er hat das doch nur *im Vergleich* gemeint!«
»Ich finde es nicht sehr nett von dir, daß nun auch du noch in sein Horn bläst.«
»Christian, ich blase nicht in sein Horn, ich liebe dich. Und

deshalb mache auch ich mir meine Gedanken«, erwiderte sie eindringlich. »Ich habe am Sonntag morgen dieses Bild gesehen, und es hat mich stärker beeindruckt als all deine anderen Bilder. Du mußt diese Art der Malerei einfach fortführen und damit auch an die Öffentlichkeit treten. Es stimmt schon, was Frieder gesagt hat. Du darfst dich nicht hier verstecken.«

»Ich *muß* überhaupt nichts! Und ich entscheide, welche Bilder an die Öffentlichkeit gelangen!« brauste er auf. »Außerdem verstecke ich mich hier nicht. Sylt ist einfach der einzige Ort, wo ich arbeiten kann. Hier habe ich den Erfolg, den ich brauche, und meine Ruhe. Aber das begreift keiner von euch!«

Daniela sah ihn verstört an. Dann sagte sie leise: »Du hast wirklich Angst, nicht wahr?«

Er entzog sich ihrer Hand. »Angst! Angst! ... Ja, vielleicht habe ich Angst, daß ich im Wettbewerb der ganz Großen, wie Frieder es nennt, doch nicht bestehe. Und vielleicht habe ich Angst, mir dadurch auch noch das kaputtzumachen, was ich mir auf Sylt geschaffen habe. Aber so etwas könnt ihr ja gar nicht nachempfinden ...«

Es schmerzte sie, daß er so etwas sagte, auch wenn es in einer zornigen Aufwallung geschah. »Doch, das kann ich sehr gut.«

»Ach was!« widersprach Christian gereizt. »Ihr wißt doch gar nicht, was hungern und Armut heißt! Ihr kommt beide aus mehr als gutbürgerlichen Familien. Dein Vater war Oberstudienrat und hat dir bei seinem Tod ein Vermögen vererbt ...«

Daniela schluckte schwer. Nein, nein, das war eine Lüge, Christian! Nichts habe ich von meinen Eltern geerbt. Ich kenne sie noch nicht einmal! Und das Geld ... das Geld war Blutgeld! Ich habe das Studio mit Blutgeld gekauft! wollte sie rufen, aber kein Wort kam ihr über die Lippen.

»... doch ich habe noch jahrelang nach dem Tod meines Vaters seine Schulden beglichen, die er gemacht hat, weil ich so dumm gewesen bin, einmal für ihn zu bürgen«, fuhr er erregt fort. »Talent! Mein Gott, was heißt das schon? Mein Vater steckte voller Talente! Er hatte immer neue grandiose Ideen, und jede davon erwies sich als kostspielige Seifenblase. An seine Familie dachte er nie. Daß wir hungern und anschreiben lassen mußten, kümmerte ihn nicht. Ich mußte beim Lebensmittelhändler darum betteln, daß er uns noch etwas mehr Kredit einräumte. Und ich war, gerade mal in bessere Lumpen gekleidet, der Spott der Kinder in unserer Nachbarschaft und in der Schule, und erst heute weiß ich, wie sehr auch meine Mutter darunter gelitten hat, daß für normale Dinge wie Kleider und Essen bei uns nie Geld da war. Als es uns dann ganz schlecht ging, nahm mich meine Tante bei sich in ihrem Haus auf. Und erst hier, in diesem Haus auf Sylt, habe ich Geborgenheit und Sicherheit erlebt, Daniela! Hier habe ich mich erst richtig als Mensch gefühlt und mir geschworen, mich niemals von diesen großspurigen Träumen einfangen zu lassen, die meine Familie zerstört haben. Daß meine Tante mir das Haus vererbt hat, war das größte Geschenk meines Lebens und hat mir zum erstenmal das Gefühl der Freiheit gegeben. Aber wer so wohlversorgt und behütet aufgewachsen ist wie Frieder und du, der wird so etwas nicht verstehen.«

»Du weißt gar nicht, wie sehr ich nachempfinden kann, was du durchgemacht hast«, begann Daniela.

»Nein, das kannst du nicht!« sprach er ihr diese Fähigkeit barsch ab. »Und wenn du mir Angst vorwirfst, dann schau doch mal in den Spiegel. Wer von uns beiden hat denn die größere Angst, ich oder du?«

»Wie meinst du das?«

Er lachte grimmig auf. »Hast du bereits vergessen, daß ich dir einen Heiratsantrag gemacht habe?«

»Das paßt ja wohl kaum hierher, Christian!« wehrte sie sich.

»Und ob es herpaßt! Wenn du schon so in mich dringst,

warum ich dieses berufliche Risiko scheue, dann will ich auch wissen, warum du Angst vor der Ehe hast.«

»Ich habe nicht gesagt, daß ich Angst vor der Ehe habe«, versuchte sie sich rauszureden.

»O doch, das hast du! Du spürst so sehr wie ich, daß wir einander lieben und brauchen, daß wir zueinander gehören, und die letzten vier Tage haben doch gezeigt, wie sehr wir uns lieben und nicht nur im Bett begehren! Aber dennoch hast du Angst, unserer Liebe diese Unverbindlichkeit zu nehmen. Du hast Angst, dich zu ihr und damit zu mir zu bekennen und dein Leben mit mir zu teilen«, brach es aus ihm heraus. »Und ich frage mich, was denn noch kommen muß, damit du begreifst, daß unsere Liebe etwas ebenso Starkes wie Zerbrechliches ist. Und warum du dich immer wieder vor mir verschließt.«

Daniela schüttelte betroffen den Kopf. »Das tue ich doch nicht, Christian!«

»Das tust du sehr wohl! Du vergräbst dich in deine Arbeit, die dir offenbar wichtiger ist als das, was zwischen uns ist und noch sein könnte!« warf er ihr vor. »Und es ist ja nicht einmal richtig, von einer Wochenendliebe zu sprechen, da wir ja gar nicht jedes Wochenende zusammen sind.«

Zorn wallte in ihr auf. »Liebe hat mit Trauschein ja wohl nichts zu tun, Christian, das habe ich dir schon einmal gesagt. Und wenn du nicht so starrköpfig darauf bestehen würdest, permanent auf Sylt zu wohnen, weil du angeblich nur hier malen kannst, was ich dir nicht abnehme, dann könnten wir so oft zusammensein, wie wir es wünschen!«

»Du meinst, ich sollte wieder nach Köln ziehen, ja?« fragte er sarkastisch.

»Ja, genau das meine ich!« bestätigte sie und funkelte ihn erbost an. »*Du* kannst es mit deinem Beruf vereinbaren. Du könntest dir ein Atelier in Köln einrichten, und wir würden endlich ein einigermaßen normales Leben führen, ohne stän-

dig auf der Autobahn zu liegen. Wenn ich dir wirklich soviel bedeute, wie du sagst, dann würdest du es auch tun.«
»Begreifst du denn nicht, daß diese Insel und dieses Haus die Quelle meiner Schaffenskraft sind?« Er schrie sie fast an.
»Ich bin überzeugt, das redest du dir nur ein, weil du Angst hast, wie Frieder es richtig erkannt hat!« entgegnete sie aufgewühlt. »Sylt mag dich inspirieren, doch daß du nicht in Köln oder anderswo arbeiten kannst, nehme ich dir nicht ab! Die Schaffenskraft steckt doch nicht in diesem Haus und in dieser Insel, sondern in dir, Christian! In deinem Kopf! Außerdem müßtest du dein geliebtes Sylt ja nicht aufgeben, wenn du nach Köln kommst. Du könntest dich zwischendurch doch immer wieder mal für ein paar Wochen in dein Haus zurückziehen.«
»Sehr großzügig!« bemerkte er sarkastisch.
Sie stritten sich noch eine geraume Weile, ohne daß es etwas brachte. Dann schlug Daniela einen versöhnlichen Ton an, weil sie es nicht ertrug, daß sie sich nach diesen wunderschönen Tagen, die hinter ihnen lagen, ausgerechnet am letzten Abend so zankten.
Später im Bett versuchten sie den Mißklang auszumerzen und sich leidenschaftlich ihrer Liebe zu versichern. Seltsamerweise gelang es ihnen nicht, obwohl sie sich mit einer Heftigkeit und Ausdauer liebten, die fast etwas Verzweifeltes hatte. So als wollten sie etwas erzwingen, von dem sie gleichzeitig doch wußten, daß es sich nicht erzwingen ließ. Es war, als setzte ihr Unterbewußtsein das Ringen fort.
Plötzlich aber brach Danielas innerer Widerstand zusammen. Ihre Finger krallten sich in seinen Rücken, sie bäumte sich unter ihm auf und schrie ihre Lust wie auch ihre Verzweiflung in die Dunkelheit des Zimmers. Im nächsten Augenblick war es auch mit seiner Beherrschung vorbei. Sein Stöhnen war wie ein zorniges Schluchzen.

Völlig erschöpft und schweißüberströmt lagen sie danach auf den zerwühlten Laken. Sie spürten beide, daß sie vergeblich versucht hatten, etwas in ihr Leben zurückzuzwingen. Irgend etwas schien in ihnen zerbrochen.

»Ich liebe dich, mein Schatz, und sobald ich kann, besuche ich dich«, versicherte er, als sie nach einem Frühstück aufbrach, bei dem sie jedes kontroverse Thema vermieden.

»Ich liebe dich auch« sagte sie, gab ihm einen Kuß und fuhr los. Sie hatte Tränen in den Augen, doch ihre Gedanken waren klar und geordnet. In Niebüll hielt sie vor der ersten Telefonzelle an. Sie wählte Alans Nummer und wurde von seiner Sekretärin sofort mit ihm verbunden, obwohl er sich in einer Besprechung befand. Doris Maier hatte von ihm die Direktive erhalten, Anrufe von ihr *immer* durchzustellen.

»Sie können buchen, Alan.«

»Buchen? Was denn?«

»Ein Zimmer für mich. Ich reise mit Ihnen nach Cannes.«

21

Die Sonne schien durch den Gardinenspalt und lockte Daniela aus dem Bett, in dem sie so gut geschlafen hatte wie noch in keinem anderen Hotelbett zuvor. Alan hatte in Cannes das beste Hotel am Ort ausgewählt, das CARLTON. Mit seiner schneeweißen, kunstvoll gegliederten Fassade ragte es wie ein Tempel der Reichen und Mächtigen an der berühmten Uferpromenade, der Croisette, auf und zählte zu den exklusivsten Grandhotels der Belle Epoque, die ihr hohes Niveau aus der Zeit der Jahrhundertwende bis in die Gegenwart bewahrt hatten.

Daniela schlug die federleichte Daunendecke zurück, schlüpfte in den flauschigen Frotteebademantel, der das Emblem des Hotels trug, und ging zum Fenster. Sie zog die Gardinen zurück, und heller Sonnenschein erfüllte das exquisit eingerichtete Zimmer. Wie eine sanfte Woge, die die edlen Stoffe der Draperien und Bezüge aufleuchten und das dunkle Holz der Möbel glänzen ließ, flutete das warme Licht an ihr vorbei. Im ersten Augenblick blinzelte sie geblendet in den sonnigen Morgen. Das Panorama mit seinen mediterranen Farben und Motiven war beeindruckend. Sie blickte direkt auf die palmenbestandene Promenade, auf der schon ein geschäftiges Leben und Treiben herrschte, den langen, sanft geschwungenen Strand und das Meer, das mit seinem tiefen Blau dem Namen der Küste wahrhaftig alle Ehre machte. Blau und beinahe wolkenlos war auch der Himmel, und auf dem Meer zogen einige Yachten ihre scheinbar lautlose Bahn durch das Königsblau der See.
Manchmal ist die Wirklichkeit kitschiger als die kitschigste Postkarte, dachte Daniela und öffnete einen Fensterflügel, um frische Luft ins Zimmer zu lassen. Ihr war, als könnte sie die Blumen riechen, die vor dem Hotel so üppig blühten.
Sie war froh, daß sie sich so spontan entschieden hatte, Alan auf seiner Reise zu Anthony Capo nach Cannes zu begleiten. Sie brauchte Abstand, nicht nur von Christian und dem, was in Sylt zwischen ihnen vorgefallen war, sondern auch von allem anderen. Vielleicht würde es ihr hier gelingen, einmal richtig abzuschalten und sich ein wenig zu erholen. Die letzten Wochen hatten zur Genüge gezeigt, daß sie mit ihren Nerven doch ziemlich am Ende war.
Daniela löste sich von der bezaubernden Aussicht und begab sich ins Bad. Alan erwartete sie um halb zehn unten zum Frühstück. Jetzt war es kurz vor halb neun, so daß sie sich nicht zu beeilen brauchte.

Unter der Dusche wanderten ihre Gedanken zu Christian. Sie hatten am Donnerstag noch einmal miteinander telefoniert, und keiner von ihnen hatte den Streit vom Dienstag auch nur mit einem Wort erwähnt. Es war überhaupt ein ganz merkwürdiges Gespräch gewesen, und im nachhinein hatte sie sich gefragt, worüber sie eigentlich geredet hatte, so oberflächlich und nichtssagend war ihr Telefonat gewesen. Es hatte sie erschreckt.
Daniela drehte die Dusche ab und zwang sich, jetzt nicht darüber nachzudenken. Dafür war später noch Zeit genug. Sie war nicht nach Cannes gekommen, um sich hier Klarheit über das zu verschaffen, was zwischen ihr und Christian nicht in Ordnung war und warum. Sie hatte das starke Bedürfnis, einmal nicht Probleme wälzen und sich das Hirn über Lösungen zu zermartern, ob nun privat oder geschäftlich.
In aller Ruhe machte sie sich fertig. Sie brauchte nicht lange zu überlegen, was sie anziehen sollte. Das neue weiße Strickkleid mit den passenden Leggins war für diesen Tag genau das richtige, war es doch überaus schick, ohne formell zu sein.
Fast auf die Minuten um halb zehn betrat sie den eleganten Saal, in dem das Frühstück serviert wurde. Alan hatte schon an einem Tisch an der Terrassenfront Platz genommen. Als er sie sah, erhob er sich mit einem Lächeln, das keinen Zweifel daran ließ, wie sehr ihn ihr Anblick faszinierte.
»Das ist fast schon zuviel, um wahr zu sein, Daniela«, sagte er.
»Sie sprechen in Rätseln, Alan.«
»Eine wunderschöne Frau, die ich in den nächsten Tagen an meiner Seite haben werde und die mich zudem nicht einmal eine Viertelstunde warten läßt – so etwas gibt es eigentlich doch gar nicht.«
Sie lächelte ihn an. »Sätze mit ›eigentlich‹ erweisen sich meist als grundlegend falsche Einschätzung. Ich freue mich, wenn ich Sie von einigen Vorurteilen befreien kann, die ...«

»... die eigentlich gar nicht zu mir passen«, nahm er sich selbst auf den Arm. »Aber wenn ich sage, daß Sie in diesem Kleid unverschämt bezaubernd aussehen, dann beruht das ganz sicher nicht auf einer falschen Einschätzung!«
»Und warum unverschämt?« fragte sie ein wenig kokett.
»Weil Ihr hinreißendes Aussehen es sogar einem Mann, der sich zu beherrschen weiß, schwermacht, Sie nicht in seine Arme zu nehmen und zu küssen«, sagte er leise, und sein Blick hatte plötzlich gar nichts scherzhaft Spöttisches an sich. In seinen Augen stand unverkennbares Begehren.
»Ich entschuldige mich dafür, daß ich Ihnen einen so herrlichen Tag schwermache«, erwiderte sie, gab ihm spontan einen Kuß auf die Wange – und war von ihrer eigenen Reaktion überrascht. Seine Komplimente und seine Bewunderung für sie, die deutlich über die gewöhnlichen Schmeicheleien eines charmanten Mannes hinausgingen, taten ihr einfach gut. Es lag etwas erfrischend Direktes und Unkompliziertes in seiner Art.
Er war von ihrem Kuß so überrascht, daß sie schon saß, bevor er sich gefaßt hatte. »Ich werde mich bis zum nächsten Kuß nicht mehr waschen, Daniela!«
Sie lachte. »Ich kann mir nicht vorstellen, daß Sie so ein Schmutzfink sind. Und jetzt bitte ich Sie, mir mit der Speisekarte ein wenig zu helfen. Mein Französisch ist mehr von der Werbung als vom Schulunterricht geprägt worden und reicht nur wenig über *Merci* und *Mon Chéri* hinaus.«
»Oh, mit *mon chéri* liegen Sie bei mir ganz richtig«, ließ er sich diese Anspielung nicht entgehen, kam dann ihrer Bitte jedoch nach.
Das Frühstück verlief in einer heiteren, lockeren Atmosphäre. Und das war es, was Daniela so sehr an ihm schätzte. Er gab ihr zwar immer wieder deutlich zu verstehen, wie sehr er ihr zugetan war, doch er bedrängte sie nicht. Seine gelegentlichen

Liebeserklärungen hatten bei aller Aufrichtigkeit etwas Leichtes, Unbekümmertes und waren frei von jeglichem ernsten Besitzanspruch, mit dem Christian sie in letzter Zeit konfrontierte.
»Wann erwartet uns Signore Capo?« fragte sie und warf einen Blick auf ihre Uhr.
»Gegen elf, aber so genau nimmt er es nicht«, beruhigte er sie. »Es ist auch nicht weit von hier, mit dem Wagen keine zwanzig Minuten.«
»Ich bin schon ganz gespannt, ihn kennenzulernen«, gestand sie.
Alan legte die Serviette auf seinen Teller. »Ich weiß, ich weiß«, seufzte er resigniert. »Neben ihm werde ich in Ihren Augen zu einem Schatten meiner selbst verblassen.«
»Ich zweifle nicht daran, daß das, was dann noch von Ihnen übrig ist, immer noch Kontur und Leuchtkraft haben wird«, erwiderte sie amüsiert.
Er hob die Augenbrauen. »Sie machen mir Mut.«
»Den Sie auch bitter notwendig haben, ja?«
Er lachte, und sie erhoben sich vom Frühstückstisch. Wenige Minuten später hatte ein livrierter Boy den silbergrauen Mercedes-Coupé vor dem Portal vorgefahren, den Alan für die Dauer ihres Aufenthalts am Flughafen von Nizza per Vorbestellung gemietet hatte.
»Das Haus von Anthony Capo liegt oben in den Bergen«, erklärte Alan, als er den Wagen durch Cannes lenkte. »Die Fahrt dorthin wird Ihnen gefallen.«
Er und Anthony Capo hatten nicht zuviel versprochen. Die Blumenpracht und die Palmen, mit denen Cannes sich schmückte, waren nach den trüben grauen Monaten schon ein Labsal für das Auge. Doch als sie die Stadt verließen und auf einer kurvigen Straße in das bergige Hinterland vorstießen, zeigte ihnen die Natur das Wunder und die farbige Vielfalt

eines südländischen Frühlings. Die Obstbäume entlang der Straße standen schon in voller Blüte, und die Wiesen waren mit Wildblumen übersät.
Sie kamen durch mehrere malerische Dörfer. Einige Kilometer vor Grasse verließen sie die Landstraße und folgten einer bedeutend schmaleren Straße, die nur mit Schotter belegt war. Sie führte durch einen großen Olivenhain, der schon zu Anthony Capos Anwesen gehörte.
Dann tauchten sie in den Schatten einer Allee alter, hoher Zypressen ein. Sie mündete vor einer efeubewachsenen Mauer mit einem großen schmiedeeisernen Tor mit Doppelflügel, das schon seit Generationen an dieser Stelle die Weiterfahrt verwehrte. Die Fernsehkamera, die von der Mauerkrone aus ihr Weitwinkelobjektiv auf die Torauffahrt gerichtet hielt, und die Sprechanlage waren der einzige Hinweis, daß die moderne Zeit mit ihrer Technik auch an diesem abgelegenen Ort Einzug gehalten hatte.
Alan stieg aus und meldete sich über die Sprechanlage. Wie von Geisterhand schwang das Tor im nächsten Moment auf, öffneten sich die hohen, schmiedeeisernen Flügel nach innen. Der Weg hinter dem Tor war mit hellem Kies bestreut und schlängelte sich durch eine blühende Parklandschaft, die Daniela den Atem raubte. Büsche, Bäume und Blumenbeete wurden ohne Zweifel von Gärtnern gepflegt, doch war die Natur nicht in ein starres, künstliches Gartenkonzept gepreßt worden. Hier hatte man vielmehr ihrer kreativen Zufälligkeit Rechnung getragen und ein harmonisch natürliches Miteinander geschaffen statt jenes abgegrenzte Nebeneinander, das vielen Parklandschaften ihren sterilen Charakter gab.
Hinter einer Kurve tauchte schließlich das Haus auf, ein alter hochherrschaftlicher Landsitz mit braunroten Ziegeldächern. Er hatte trotz seiner Größe und Seitentrakte diese typische südländische Leichtigkeit, zu der schattige Arkadengänge, ein

Innenhof mit alten Bäumen und Wasserspeier ihren Teil beitrugen.

»Mein Gott, was für ein Anwesen!« rief Daniela bewundernd.

»Ja, hier und da findet man noch ein Fleckchen Paradies auf dieser Welt«, pflichtete Alan ihr bei und stellte den Motor ab. »Anthony hat so ein Stück Paradies gefunden. Warten Sie erst einmal ab, bis Sie hinten auf der Terrasse stehen und die Berge und das Meer vor sich liegen sehen.«

Ein großer, in den Schultern kräftiger und in der Taille schlanker Mann mit dichtem, pechschwarzem Haar trat aus dem Haus und kam auf sie zu. Er trug schwarze Leinenhosen und ein graues Seidenhemd. Eine Kette mit einem goldenen Kreuz blitzte in der Sonne um seinen Hals auf.

Daniela erkannte ihn sofort. Es war Anthony Capo, der berühmte Sänger, der viel jünger als neunundvierzig aussah. Er war auch größer, als sie ihn von Bildern her in Erinnerung hatte. Ein herzliches Lächeln, das seine Freude über ihr Kommen offen zum Ausdruck brachte, lag auf seinem markanten Gesicht, dessen Haut eine gesunde Bräunung aufwies.

Daniela stieg aus und ergriff die ausgestreckte Hand von Anthony Capo. »Ich freue mich und fühle mich geehrt, Ihre Bekanntschaft zu machen, Signore Capo«, sagte sie.

Er schaute ihr lächelnd in die blauen Augen und erwiderte: »Seien Sie herzlich willkommen, Frau Stern. Auch ich freue mich, daß Sie es doch noch einrichten konnten zu kommen.« Er hielt ihre Hand mit beiden Händen umschlossen und nahm den Blick nicht von ihrem Gesicht. »Wissen Sie, manchmal kennt man von einem Menschen erst nur die Stimme, und man macht sich nach der Stimme unwillkürlich ein Bild von dieser Person, das man dann grundlegend korrigieren muß, wenn man dieser Person gegenübersteht. Ich glaube, so ergeht es jedem, nicht wahr?«

Daniela nickte.

»Von Ihnen habe ich mir natürlich auch ein Bild gemacht«, fuhr er mit seiner dunklen, samtigen Stimme fort. »Doch in Ihrem Fall brauche ich es nicht der Wirklichkeit anzupassen. Alan hat Sie mir so gut beschrieben, daß ich das Gefühl habe, Sie mir nie anders als so vorgestellt zu haben. So etwas ist wirklich selten.«

Daniela wußte nicht, was sie erwidern sollte, doch sie wußte schon in diesem Moment, daß sie ihn mochte und mit ihm privat wie geschäftlich wunderbar auskommen würde. Er war ein Mann, der völlig in sich ruhte und keiner Starallüren bedurfte, um respektiert zu werden und die Menschen in seiner Umgebung für sich einzunehmen. Er besaß eine Ausstrahlung, die ihn zusammen mit seinem musikalischen Talent zu diesem Ausnahmekünstler gemacht hatte, der er war.

»Soll das ein Kompliment sein oder nur eine sizilianische Spitzfindigkeit?« mischte sich Alan ein.

»Immer diese lauten Amerikaner, die Worten nur dann Glauben schenken, wenn sie aus einer Werbeabteilung kommen«, rief Anthony Capo mit kummervoller Miene, tauschte mit Alan jedoch einen herzlichen Händedruck.

Unbeschwert über die Reise und die vom Frühling verzauberte Landschaft plaudernd, führte Alan sie ins Haus, das sein ganzes Wesen widerspiegelte. Die Räume waren sehr persönlich und sehr geschmackvoll, aber doch eher sparsam als überladen eingerichtet. Es war nicht das Haus eines millionenschweren Stars, der damit protzte, was er sich an Kunst und Komfort alles leisten konnte. Es war vielmehr das großzügige und dennoch gemütliche Heim eines Ehepaars, das mit den Möbeln, Bildern, Teppichen und all den Kleinigkeiten lebte, die es in diesem Haus zusammengetragen hatte.

Im Wohnzimmer, das auf die Terrasse hinausging, trafen sie auf Anthonys Frau Lucia. Sie war eine kleine, schlanke und sehr zerbrechlich wirkende Frau, der man auf den ersten Blick

nicht zugetraut hätte, daß sie vier Kinder zur Welt gebracht hatte und die Ehefrau eines weltberühmten Sängers war. Sie war wohl auch in ihrer Jugend nie eine Schönheit gewesen, doch sie besaß beeindruckend klare Gesichtszüge, die Daniela unwillkürlich an die einer Madonna denken ließen, und wunderschöne große Augen, die wie das smaragdgrüne Wasser einer Südseelagune schimmerten und unter langen Wimpern ruhten.
Daniela konnte sich nicht erinnern, jemals ein Bild von Lucia Capo gesehen zu haben. Anthony war bekannt dafür gewesen, daß er sein Familienleben rigoros unter Verschluß hielt. Er hatte seine Frau und seine Kinder systematisch davor geschützt, mit ihm in die Öffentlichkeit gezogen und damit zwangsläufig Opfer der Klatsch- und Boulevardpresse zu werden. Und da er ein Mann ohne Skandale gewesen war und es verstanden hatte, die sensationshungrigen Medien auf andere Weise zu befriedigen, hatten die Pressefotografen ihn und seine Familie auch nicht mit ihren teleobjektivbestückten Kameras verfolgt.
»Ich hoffe, Sie fühlen sich bei uns wohl«, sagte Lucia Capo, nachdem ihr Mann sie mit Daniela bekannt gemacht hatte, und schenkte ihr ein freundliches Lächeln.
»Es ist wunderschön bei Ihnen«, versicherte Daniela.
»Und in einem Haus, in dem Sie das Sagen haben, muß man sich einfach wohl fühlen, Lucia«, fügte Alan hinzu.
»Er gibt zwar vor, mich besuchen zu kommen«, erklärte Anthony, zu Daniela gewandt, »doch statt richtige Männergespräche mit mir zu führen, hockt er dann die meiste Zeit bei meiner Frau in der Küche und läßt sich von ihr in die sizilianische Kochkunst einführen.«
»Die Kunst kennt viele Gesichter«, gab Alan fröhlich zurück.
Lucia lächelte, und Daniela bemerkte, mit welcher Liebe der Blick ihres Mannes auf ihr ruhte. Sie sah schnell weg, weil

sie das Gefühl hatte, etwas allzu Privates zu beobachten. Oder war es ihr aus einem anderen Grund, der in ihr lag, unangenehm?
»Sie entschuldigen mich«, sagte Lucia mit ihrer ebenso klaren wie melodischen Stimme. »Ich muß noch einige Vorbereitungen für das Mittagessen treffen.«
»Können Sie einen Küchenjungen gebrauchen, Lucia?« fragte Alan leichthin.
Lucia sah ihren Mann an.
»Gehen Sie nur mit, Alan!« forderte Anthony ihn lachend auf. »Früher oder später zieht es Sie ja doch zu den Töpfen und Pfannen.«
Alan grinste. »Es ist mir nun mal in die Wiege gelegt worden, in alle Töpfe zu gucken. Daniela, ich überlasse Sie unserem großen Sänger. Sie sind bei ihm in den besten Händen. Wir sehen uns dann zum Essen wieder.«
Ein wenig verwundert schaute Daniela ihm nach, wie er mit Lucia in Richtung Küche verschwand. Dann bat Anthony sie hinaus auf die Terrasse, und sie bewunderte die grandiose Aussicht, die sich ihr bot. Ihr Blick ging ungehindert über die Berge und Täler nach Cannes hinüber und weiter nach Süden bis zum Horizont, wo das tiefe Blau des Mittelmeers mit dem lichteren Blau des Himmels verschwamm.
Anthony führte sie zu einer mit Wein und Rosen umrankten Pergola, wo weich gepolsterte Korbsessel standen, und bat sie, Platz zu nehmen. Auf dem dazugehörigen Tisch war ein Tablett mit Gläsern und eine Karaffe mit frisch ausgepreßtem Orangensaft sowie eine Flasche Campari.
»Möchten Sie auch einen Campari mit Orange?«
»Ja, gern.«
Wenig später reichte er ihr ein Glas und setzte sich zu ihr. »Sie machen so ein verwundertes, nachdenkliches Gesicht, Frau Stern«, stellte er fest.

»Ach, nur wegen Alan, Signore Capo. Ich hätte nie gedacht, daß er eine Schwäche fürs Kochen hat.«
Anthony schmunzelte. »Eigentlich hat er die auch nicht. Und ich wage die Behauptung, daß seine eigenen Kochkünste kaum über die Bedienung einer Mikrowelle zum Erwärmen eines Fertiggerichts hinausgehen.«
Daniela sah ihn verständnislos an. »Ja, aber ... Sie haben doch selbst gesagt, daß Alan sich bei jedem Besuch meist bei Ihrer Frau in der Küche aufhält.«
Anthony nahm genüßlich einen Schluck aus seinem Glas und sagte dann vergnügt: »Aber nicht, weil er wild auf sizilianische Rezepte ist. Sie müssen wissen, daß Lucia nicht nur die große Liebe meines Lebens und die Mutter von drei prächtigen Söhnen und einer von mir abgöttisch geliebten Tochter ist, sondern auch meine Agentin und Managerin.«
Daniela konnte ihre Verblüffung nicht verbergen.
Er lachte leise auf. »Diese kleine Person? Agentin und Managerin eines berühmten Sängers? Ich kann Ihre Gedanken fast lesen ...«
»Ja, das habe ich wirklich gedacht« gab sie verlegen zu.
»Machen Sie sich nichts draus. So ergeht es jedem. Aber es ist die Wahrheit. Ich habe mich nie um Finanzen und Verträge und solche Dinge gekümmert. Das ist eine Materie, die mich ermüdet und bestenfalls meinen Unwillen weckt. Und als ich meine Karriere als Sänger begann, war ich noch zu sehr Sizilianer, um einem Fremden genug zu vertrauen und ihn als meinen Agenten und Manager Verträge aushandeln und abschließen zu lassen. Vertraut habe ich damals nur meiner Frau, und so hat sie sich dieser Dinge angenommen, was ich auch nicht einen Tag bereut habe. Ich bin überzeugt, daß ich in Lucia den besten Agenten und tüchtigsten Manager habe, den ich mir nur wünschen kann.«
»Jetzt verstehe ich, als Sie am Telefon erklärten, Ihre Frau sei

eine sehr willensstarke und außergewöhnliche Person«, sagte Daniela.

Er nickte. »Ja, das ist Lucia wirklich. Sie ist das Kostbarste, was ich habe. Ich habe mich immer auf ihren Rat verlassen, und das war das Beste, was ich tun konnte. Nur einmal habe ich eine wichtige Entscheidung gegen ihren ausdrücklichen Willen gefällt ...« Er schien in dunkle Gedanken zu versinken. Doch schon im nächsten Moment vertrieb ein Lächeln die Schatten von seinem Gesicht. »Auf jeden Fall reden Alan und meine Frau jetzt in der Küche nicht allein über Soßen und Gewürze, sondern mindestens genausoviel über Prozente und Nebenrechte, Werbeetat und Auftritte.«

Daniela schüttelte lachend den Kopf. »Das bringt natürlich ein ganz anderes Licht in die Sache. So ein schlauer Fuchs! Dann hat Alan also erst einmal Ihre Frau zu Ihrem Comeback überreden müssen, ja?«

Er zögerte. »In gewisser Weise ja. Aber er hat es nicht so plump versucht wie all die anderen Plattengesellschaften. Er ist im letzten Sommer zur Hochzeit meiner Tochter Giulia nach Sizilien gekommen. Ich fühle mich zwar längst nicht mehr als Sizilianer, dafür habe ich an zu vielen Orten der Welt gelebt und war dort auch glücklich, und meinen Kindern ergeht es nicht anders. Aber für gewisse Dinge kehrt der Mensch doch gern zu den Wurzeln seiner Herkunft zurück, und meine Tochter wollte in dem kleinen Ort heiraten, wo ich und Lucia geboren sind. Es war ein Familienfest, das fast eine ganze Woche gedauert hat. Dazu waren natürlich viele hilfreiche Hände nötig, und einer von diesen Helfern war Alan. Als er nach vier Tagen abreiste, hatte er mit meiner Frau nicht ein Wort übers Geschäft gesprochen. Im Herbst, zur Weinernte, war er wieder unser Gast, und auch da unternahm er keinen Versuch, meine Frau dahingehend zu beeinflussen, mich zu einem Comeback zu bewegen. Das hat sie ihm hoch angerechnet. Erst beim nächsten Treffen kam das Thema zur Sprache, doch es war meine Frau, die fragte, was er von einem Comeback halte und ob GoldCoast Records interessiert sei.«

»Eine sehr rhetorische Frage.«

Anthony lächelte. »Unbestritten, aber sie wurde zur richtigen Zeit von der richtigen Person gestellt, und Alan hatte das Gespür dafür, daß Warten und Vertrauen zu schaffen manchmal der bessere Weg ist als vorschnelles Handeln.«

»Ich freue mich, daß sie wieder auf die Bühne und ins Plattenstudio zurückkehren. Und das hat nichts damit zu tun, daß Sie bei mir in den Stardust Studios aufnehmen wollen«, fügte sie schnell hinzu. »Künstler wie Sie sind einfach zu selten, als daß sie abtreten könnten, ohne eine große Lücke zu hinterlassen. Ihre hat bisher niemand füllen können, und zum Glück werden Sie es nun selbst tun.«

»Ich muß gestehen, daß auch ich mich sehr darauf freue. Doch ich will nicht verheimlichen, daß ich gleichzeitig nicht ganz frei von Angst bin«, gestand er. »Wie berühmt und erfolgreich man auch gewesen sein mag, ein jeder Comeback-Versuch ist doch stets mit einem großen Risiko verbunden. Die Elle, an der ich gemessen werde, wird sehr hoch sein.«

»Ich bin sicher, daß Sie es schaffen und alle Erwartungen sogar noch übertreffen werden«, sagte Daniela mit ehrlicher Überzeugung.

»Sie machen mir Mut. Aber wenn es dieses Risiko und diese innere Anspannung nicht gäbe, dann würde mir, glaube ich, auch etwas Entscheidendes fehlen, das mich zu Höchstleistungen herausfordert und befähigt. Aber jetzt haben wir genug über mich geredet. Erzählen sie mir etwas über sich, Frau Stern. Wie sind Sie dazu gekommen, ein großes Studio aufzubauen?« wollte er wissen. »Und warum heißt es Stardust Studios? Wenn Ihr Name Pate gestanden hätte, hätte es eigentlich doch Star Studios heißen müssen, nicht wahr?«

»Ich gebe zu, daß ich anfangs versucht war, es so zu nennen. Doch STAR erschien mir zu großspurig für den drittklassigen kleinen Laden, den ich da aufgekauft hatte. Und so kam ich dann auf STARDUST. Ich war zufrieden, wie Sternenstaub zwischen all den Großen ein wenig zu glänzen«, erklärte sie. »Dieses Wort hat zudem etwas menschlich Vergängliches ... ein wenn auch herrliches, so doch kurzzeitiges Strahlen am Himmel und dann ein Verglühen ... wie ein Komet ... und wie unser Leben. Das hat mich damals innerlich sehr angesprochen.«

»Und so, wie Sie mir das erzählen, spricht es auch mich an«, sagte er und geriet mit ihr in eine angeregte Unterhaltung über die Arbeit im Studio. Sie kamen jedoch auch immer wieder auf sehr persönliche Dinge, und die Mischung aus ruhiger Nachdenklichkeit, tiefsinnigem Humor und bewußter Lebensfreude faszinierte Daniela. Zudem gab er ihr das Gefühl, als kennten sie sich schon lange und könnten daher über alles reden.

Die Zeit verging deshalb wie im Fluge. Als Alan sich wieder zu ihnen gesellte, stellte Daniela verwundert fest, daß es schon halb eins war und sie sich fast zwei Stunden mit Anthony unterhalten hatte.

Das Mittagessen nahmen sie draußen ein. Lucias rotwangiges Küchenmädchen Clair trug fast ein Dutzend köstlicher *Antipasti* auf. Danach gab es *Bordetto*, entgrätete Makrelenfilets in Tomatensoße mit Lorbeer, Majoran, gehackter Zwiebel und Pfefferkörnern, sowie *Arrostino Annegato*, kleine Kalbsnierenstücke am Spieß, gewürzt mit Salbei und Rosmarin und einem Hauch von Knoblauch. Dazu servierte sie frisches Stangenweißbrot und einen vorzüglichen roten Landwein, den Anthony aus seiner Heimat kommen ließ. Es war drei Uhr, als das Dessert, *Cassata Napoletana*, Vanille-, Himbeer- und Pistazieneis mit Sahne und kandierten Früchten, auf den Tisch

kam, gefolgt von einer Käseplatte mit Trauben. Abgeschlossen wurde das Essen mit einem Espresso.
Lucia zog sich schon vor dem Kaffee mit der Entschuldigung ins Haus zurück, sie ermüde leicht und brauche jetzt ein paar Stunden Ruhe. Daniela hatte sie bei Tisch als aufmerksame Zuhörerin erlebt. In der Unterhaltung hielt sie sich zwar zurück, ohne den anderen jedoch das Gefühl zu geben, sie nähme an ihrem Gespräch nicht großen Anteil.
»Ich glaube, eine kleine Siesta wird uns nach diesem Essen bestimmt guttun«, sagte Anthony.
Alan und Daniela konnten ihm nur beipflichten und begaben sich in die schon für sie bereitgemachten Gästezimmer, deren Fenster zum Meer hinausgingen.
»War dieses Mittagessen nicht allein schon wert, nach Cannes gereist zu sein?« fragte Alan Daniela auf ihrem Weg zu ihren Zimmern.
Sie nickte. »Ja, jetzt bin ich froh, daß ich mich Ihnen angeschlossen habe, Alan, auch ohne das Essen, das wirklich eine Offenbarung war. Anthony ist eine sehr beeindruckende Persönlichkeit. Und er ist so natürlich geblieben.«
»Auch mir sagt man so etwas nach«, scherzte er. »Also lassen sie sich dies hier eine Lehre sein.«
»In welchem Sinn, Alan?«
»Hören Sie auf mich, Daniela. Lassen sie mich dafür sorgen, daß Sie Ihrem Glück nicht selbst im Weg stehen«, sagte er leise.
Daniela lächelte. »Schöne Träume, Alan«, wünschte sie ihm und schloß die Tür hinter sich. Sie zog sich bis auf ihre seidene Unterwäsche aus, legte sich auf das aufgeschlagene Bett und war im nächsten Moment eingeschlafen. Ihr Schlaf war kurz, aber tief und erfrischend. Als sie aufwachte, dachte sie daran, daß Alan im Nebenzimmer war. Hatte auch er ihr Bild vor Augen, und ahnte er, daß sie nichts weiter als einen dünnen

Slip aus weißer Seide und einen BH trug? Sie spürte eine eigenartige Erregung, und zum erstenmal gestand sie sich ein, daß sie ihn nicht nur sehr mochte, sondern daß sie sich auch sexuell stark von ihm angezogen fühlte.
Am späten Nachmittag unternahmen sie einen langen Spaziergang. Abends setzte sich Anthony dann an seinen weißen Steinway-Flügel und gab einige seiner alten Hits zum besten. Die Vorstellung seiner neuen Songs hatte er, nicht nur aus dramaturgischen Gründen, für einen der nächsten Tage vorgesehen. Daniela nippte an ihrem Cognac, lauschte hingerissen den vertrauten Songs und fühlte sich in ihrem weichen Sessel geborgen und wunschlos glücklich.
Sie befand sich noch in diesem beschwingten Zustand, als sie mit Alan gegen Mitternacht nach Cannes ins Hotel zurückkehrte.
»Manchmal gibt es Tage, die vom Erwachen bis zum Einschlafen einfach perfekt sind«, sagte sie, als sie den Aufzug verließen und den Gang zu ihren Zimmern hinuntergingen. »Dies war so einer.«
»Ja, das stimmt«, pflichtete er ihr bei und fügte dann einschränkend hinzu: »Bis auf das Einschlafen.«
Sie wußte sehr wohl, welche Frage hinter seinen Worten stand, doch sie ging nicht darauf ein, sondern schloß ihr Zimmer auf.
»Und daß es ein so wunderschöner Tag war, ist auch Ihr Verdienst, Alan.«
»Bekomme ich wenigstens einen Gutenachtkuß?«
Sie zögerte kurz. »Nur wenn Sie mir versprechen, danach nicht ungewaschen ins Bett zu gehen.«
»Ihnen würde ich alles versprechen, Daniela.«
Sie wollte ihm einen Kuß auf die Wange geben, doch er nahm ihr Gesicht schnell in beide Hände und küßte sie auf den Mund. Als sich ihre Lippen berührten, lief ein Schauer durch

ihren Körper, und sie war versucht, die Arme um seinen Nacken zu legen und in seinem Kuß zu versinken.
Sie widerstand dieser Verlockung jedoch und löste sich sanft von ihm. »Das war aber mehr als nur ein Gutenachtkuß!« sagte sie und verbarg ihre aufgewühlten Gefühle hinter einem tadelnden Tonfall und hochgezogenen Augenbrauen.
Er verstand sie absichtlich falsch, als er erwiderte: »Ich gebe zu, es war nicht viel, aber es war immerhin ein Anfang, der mir Hoffnung macht.«
Daniela wußte nicht, was sie darauf entgegnen sollte. Ihre Vernunft sagte ihr, daß sie ihm jetzt deutlich zu verstehen geben mußte, daß es für ihn von ihr aus keinen Grund gab, sich irgendwelche Hoffnungen zu machen. Ihre Gefühle hielten jedoch dagegen und wollten nicht, daß sie ihm diese Hoffnung raubte – und sich selbst die Tür in das verlockende Abenteuer mit ihm verschloß.
»Schönen Dank für alles, und schlafen Sie gut«, sagte sie deshalb nur und stieß ihre Zimmertür auf.
»Gute Nacht, Daniela«, wünschte er, und der Blick, mit dem er sie ansah, war eine stumme Liebeserklärung und zugleich die Bitte, ihm ein Zeichen zu geben, daß auch sie die Nacht nicht allein, sondern mit ihm verbringen wollte.
Doch das Zeichen kam nicht. Als Daniela dann im Bett lag und in die Dunkelheit lauschte, wünschte sie plötzlich, sie hätte es ihm gegeben. Wenn er an ihre Tür geklopft hätte, hätte sie ihm geöffnet und mit ihm geschlafen.

22

Daniela genoß jede Stunde dieser sonnigen, unbeschwerten Tage an der französischen Riviera, die sie mit strahlendem Sonnenschein und üppiger Blumenpracht so sehr verwöhnte wie Alan mit der zärtlichen Aufmerksamkeit des Verliebten, der jedoch immer wußte, wie weit er gehen durfte. Sie ertappte sich mehr als einmal bei der Vorstellung, wie es mit Alan wohl im Bett sein mochte, und allein schon der Gedanke daran war aufregend und verschaffte ihr jedesmal Herzklopfen, denn über einen Mangel an Phantasie konnte sie sich wahrlich nicht beklagen. Und es gab Momente, in denen die sexuelle Anziehungskraft, die er auf sie ausübte, sie innerhalb weniger Sekunden richtig feucht werden ließ. So, als sie einmal neben ihm im Wagen saß und auf seine Hände blickte, die den Schalthebel betätigten und auf dem Lenkrad lagen. Da sah sie plötzlich ein Bild vor ihren Augen, wie diese Hände sie langsam auszogen und über ihren nackten Körper strichen und überall berührten. Ein andermal, als sie mit Anthony Capo und seiner Frau eine Fahrt ins Hinterland unternahmen und in einem urigen Gasthof zu Mittag aßen, stellte sie sich vor, sie würde seinen Hosenschlitz öffnen, ihre Hand in seine Unterhose schieben und sein Glied umfassen und spüren, wie es sich aufrichtete. Als Lucia sie ausgerechnet in diesem Augenblick ansah, war ihr so, als hätte man sie tatsächlich dabei überrascht, und sie bekam einen feuerroten Kopf, murmelte eine Entschuldigung und brauchte auf dem Hof, wo es zu den Toiletten ging, einige Minuten, um ihre Fassung wieder zurückzugewinnen.

Zum Glück überfielen diese sexuellen Phantasien sie nicht jedesmal mit solch einer plastischen Eindeutigkeit. Und es gelang ihr auch sehr gut, der Versuchung, ihren Gelüsten nachzugeben, zu widerstehen. Doch sie konnte nicht vergessen, wie sehr ihr sein Kuß gefallen hatte.

Hätte sie die Tage allein in Alans Gesellschaft verbracht, wäre sie vielleicht schon in der zweiten Nacht schwach geworden. Da sie aber oft mit Anthony Capo und seiner Frau zusammen waren, hatte sie viel anregende Ablenkung. Es waren zauberhafte Tage, die sie wie ein wertvolles Geschenk auskostete.

Sie wußte, daß sie privilegiert war und etwas erlebte, das sich so vielleicht nie wieder ereignen würde. Köln, die STARDUST STUDIOS und sogar Christian schienen einer anderen Welt anzugehören, die hier für sie keine Bedeutung hatte. Sie fühlte sich befreit von allen Sorgen und Verpflichtungen und genoß das heitere, unbekümmerte Leben, zu dem auch das aufregende erotische Knistern zwischen ihr und Alan gehörte.

Anthony gab ihnen zu Ehren eine kleine Party, auf der sie einige sehr interessante Leute kennenlernte, zeigte ihnen malerische Orte in der Umgebung und fuhr mit ihnen nach Monaco, wo sie sich im Kasino und in diversen Lokalitäten eine amüsante Nacht machten, die mit einem Frühstück im HOTEL DE PARIS, das zu den Wahrzeichen des Fürstentums zählte, ihr sehr spätes Ende fand. Am Dienstag hatten sie abreisen wollen, doch sie verschoben auf Anthonys Bitte hin ihren Rückflug auf Freitag. Der absolute Höhepunkt ihres Aufenthalts war der Donnerstag abend, als Anthony sich endlich bereit erklärte, ihnen eine Kostprobe seiner neuen Kompositionen zu geben. Es wurde eine private Galavorstellung von fast zwei Stunden, die Daniela unvergeßlich bleiben würden. Mehr als einmal lief ihr eine Gänsehaut über den Rücken, und sie schämte sich nicht, daß sie bei einem Song Tränen in den Augen hatte.

Daniela war tief bewegt und verzaubert.

Alan reagierte mit der Begeisterung eines Mannes, der von vornherein gewußt hatte, daß er mit seiner Einschätzung

richtig lag. »Das ist pures Gold!« jubelte er noch auf der Rückfahrt zum Hotel. »Wenn ich bis jetzt noch irgendwelche Zweifel gehabt hätte, ob er ein Comeback schaffen würde, so wären die jetzt weggeblasen wie lose Blätter im Mistral. Er wird Europa und auch die Staaten im Sturm zurückerobern.«
Sie pflichtete ihm uneingeschränkt bei. »Die Songs seiner letzten LP waren schon musikalische Glanzlichter. Doch er hat diese Qualität nicht nur gehalten, sondern in den fünf Jahren sogar noch an Reife und Ausdruck gewonnen, und zwar sowohl was seine Stimme als auch was seine Texte und Kompositionen betrifft. Ich kann es gar nicht erwarten, daß er ins Studio kommt und diese Songs aufnimmt.«
»Sie haben ja gehört, er beginnt gleich nach Ostern, wenn Sie es terminlich einrichten können«, erinnerte Alan sie daran, daß Anthony Capo mit den Aufnahmen noch im April anfangen wollte. Er brannte inzwischen darauf, wieder an die Arbeit zu gehen und sich mit Musikern zu umgeben.
»Ich sehe keine Schwierigkeiten.«
»Um so besser.«
Daniela seufzte, als sie vor dem hellerleuchteten Portal vom CARLTON ausstiegen und den Wagen einem Hotelangestellten überließen. »Was für Tage!« Es fiel ihr schwer, sich vorzustellen, daß sie morgen am späten Nachmittag wieder in Köln sein würde.
»Ich denke, es waren Tage, wie wir sie verdient haben, Daniela«, meinte Alan und bestand darauf, daß sie in der Bar noch ein Glas Champagner tranken, damit ihre Reise nach Cannes auch einen würdigen Abschluß fand.
Aus dem einen Glas wurden drei. Doch Daniela war nicht beschwipst, als sie mit dem Aufzug nach oben fuhren und sie ihn mit in ihr Zimmer nahm. Sie wollte es so sehr, wie er es wollte. Und jetzt sollte es endlich geschehen.
»Daniela ...«

»Sag nichts«, bat sie.
Er zog sie an sich und küßte sie, erst sanft und verhalten, als könnte er sein Glück noch nicht fassen, dann voller Verlangen. Sie erwiderte seine Küsse mit demselben Ungestüm. Wie ausgehungert küßte sie ihn und nahm seine Zunge zwischen ihre Lippen. Oh, tat das gut, seinen Mund, seine Hände und seinen Körper zu spüren. Sie wollte nicht mehr denken, sondern nur noch fühlen, sich gehenlassen und sich ganz der Lust mit ihm hingeben.
Engumschlungen bewegten sie sich zum Bett hinüber und ließen sich auf die Decke fallen. Er hörte nicht auf, sie zu küssen, während seine Hände ungeduldig über ihren Körper fuhren. Sein Mund wanderte in ihre Halsbeuge und glitt dann zielstrebig und ungeduldig, ihre Kleidung beiseite schiebend, auf ihre Brüste zu. Gleichzeitig schob er eine Hand unter ihren Rock.
Und dann klingelte das Telefon.
»Hör nicht hin«, murmelte Alan.
Daniela versuchte das Klingeln zu ignorieren, doch es ging nicht. So griff sie hinter sich, hob ab und meldete sich.
»Daniela? Bist du es wirklich? Und ich dachte schon, ich würde dich gar nicht mehr erreichen.«
Sie erstarrte. »Christian ...« Im ersten Moment war sie wie vor den Kopf geschlagen.
Alan sah sie ungläubig an.
Sie richtete sich auf und entzog sich so seiner Hand, die zwischen ihren Schenkeln gelegen hatte. Ihr war, als hätte man sie von einer Sekunde auf die andere unter eine eiskalte Dusche gestellt. Christian! Ausgerechnet jetzt. Wußte er, daß sie nicht allein auf ihrem Bett lag? War er ihr vielleicht nachgereist? Rief er unten aus der Hotelhalle an, nachdem er gesehen hatte, wie sie Alan mit auf ihr Zimmer genommen hatte? Konnte er ihrer Stimme anhören, daß sie gerade noch in wilder Lust zu Alan entflammt gewesen war?

Innerhalb von Sekunden jagten ihr die wahnwitzigsten Gedanken durch den Kopf.
»Warst du schon im Bett? Ich habe jede Stunde angerufen, aber du warst nie in deinem Zimmer. Deine Sekretärin hat mir gesagt, daß du deine Rückreise verschoben hast. Ich wünschte, du hättest auch mich davon informiert. Ich habe mir schon Sorgen gemacht. Die Tatsache, daß du später zurückkommst, bedeutet doch hoffentlich nicht, daß du Probleme hast, oder? ... Daniela, bist du noch da?«
Sie fürchtete, die Stimme würde ihr den Dienst versagen. »Ja, ich ... bin nur etwas benommen. Es war ein anstrengender Tag, und ich war gerade eingeschlafen«, log sie, weil sie eine einigermaßen plausible Erklärung für ihr seltsames Verhalten brauchte. »Ich habe eine Schlaftablette genommen, um auch sofort einzuschlafen.«
»Tabletten sind immer schlecht ...«
»Ich weiß, doch ich nehme sie ja nicht regelmäßig.«
»Aber sonst geht es dir gut, ja?«
»Ja, es verlief alles sehr erfolgreich, und die Küste ist tatsächlich ein Blütenmeer«, sagte sie und fragte sich, was sie da bloß für dummes Zeug von sich gab.
»Hoffentlich hast du dich ein bißchen erholt.«
»Ja, ich glaube schon ... Und wie geht es dir?«
»Den Umständen entsprechend ...«
Dieses Gespräch mußte ein Alptraum sein. Was redeten sie beide bloß? Sie fühlte sich plötzlich so taub wie mit Watte ausgestopft.
»Du, ich bin wirklich sehr müde. Bitte sei mir böse, aber ich bekomme im Moment keinen ordentlichen Satz mehr zustande«, trat Daniela die Flucht in die Wahrheit an, ohne jedoch den wahren Grund zu nennen.
»Natürlich. Entschuldige, daß ich dich geweckt habe, mein Schatz. Aber ich habe die ganze Zeit an dich gedacht und

mußte dich einfach sprechen. Ich liebe dich, bitte vergiß das nicht.«
»Nein«, versicherte sie automatisch. »Gute Nacht, Christian. Ich rufe dich an, wenn ich wieder in Köln bin.«
»Schlaf schön, mein Liebling«, verabschiedete sich Christian und seine Stimme hatte plötzlich einen müden Klang, als wüßte er, wie unwillkommen ihr seine Liebesbeteuerungen gerade zu dieser nächtlichen Stunde waren.
Daniela legte auf.
Alan berührte ihre Wange, als wollte er sich wieder in Erinnerung bringen.
Sie nahm seine Hand, führte sie zu ihren Lippen und hauchte einen Kuß auf seine Fingerspitzen, während sie ihre Kleidung in Ordnung brachte. »Bitte geh jetzt, Alan«, sagte sie mit gepreßter Stimme.
Er sah sie gequält an. »Laß mich nur bei dir bleiben«, bat er.
Daniela schüttelte den Kopf. »Nein, ich kann nicht, Alan«, flüsterte sie, und Tränen schimmerten in ihren Augen. Nicht heute, wollte sie noch hinzufügen, doch sie behielt diese Worte für sich. Sie war noch nicht in Köln, und schon hatten die Ängste und Sorgen sie wieder eingeholt.
Der Zauber von Cannes war gebrochen.

23

Christian setzte den Pinsel ab und hatte plötzlich das bestürzende Gefühl, das Bild, an dem er nun schon seit Tagen wie ein Besessener arbeitete, in diesem Moment zum erstenmal mit klarem Blick wahrzunehmen. Es handelte sich um eine wilde Dünenlandschaft unter einem anthrazitgrauen

Himmel, die an einer Steilküste jäh abbrach. Es war Ebbe, und das Meer hatte sich weit zurückgezogen. Wellenbrecher aus Beton ragten aus dem Schlick.

Mein Gott, was habe ich da bloß gemalt? Es ist morbid, dachte er, und ein Schauer überlief ihn. Viele seiner Bilder vermittelten dem Betrachter ein eigenartiges Gefühl der Stille und der Einsamkeit, doch dieses ging weit darüber hinaus. Auf ihm war nicht nur weder Mensch noch Tier zu sehen, sondern es fehlte auch jedes Anzeichen davon, daß sich irgendwo ein Lebewesen in dieser Landschaft aufhalten *könnte!* Diese Landschaft lebte nicht mehr, sondern sie war tot. Alles wirkte erstarrt wie nach einem Eisregen, gefolgt von einem schweren Temperatursturz. Es war, als brauchte man den Himmel oder das Dünengras nur zu berühren, um es zum Zersplittern zu bringen.

Christian meinte spüren zu können, wie die Kälte des Bildes auf ihn übergriff und ihm in die Knochen kroch. Er warf den Pinsel hinter sich auf den Tapeziertisch und stand abrupt auf. Was hatte er da gemalt? Wieso vergrub er sich seit Tagen in diese erstarrte Landschaft ohne Licht und Leben?

Es erschreckte ihn, denn er begriff, daß dieses Bild in einem direkten Zusammenhang mit seiner Gefühlswelt stand, die aus den Fugen zu geraten und ihn in einen Strudel tiefer Depression zu reißen drohte. Und er spürte, daß Daniela ihm von Tag zu Tag mehr entglitt.

»Ich muß etwas dagegen unternehmen! So kann es nicht weitergehen«, murmelte er vor sich hin.

Christian stieg die steile Treppe hinunter. In der Küche rauschte Wasser, und Hedwig klapperte mit dem schmutzigen Geschirr, das sich über das Wochenende angesammelt hatte. Er ging zum Barschrank, schenkte sich einen Cognac ein, setzte sich an seinen Sekretär und dachte nach, was er tun sollte. Als sein Blick zufällig auf den Brief von Don Garrett aus Santa Fe fiel, der schon seit einem guten halben Jahr aus einer der Fächer des Sekretäraufsatzes herausragte, stutzte er, und eine Idee formte sich in seinem Kopf. Er schlürfte seinen Cognac und aus der vagen Idee wurde ein Entschluß.

Er griff zum Telefon und führte mehrere Gespräche, die alle zu seiner Zufriedenheit ausfielen. Zuletzt rief er nach kurzem Zögern Frieder an.

»Kommst du sie holen, oder soll ich sie bringen?« wollte sein schwergewichtiger Agent wissen.

»Wovon redest du?«

»Von deinen Bildern, die du noch in meiner Galerie hast.«

»Glaubst du wirklich, ich rufe an, um dir zu sagen, daß ich nicht mehr mit dir zusammenarbeiten will und mir einen anderen Galeristen suchen werde?«

»Es würde mich schmerzen, nicht aber überraschen, nachdem du fast zwei Wochen nichts von dir hast hören lassen«, gab Frieder offen zur Antwort. »Ich glaube, ich bin an jenem Dienstag nachmittag ein wenig heftig gewesen.«

»Ein wenig heftig? Ich weiß nicht, ob ich es so ausdrücken würde, Frieder.«

»Ich mag in meinem Tonfall und in meiner Wortwahl nicht gerade feinfühlig gewesen sein, aber was den Inhalt betrifft, so nehme ich davon auch heute nichts zurück, Christian. Ich könnte mir damit leicht einen geschäftlichen Gefallen tun, aber das habe ich nicht nötig, und außerdem bin ich dir Ehrlichkeit schuldig, auch wenn sie dir nicht paßt.«

»Du hast recht, sie paßt mir nicht«, gestand Christian. »Aber mir ist inzwischen klargeworden, daß ich herausfinden muß, was ich wirklich will und warum.«

»Sehr löblich. Nur denke ich nicht, daß du die Antwort auf Sylt findest.«

»Du wirst es vielleicht nicht glauben, aber diese Erkenntnis ist auch mir gekommen.«

»Hört, hört!« sagte Frieder spöttisch. »Spreche ich wirklich mit Christian Hendrik, dem zufriedenen Nischenkünstler aus den schützenden Dünen von Rantum?«
»Spar dir dein Galeristengift für die Avantgardisten, die meinen, in der modernen Malerei Talent durch Auskotzen ersetzen zu können«, brummte Christian.
»Sei unbesorgt, ich habe für alle genug«, sagte Frieder süffisant.
Christian mußte unwillkürlich lächeln. Frieder war wirklich ein sturer Kerl und macht es einem nicht leicht. Aber das war auch nicht seine Aufgabe, wie er insgeheim einräumte. »Lassen wir das für heute, Frieder. Ich wollte dir nur mitteilen, daß ich Sylt für einige Zeit den Rücken kehre.«
»Sag bloß, das Küken wagt sich aus dem Nest?« spottete Frieder.
Christian verkniff sich eine ärgerliche Erwiderung. »Nimm es, wie du willst.«
»Und wo gedenkst du dich jetzt zu verkriechen und deine Wunden zu lecken?« reizte Frieder ihn.
»Ich werde mich nirgendwo verkriechen und auch keine Wunden lecken, mein Freund. Ich werde mir vielmehr Klarheit über ein paar Dinge verschaffen, die ich nicht länger unerledigt vor mir herschieben kann.«
»Du sprichst von Daniela und deiner Malerei?«
»Ich spreche von mir!«
Frieder lachte trocken auf. »Genau das meinte ich ja. Aber darauf wirst du auch noch kommen. Jetzt sag mir erst einmal, wo ich dich erreichen kann.«
»Nein, das tue ich besser nicht, Frieder. Ich möchte nicht, daß du mich anrufst, nur weil du einen Schwatz halten und wissen willst, wie es mir geht.«
»Ich würde mich bemühen, Ihre seelische Kur nicht unnötig zu stören, großer Meister.«
»Frieder, manchmal habe ich wirklich einen fast übermächti-

gen Drang, dir zu sagen, du sollst dich zum Teufel scheren und dort auch gefälligst bleiben!«

»Nimm es dir nicht so zu Herzen, Christian. Wir alle leiden gelegentlich unter Wünschen, von denen wir wissen, wie irrational oder wie unerfüllbar sie sind«, erwiderte er mit sanftem, freundschaftlichem Spott.

Als Christian kurz darauf auflegte, fühlte er sich, Frieders spitzen Bemerkungen zum Trotz, viel besser. Er war froh, ihn endlich angerufen zu haben, und auch wenn ihm manches an ihm nicht paßte, so wußte er doch, daß er in Frieder nicht nur einen aufrichtigen Freund hatte, sondern auch den besten Galeristen, den er sich wünschen konnte. Frieder hatte recht, es lag an ihm selbst, was er aus seinem Leben machte. Er hatte es zwar nur auf die Malerei bezogen, doch es galt für sein ganzes Leben.

Hedwig kam aus der Küche und war überrascht, ihn hier unten zu sehen. Noch überraschter aber war sie, als Christian sie bat, seine Koffer aus der Kammer zu holen und ihm beim Packen zur Hand zu gehen.

»Den kleinen Lederkoffer, Herr Hendrik?«

»Nein, die beiden Hartschalenkoffer. Ich werde länger wegbleiben.«

24

Das Aprilwetter von Köln hielt natürlich keinem Vergleich mit den warmen, sonnenreichen Tagen von Cannes stand. Doch immerhin war es trocken, und als Daniela durch die Toreinfahrt auf den Hof vor ihrer Firma fuhr, riß die Wolkendecke auf und ließ sogar hier und da ein wenig blauen

Himmel durchscheinen. Vielleicht war ihnen dieses Jahr mal wieder ein sonniges Osterfest vergönnt.
Marianne begrüßte ihre Chefin mit einem freudigen Strahlen und reichte ihr eine Liste mit den Namen und Telefonnummern derjenigen Anrufer, die sich während ihrer Abwesenheit gemeldet und dringend um einen Rückruf gebeten hatten.
»War es schön in Cannes, Frau Stern?« wollte die Sekretärin dann wissen.
»Wunderschön«, antwortete Daniela spontan und warf einen flüchtigen Blick auf die Liste. Der Name von Dr. Breuer fiel ihr ins Auge. Es überraschte sie nicht, daß ihr Anwalt sie zu erreichen versucht hatte. Das Fax, das sie ihm am Freitag vorletzter Woche noch kurz vor ihrem Abflug in seine Kanzlei geschickt hatte, hatte ihn wohl kaum in helle Begeisterung versetzt. »Schöner kann der Frühling nirgends sein.«
»Sie haben auch richtig Farbe bekommen. Fast könnte man neidisch werden«, sagte Marianne und klang dabei so fröhlich, daß Neid bei ihr mit Sicherheit nicht in Frage kam.
Daniela stutzte. Ihre Sekretärin kam ihr so verändert vor. Und dann sah sie es. Marianne hatte das Haar ganz anders als sonst. Ihre früher recht einfallslose Frisur war einem sehr flotten, modischen Schnitt gewichen. Aber das war nicht alles. Auch ihre Kleidung wies auf einmal einen fröhlichen und bedeutend jugendlicheren Pfiff auf, als sie es all die Jahre bei ihr gesehen hatte.
»Mein Gott, ich erkenne Sie ja gar nicht wieder!« rief Daniela überrascht.
Marianne lächelte halb verlegen, halb stolz. »So? Warum denn?« fragte sie, obwohl sie sehr wohl wußte, was ihrer Chefin an ihr aufgefallen war.
»Sie haben nicht nur eine neue Frisur, sondern ich sehe Sie auch zum erstenmal in Jeans!« erklärte Daniela.
»Finden Sie, daß es mir steht?« wollte Marianne wissen und

zupfte an den kurzen Haaren, ein Lächeln auf dem Gesicht, denn Lothar hatte ihr schon am Samstag abend versichert, wie sehr ihm ihre neue Frisur gefiel.

»Sehr sogar, Marianne. Die Frisur paßt ganz ausgezeichnet zu Ihnen«, sagte Daniela und machte keinen Hehl daraus, daß ihr auch die Jeans, zu der sie einen hübschen, hüftlangen Pullover trug, eine viel flottere Note gab. »Aber das ist es nicht allein, was mir an Ihnen auffällt.«

»Was denn noch?« fragte Marianne lächelnd.

»Sie strahlen so glücklich, als gäbe es dafür einen ganz besonderen Grund«, sagte Daniela ahnungsvoll und senkte ihre Stimme ein wenig. »Hat Ihr Strahlen vielleicht mit einem Mann zu tun?«

Eine leichte Röte überzog das Gesicht ihrer Sekretärin. »Sieht man mir das so deutlich an?«

»Hm, ich weiß nicht. Ich kenne Sie ja ganz gut, so daß es mir schon auffällt. Außerdem ist das doch etwas, was man einem ruhig ansehen kann, finden Sie nicht auch?« Daniela zwinkerte ihr zu.

Marianne strahlte förmlich vor Glück und mußte ihr einfach von Lothar erzählen, wie sie ihn kennengelernt und wieder getroffen und wie sie sich dann ineinander verliebt hatten. »Er ist Journalist von Beruf und ein ganz wunderbarer Mann«, schwärmte sie ihr vor.

»Und was sagt Ihre Mutter zu Ihrer neuen Liebe?«

Marianne machte ein erschrocken abwehrendes Gesicht. »Meine Mutter? Um Gottes willen, die weiß natürlich noch gar nichts von Lothar! Ich werde mich hüten, ihr von ihm zu erzählen, geschweige denn ihr Lothar vorzustellen. Sie würde nichts unversucht lassen, ihn zu brüskieren und ihn schlechtzumachen. Und was noch schlimmer wäre, sie würde in seiner Gegenwart auch kein gutes Haar an mir lassen und ihm erzählen, was ich alles falsch gemacht habe.«

»Aber auf Dauer können Sie Ihren Lothar nicht vor ihr verstecken«, gab Daniela zu bedenken. »Sie dürfen auch nicht zulassen, daß Ihre Mutter Ihr Glück oder auch nur Ihr Liebesleben aus bösartigem Egoismus heraus beeinträchtigt. Sie müssen dem einen Riegel vorschieben und sich ihr gegenüber durchsetzen.«
»Ich weiß, aber jetzt ist es dafür noch zu früh.« Marianne senkte den Blick und sagte mit leiser Stimme: »Wissen Sie, ich kann es noch immer nicht glauben, daß mir ... so etwas wirklich passiert ist. Es ist einfach zu schön, um wahr zu sein. Und ich habe immer noch Angst, es könnte morgen alles schon wieder vorbei sein. Verstehen Sie das?«
Daniela berührte sie am Arm. »Ja, das verstehe ich sehr gut«, antwortete sie ernst. »Aber so dürfen Sie nicht denken. Genießen Sie das, was Sie jetzt haben.«
»O ja, das tue ich!« versicherte Marianne mit glänzenden Augen. »Bei Lothar fühle ich mich wie neugeboren, ich meine als Frau ...«
Das Telefon machte ihrem Gespräch ein Ende. Daniela begab sich in ihr Büro, während ihre Sekretärin mit einem Lieferanten sprach, der sie mit Tonbändern, Disketten und anderem technischen Zubehör belieferte.
Daniela freute sich für Marianne. Wenn jemand ein zweites Glück verdient hatte, dann zweifellos ihre Sekretärin, die vom Leben bisher arg gebeutelt worden war.
Sie setzte sich hinter ihren Schreibtisch und studierte die Liste. Da waren einige wichtige Gespräche zu führen und Termine wahrzunehmen, aber zuerst telefonierte sie mit dem Anwalt.
»Gut, daß Sie anrufen!« Dr. Breuer klang regelrecht erleichtert, als hätte er ein ganz persönliches Interesse an ihrem Fall. »Ich kann die Versicherung keinen Tag länger hinhalten, Frau Stern.«

»Wer hat denn gesagt, daß Sie sie hinhalten sollen? Haben Sie denn mein Fax nicht bekommen?«
»Doch, habe ich. Aber Ihr abschlägiger Bescheid ...«
Daniela fiel ihm ins Wort. »... ist genau das, wozu ich mich entschlossen habe, Herr Dr. Breuer.«
»Darf ich Sie daran erinnern, daß ich Ihnen davon abgeraten habe?« fragte er pikiert.
»Ich habe es nicht vergessen, und ich danke Ihnen auch für Ihren Rat. Aber ich habe nicht die Absicht, mich für etwas schuldig zu bekennen, was ich nicht getan habe.«
»Aber Frau Stern, hier geht es doch nicht um ein Schuldanerkenntnis, sondern um eine reine Verzichtserklärung.«
»Für mich ist das ein und dasselbe. Denn wenn ich meinen Anspruch aufgebe, gestehe ich ja stillschweigend ein, daß die Versicherung mit ihrem Verdacht richtig liegt«, sagte sie ungehalten. »Doch ich habe keinen Versicherungsbetrug begangen, Herr Dr. Breuer, und deshalb werde ich den Wisch der Versicherung auch nicht unterschreiben. Im Gegenteil, ich werde auf Zahlung klagen. Und sollten Sie den Fall nicht übernehmen wollen, wird es ein anderer tun.«
Der Anwalt seufzte. »Wenn es mir nur darum ginge, meine Interessen zu vertreten, könnten Sie mir keinen größeren Gefallen tun, als mich mit einem langjährigen Prozeß gegen eine große Versicherung zu betreuen, Frau Stern. Aber ich muß mich nicht nach Aufträgen strecken, und ich vertrete Ihre Interessen ...«
»Sehr gut, dann fangen Sie am besten gleich damit an, und reichen Sie Klage beim zuständigen Gericht ein«, forderte sie ihn forsch auf.
»Ich sage Ihnen noch einmal, daß sich Ihre Entscheidung als Bumerang herausstellen kann!«
»Bereiten Sie die Klageschrift vor. Wir werden vor Gericht beweisen, daß es ein ganz ordinärer Einbruch und Diebstahl

war und daß ich nichts damit zu tun habe«, beharrte sie auf ihrem Entschluß, an dem Christians Idee mit dem Alibi einen großen Anteil hatte.

»Also gut, es ist Ihr Geld, Frau Stern«, sagte der Anwalt resignierend.

»Und ich erwarte, daß Sie es sich sauer verdienen, Herr Dr. Breuer«, erwiderte Daniela mit einem Lachen in der Stimme, bedankte sich und legte Augenblicke später auf.

Sie verbrachte den ganzen Morgen am Telefon. Um halb zwölf kam Marianne mit einem herrlichen Strauß gelber Rosen, gut zwei Dutzend an der Zahl, in ihr Büro.

»Für mich? Von wem?« fragte Daniela und kannte die Antwort im selben Moment.

»Ich weiß es nicht. Ein Fleurop-Bote hat die Blumen gerade gebracht. Es ist eine Karte dabei.« Sie zog die Nadel heraus, mit der der Umschlag am Blumenpapier befestigt war, und reichte sie ihr.

Daniela legte sie ungeöffnet auf ihren Schreibtisch, weil sie damit warten wollte, bis Marianne das Zimmer verlassen hatte. »Danke, ich mache das schon«, sagte sie und nahm den wunderbaren Rosenstrauß entgegen.

Schmunzelnd verließ Marianne das Büro.

Daniela öffnete den Umschlag und klappte die Schmuckkarte auf. »Damit die Erinnerungen an unsere schönen Tage in Cannes nicht so schnell verblassen. Alles Liebe, Dein Alan«, las sie und lächelte versonnen.

»Ach, Alan«, murmelte sie, hob den Strauß an ihr Gesicht und sog den Duft der Rosen tief ein. Es waren keine Blumen von künstlicher Schönheit, sondern Rosen, die noch den natürlichen schweren Duft ihrer Gattung verströmten.

Kaum hatte Daniela eine Vase mit Wasser gefüllt und die Blumen hineingestellt, als ihr Telefon klingelte. Sie hob ab. Es war Alan.

»Alan! Das hättest du besser nicht getan!«
»Wieso? Gefallen sie dir nicht?« gab er sich betrübt.
»Natürlich gefallen sie mir. Es ist ein herrlicher Strauß. Aber ...« Sie zögerte, weil sie selbst nicht so genau wußte, warum er es besser hätte unterlassen sollen, ihr Blumen zu schicken, und dann auch noch Rosen. »Aber ... Cannes ist nicht Köln ...«
»Sehr wahr!« warf er ein.
»Und was in Cannes war ...«
Er schnitt ihr schnell das Wort ab. »Cannes war kein schöner Tagtraum, Daniela, sondern Wirklichkeit. Reden wir uns also nicht ein, daß das, was wir da erlebt und *gespürt* haben, nichts mit unserem Leben hier zu tun hätte. Wir sollten es auch nicht zerreden, schon gar nicht am Telefon. Sag deshalb bitte nichts mehr zu Cannes, als wolltest du eine Tür oder eine Schublade schließen.«
Daniela schwieg, weil es ihr klüger erschien, nichts dazu zu äußern als etwas, das sie später vielleicht bereuen könnte. Und Schweigen war manchmal schon schwierig genug.
»Ich habe dir die Blumen geschickt, weil ich mich ungeheuer schwer tue, nach der Woche mit dir an der Côte d'Azur in meinem Büro hier wieder in die Gänge zu kommen«, sagte Alan, »und weil ich das Gefühl habe, daß es dir nicht viel anders ergeht, obwohl du es vielleicht nicht zugeben wirst. Ich dachte, mein Blumengruß würde dir an diesem Montag manches leichter machen.«
»Das tut er auch«, gestand sie, den Blick auf die herrlichen aufbrechenden Knospen gerichtet. »Doch manches machen deine Rosen auch schwerer.«
Er lachte auf. »Das nennt man den Dualismus unserer Welt, Daniela. Alles hat seinen Gegenpol, und jeder Anfang ist zugleich zwangsläufig auch immer das Ende von etwas.«
Daniela hatte das unangenehme Gefühl, als hätte Alan etwas

in ihr erkannt, das für sie selbst eher noch in Dunkelheit gehüllt war und das sie auch noch gar nicht ins Licht gezerrt sehen wollte. »Ich glaube nicht, daß ich jetzt darüber nachdenken möchte.«

»Du hast recht«, pflichtete er ihr sofort bei. »Es gibt genug anderes, worüber wir reden können, am besten bei einem erstklassigen Italiener. Was hältst du also davon, wenn wir heute abend ins *Sansone* gehen und uns anschließend das neue Programm der *Bossa Nova Bombers* ansehen?«

»Du solltest dich schämen!«

»Was habe ich denn jetzt getan?« rief er verblüfft und sich keiner Schuld bewußt.

»Du machst mir Angebote, die man einfach nicht ausschlagen kann!« warf sie ihm vor.

»Auch auf die Gefahr hin, mir selbst die Schlinge um den Hals zu legen, genau das bezwecke ich ja, wenn ich dich einlade«, sagte er fröhlich.

»Erst die Blumen und dann deine Einladung, das ist einfach nicht fair!«

»Heißt das, du gehst heute mit mir aus?« fragte er vergnügt.

»Das heißt bestenfalls, daß ich es mir überlegen werde und dir am Nachmittag Bescheid gebe«, vermied sie eine sofortige Zusage.

»Tja, wenn das so ist, dann muß ich auch noch meinen letzten Trumpf ausspielen und hoffen, daß er die Waage zu meinen Gunsten neigen läßt.«

Er machte eine dramatische Pause, und Daniela wartete gespannt, was er noch ins Feld führen würde, damit sie ihm jetzt schon versprach, seine Einladung anzunehmen.

»Ich muß übermorgen nach L.A. Bei GoldCoast Records stehen ein paar Umbesetzungen in der Spitze an, und es ist ratsam, wenn man in meiner Position bei solchen Karriereschlachten nahe genug am Kampfplatz ist, um zu sehen, wo

wessen Einschüsse welchen Schaden anrichten und wann es Zeit ist, die eigenen Truppen auf wessen Seite in die Schlacht zu schicken«, teilte er ihr mit.
»Das klingt nach der Strategie eines Opportunisten und Kriegsgewinnlers!« sagte sie mißbilligend.
Alan lachte trocken auf. »Ich wünschte, es wäre so einfach. Leider geht es in der Spitze eines so großen amerikanischen Unternehmens wie GoldCoast Records nicht so verhältnismäßig zivilisiert zu wie bei Waterloo oder im amerikanischen Bürgerkrieg, wo man noch Mann gegen Mann kämpfte, sondern es ist viel eher mit dem schmutzigen und erbarmungslosen Dschungelkrieg in Vietnam zu vergleichen, wo man nicht weiß, ob das Rascheln hinter einem Dickicht von einem Feind oder einem Freund kommt und man deshalb im Zweifelsfall besser draufhält und ein Magazin Kugeln in den Busch jagt, bevor der andere, der ja genauso denkt, einem zuvorkommen kann – natürlich nur bildlich gesprochen.«
»Ich kriege da ja völlig neue Einsichten in den American way of life eines Top-Managers«, sagte sie spöttisch.
»Ich möchte dir noch ganz andere Einsichten verschaffen, die dir bestimmt besser gefallen werden«, sagte er mit veränderter, zärtlicher Stimme. »Du mußt mich nur lassen.«
»Wie lange wirst du in Los Angeles bleiben?«
»Eine Woche, vielleicht auch zwei. Wenn Anthony nach Köln kommt und bei dir mit den Aufnahmen beginnt, bin ich aber auf jeden Fall wieder zurück.«
Sie unterdrückte ein Seufzen. »Also gut, du hast gewonnen, Alan«, sagte sie, so tuend, als müßte sie sich seinem Wunsch, den sie ihm unter diesen Umständen einfach nicht abschlagen konnte, widerstrebend beugen. In Wirklichkeit freute sie sich, und als ihr das bewußt wurde, hatte sie plötzlich ein schlechtes Gewissen.
Daniela schüttelte ungehalten über sich selbst den Kopf. Was

war nur mit ihr los, daß sie noch nicht einmal eine harmlose Einladung annehmen konnte, ohne das Gefühl zu haben, etwas Verwerfliches zu tun? Hatte sie denn irgend jemandem Rechenschaft abzulegen? Mitnichten! Sie war ein freier Mensch!

Vielleicht, sagte eine Stimme in ihr, aber daß Alans Einladung so harmlos ist, wie du sie jetzt hinstellst, entspricht natürlich nicht der Wahrheit. Jedes Treffen mit ihm ist ein Spiel mit dem Feuer. Er weiß es, und du weißt es. Also wen willst du betrügen, wenn du dir sagst, es sei eine harmlose Einladung? Dich selbst?

Daniela flüchtete von ihren Gedanken in die Arbeit. Das war schon immer die beste Medizin gegen alles gewesen, was sie quälte.

Der Duft der Rosen war allgegenwärtig.

25

Es war erst halb sechs, als Daniela nach Hause kam. Sie würde in aller Ruhe duschen und sich für den Abend mit Alan fertigmachen können. Sollte sie das rauchblaue Kostüm anziehen oder den schwarzen Lederrock mit dem Paillettentop im Cache-cœur-Schnitt? Letzteres würde bestimmt gut zu der Vorstellung der *Bossa-Nova-Bombers* passen.

Vor ihrer Wohnung nahm sie die Rosen, die sie nicht im Büro hatte stehenlassen wollen, in die linke Hand, um die Tür aufzuschließen. In der Diele legte sie den Strauß auf den runden Glastisch, auf dem eine täuschend lebensechte Katze aus schwarzem Marmor hockte.

Sie hängte ihren Mantel auf, fuhr mit einem leisen Seufzer aus den Pumps, griff nach dem Blumenstrauß – und verharrte im nächsten Moment mitten in der Bewegung. Sie spürtc, nein, sie *wußte*, daß sie nicht allein in der Wohnung war. Ihr war sogar so, als könnte sie seinen Geruch wahrnehmen.

»Christian?« fragte sie und trat von der Diele durch den Rundbogen ins Wohnzimmer, das noch im Dunkeln lag. Das Herz schlug ihr bis zum Hals. »Bist du da?«

»Ja«, antwortete er, und gleichzeitig leuchtete die Stehlampe neben der Couch auf. Warmes, weiches Licht vertrieb die tiefen Schatten des frühen Abends in die Ecken und hinter die Schränke. »Woher hast du gewußt, daß ich hier bin?«

»Ich habe es gespürt.«

Christian erhob sich von der Couch. Er trug Jeans und ein buntkariertes Flanellhemd. Er sah gut darin aus, doch sein Gesicht war von Ernst und Müdigkeit geprägt. »Du hast dein Gespür für mich also noch nicht verloren, ja?« sagte er und kam zu ihr. »Das gibt mir Hoffnung.«

Daniela wollte zu ihm gehen, ihre Arme um seinen Nacken legen und ihm einen langen, leidenschaftlichen Kuß geben, so wie sie es immer tat, doch sie konnte nicht.

Auch Christian machte keine Anstalten, sie zur Begrüßung zu küssen. Zu ihrer Verwirrung tat es ihr weh, daß er keinen Versuch unternahm, ihr über ihre Hemmung und Unsicherheit, in der auch eine gute Portion Schuldbewußtsein verborgen lag, hinwegzuhelfen, indem er sie in seine Arme nahm, ihr sagte, wie sehr er sie liebte, und sie so küßte, wie er es bisher immer getan hatte. Und dieser Kuß von ihm hätte alles andere unwichtig werden lassen.

Christian blieb jedoch zwei Schritte vor ihr stehen und blickte auf die Rosen. »Ein schöner Strauß.«

Ihr wurde ganz heiß und der Strauß in ihrer Hand so schwer, als wären die Rosen aus Blei gegossen. Sie wünschte jetzt, sie hätte Alans Blumen im Büro gelassen. Ihr war fast so zumute,

als hätte Christian sie bei einer leidenschaftlichen Umarmung mit Alan überrascht.
»Ja, nicht? Ein Geschäftspartner hat ihn mir heute per Fleurop ins Studio geschickt, weil ich ihm noch einen Aufnahmetermin bei mir gegeben habe«, sagte sie und fragte sich im nächsten Moment, warum sie bloß so nervös und schuldbewußt war und glaubte, ihm eine »harmlose« Erklärung für die Blumen geben zu müssen. Damit machte sie doch alles nur noch schlimmer.
»Eine wirklich reizende Geste von deinem Geschäftspartner.« Hörte sie beißenden Sarkasmus aus seiner Stimme heraus, oder bildete sie sich das nur ein?
»Tut mir leid, daß ich dich so unangemeldet überfalle und noch nicht einmal Blumen mitgebracht habe«, sagte er, und es klang weniger nach einer Entschuldigung als nach einer sachlichen Erklärung, »aber ich muß mit dir sprechen, Daniela. Ich habe bei dir im Studio angerufen, und da sagte man mir, du wärst gerade nach Hause gefahren.«
»Warte, Christian. Ich stelle die Blumen nur schnell in die Spüle.« Sie ging rasch in die Küche, wo sie den Wasserhahn aufdrehte und sich dann gegen den Eisschrank lehnte. Sie hatte ganz weiche Knie und ein entsetzlich flaues Gefühl im Magen.
Daß er in ihrer Wohnung auf sie gewartet hatte, hätte sie normalerweise nicht beunruhigt. Er hatte einen Schlüssel von ihrer Wohnung wie sie von seinem Haus auf Sylt. Doch er war noch nie gekommen, ohne sie vorher angerufen zu haben. Und es hatte noch kein Wiedersehen ohne einen leidenschaftlichen Kuß gegeben.
Was wollte er mit ihr bereden? War es aus zwischen ihnen? Würde er sie vor das Ultimatum stellen »Entweder du liebst mich wirklich und heiratest mich dann auch, oder aber wir ziehen einen Schlußstrich unter unsere Beziehung!«? Was gab

es denn überhaupt noch Neues zu besprechen? Doch was immer es auch war, sie konnte dem nicht ausweichen, indem sie sich in der Küche verkroch.
Daniela straffte sich, holte tief Luft, stellte das Wasser ab und ging zu Christian zurück ins Wohnzimmer. »Soll ich uns einen Drink machen?« fragte sie beklommen.
»Du bist nervös.«
Sie wich seinem Blick aus und nahm ihm gegenüber in einem Sessel Platz, statt sich zu ihm auf die Couch zu setzen. Die stumme Körpersprache konnte manchmal sehr beredt sein.
»Ja, ich bin nervös«, gab sie zu und wußte nicht, was sie mit ihren Händen anfangen sollte. »So wie du dich verhältst und redest, muß ich ja wohl nervös werden, oder?«
»Ich glaube nicht, daß *ich* für deine Nervosität verantwortlich bin.«
»So? Wer sonst?«
Er schaute kurz in Richtung Küche, als wollte er noch einen Kommentar zu den Rosen abgeben, sagte dann aber: »Darüber mußt du dir schon selber klarwerden, wie auch über so einiges andere.«
»Du sprichst in Rätseln, Christian.«
Er sah sie mit schmerzlichem Blick an. »Ja, findest du wirklich? Dann ist es mit uns noch schlimmer, als ich gedacht habe.«
»Trägst du es mir noch immer nach, was ich da vor zwei Wochen von mir gegeben habe? Ich meine, daß ich das über deine Malerei und deine Fixierung auf Sylt gesagt habe und ... und daß ich mich für deinen Heiratsantrag einfach noch nicht reif genug fühle?« fragte sie mit unsicherer, belegter Stimme.
Er schüttelte den Kopf. »Nein, nachtragen tue ich dir gar nichts, Daniela. Ich bin eigentlich ganz froh, daß das alles endlich einmal zur Sprache gekommen ist, weil es doch schon so lange zwischen uns stand.«

»Ich habe nie das Gefühl gehabt, daß irgend etwas zwischen uns stand!«
»Ja, weil du es mit aller Macht ignoriert und verdrängt hast. Und weil du unsere Beziehung in dieser bequemen Unverbindlichkeit belassen wolltest.«
»Du redest immer von Unverbindlichkeit. Aber das stimmt doch gar nicht!« wehrte sie sich. »Ich habe nur etwas dagegen, daß der Trauschein die alleinseligmachende Fahrkarte ins Glück sein soll. Das ist sie nämlich nicht, wie Millionen Scheidungen und unglückliche Ehen beweisen.«
»Ich rede nicht mehr allein von der Ehe, Daniela«, erwiderte er beherrscht, »sondern ich rede von der inneren Einstellung. Und was die angeht, so weigerst du dich auch da, eine Bindung einzugehen, wie man ohne sie eigentlich nicht leben kann, wenn man wirklich liebt.«
»Wollen wir uns über die Definition von Liebe streiten?«
Schmerz und Zärtlichkeit standen gleichermaßen in seinen Augen, als er sie anblickte. »Ich will überhaupt nicht mit dir streiten. Es tut mir vielmehr weh, wenn wir uns streiten, ganz besonders bei dieser Sache, denn ich liebe dich, Daniela, wenn ich im Moment auch nicht weiß, wie sehr und bis an welche Grenze meine Liebe reicht.«
Sie schluckte schwer. »Christian ...« Sie wußte nicht weiter.
»Ich liebe dich wirklich. Aber ich glaube nicht«, fuhr er fort, »daß uns das in unserer jetzigen Situation hilft, mit den Problemen fertig zu werden, die wir haben.«
Daniela sah ihn an und schwieg.
Er lächelte traurig. »Du bist wenigstens ehrlich genug, jetzt nicht noch zu fragen, welche Probleme wir denn haben. Du weißt wie ich, daß wir eine ganze Menge haben. Ich brauche nur an unsere letzten Telefongespräche zu denken. Jedesmal habe ich das Gefühl gehabt, mit einem gutmeinenden, aber eigentlich doch völlig Fremden zu sprechen. Ich habe mich dir

noch nie so fern gefühlt, wie bei diesen letzten drei Telefongesprächen.«

Ich auch, dachte Daniela betroffen.

»Es hat mich erschreckt und mir angst gemacht.« Christian lachte freudlos auf. »Du und Frieder, ihr habt mir ja vorgeworfen, ich hätte noch vor einigem anderen Angst. Nun gut, jetzt ist auf jeden Fall genug zusammengekommen, daß man diesem Berg, der sich da aufgetürmt hat, nicht länger ausweichen kann.«

»Mein Gott, Christian! Wir haben uns gestritten, gut oder auch nicht gut, aber das ist doch kein Grund, um daraus so ein Drama zu machen!«

»Ein Drama wird es nicht geben, keine Sorge«, sagte er mit einem bitteren Unterton. »Aber das ändert nichts daran, daß es kein gewöhnlicher Streit war, den wir auf Sylt hatten und den wir beide noch immer nicht abgeschüttelt haben. Es ging dabei um Grundsätzliches, und zwar um die Grundlage unserer Beziehung. Ich weiß nicht recht, ob ich auch für dich sprechen kann, doch ich habe zumindest das Gefühl, daß wir an einem Punkt angelangt sind, wo wir nicht mehr so weitermachen können wie bisher, sondern uns entscheiden müssen.«

Daniela glaubte sich in ihrem Verdacht bestätigt, daß er sie vor ein Ultimatum stellen wollte, und setzte zu einem erregten Einwand an, doch er schien ihre Gedanken erraten zu haben und kam ihr zuvor: »Nein, ich bin nicht gekommen, um meinen Heiratsantrag zu wiederholen und mit einem Ultimatum zu verknüpfen. Ich bin gekommen, um dir zu sagen, daß ich verreise und daß wir uns einige Monate weder sehen noch hören werden.«

»Du verreist für einige *Monate?*« fragte sie verständnislos, und das Gefühl der Beklemmung wuchs.

Er nickte. »Ich sage dir nicht, wohin ich gehe, denn ich möchte nicht, daß du mir schreibst oder mich anzurufen versuchst. Mein Ziel liegt jedoch gute zehn Flugstunden weit weg, und je größer die Entfernung zwischen uns ist, desto besser ist es.«

»Aber warum?« fragte sie bestürzt.

Ihn hielt es nicht länger auf der Couch, und er stand auf. »Hast du schon mal etwas von Selbstfindung gehört?« fragte er und lachte spöttisch auf. »Sicher. Es ist ein Modewort, in aller Munde und dementsprechend ausgelaugt. Aber das spricht nicht gegen das, was damit gemeint ist, nämlich sich selbst finden und sich über die eigenen Gefühle und Wünsche einmal Klarheit zu verschaffen, soweit das möglich ist.«

»Du gehst für einige Monate so weit weg, um Klarheit über dich und mich zu bekommen?«

»Nicht über dich, nur über mich. Du mußt schon selber herausfinden, was du willst und welchen Preis du dafür zu zahlen bereit bist«, stellte er klar. »Ich glaube, wir beide brauchen räumlichen und zeitlichen Abstand voneinander, um zu erkennen, was wir wirklich füreinander empfinden und wie es in Zukunft mit uns weitergehen soll ... wenn es denn überhaupt eine gemeinsame Zukunft für uns gibt.«

Daniela starrte ihn ungläubig an. Nie war ihr in den Sinn gekommen, daß Christian von sich aus so einen radikalen Schritt unternehmen und ihre Beziehung in dieser Konsequenz in Frage stellen würde.

»Vor drei Monaten werde ich nicht zurückkommen. Du hast mir vorgeworfen, ich hätte Angst vor diesem und jenem und würde mich auf Sylt verkriechen. Ich bin entschlossen, herauszufinden, ob du damit recht hast ... und was du für mein Leben bedeutest«, sagte er beherrscht. »Ich kenne die Antwort nicht, doch ich werde froh sein, wenn ich sie gefunden habe.«

»Warum können wir das denn nicht gemeinsam herausfinden?« fragte sie und ging zu ihm. Ihr Blick flehte ihn an und

forderte ihn auf: Nimm mich in deine Arme, und sag mir, daß du nicht gehst.
Doch er hielt Distanz. »Weil es nicht funktionieren würde, Daniela. Du mußt schon allein herausfinden, was ich dir bedeute und ob du flüchtige unverbindliche Affären einer Liebe mit all ihren Konsequenzen vorziehst.«
»Wir hatten nie eine flüchtige Affäre!« begehrte Daniela auf.
»Nein, wir beide nicht«, kam seine Antwort wie aus der Pistole geschossen.
Cannes! Ihr verstörtes schuldbewußtes Verhalten bei seinem Anruf, als sie halbnackt mit Alan auf dem Bett gelegen hatte. Und die Rosen heute!
Daniela schoß das Blut ins Gesicht, denn was er unausgesprochen gelassen hatte, stand dennoch so deutlich im Raum, als hätte er es ihr ins Gesicht gesagt. »Ich ... ich habe dich nicht betrogen, Christian!« sagte sie mit zitternder Stimme.
Er lächelte müde. »Ich glaube dir. Aber der Betrug beginnt nicht erst dann, wenn man mit einem anderen schläft. Die Untreue beginnt im Kopf. Alles übrige ist nur noch eine Frage des Mutes und der Gelegenheit«, erwiderte er und wechselte abrupt das Thema. »Ich fahre jetzt, Daniela. In drei, vier Monaten werden wir beide mehr wissen.«
»Du willst mich bestrafen!« warf sie ihm mit Tränen in den Augen vor.
Christian schüttelte mit bitterer Miene den Kopf. »O nein, wenn ich jemanden damit strafe, dann wohl mich. Aber manchmal geht es nicht anders. Schmerz soll zuweilen recht heilsam sein. Ich weiß nicht, ob es stimmt, doch ich hoffe es. Mach es gut, Daniela.«
Es schien, als wollte er sie doch noch an sich ziehen und ihr wenigstens zum Abschied einen Kuß geben. Er hatte tatsächlich den Wunsch, sie noch einmal zu spüren und zu küssen, doch er hatte Angst, dann schwach und in seinem Entschluß,

der ihm schwer genug gefallen war, wankend zu werden. Deshalb wandte er sich rasch um und eilte aus ihrer Wohnung.
Daniela war wie betäubt. Aus der Küche schlich sich der Duft der Rosen ins Wohnzimmer. Und auf dem Couchtisch lag der Schlüssel, den sie Christian vor Monaten gegeben hatte.
Sie sackte wie ein Häufchen Elend in sich zusammen, schlug die Hände vors Gesicht und ließ ihren Tränen freien Lauf. Als sie Bea zehn Minuten später anrief, weil sie in ihrer Verzweiflung einfach mit ihr reden mußte, brachte sie nur ein von Schluchzen begleitetes Gestammel über die Lippen.
»Bist du bei dir zu Hause?« unterbrach Bea sie, die sofort begriff, wie es um ihre Freundin stand.
»Ja ...«
»Sag nichts weiter. Ich bin sofort bei dir, Ela!«

26

Warum tut er mir das an?« stieß Daniela mit tränenerstickter Stimme aus.
Bea riß eine neue Packung Tempos auf, bereits die dritte oder vierte, seit sie ihrer Freundin seelischen Beistand leistete, reichte ihr ein frisches Tuch und sagte: »Ich kann ihn schon verstehen.«
Daniela sah sie mit verquollenen, rotgeweinten Augen an. »So, ja?« fragte sie gekränkt. »Dann verstehst du mehr als ich!«
Bea griff nach ihren Zigaretten und steckte sich eine an. Bei ihrer Freundin flossen noch immer die Tränen, doch über den ersten großen Schmerz, der keinen Raum für tiefsinnige Gespräche gelassen hatte, war sie mittlerweile hinweg. Jetzt hatte sich Daniela so weit beruhigt, daß sie zum allgemeinen Trost

nun auch ein paar sehr konkrete Worte zu dieser Sache vertragen konnte.
»Du wirst es nicht gerne hören, Ela, aber ich an seiner Stelle hätte nicht viel anders reagiert.« Daniela hatte ihr von Christians Heiratsantrag und von dem Streit erzählt. Und von ihren Tagen mit Alan in Cannes. Sie war also bestens informiert. »Wenn mich jemand hinhält und auf eine wichtige Entscheidung zu lange warten läßt, nehme ich ihm diese Entscheidung kurzerhand ab. Und genau das tut er, indem er für ein paar Monate verreist, um sich weit weg von dir darüber klarzuwerden, ob er auf dieser Basis, die du ihm anbietest, weiterhin mit dir zusammensein kann und möchte.«
»Aber das ist doch nicht wahr!« entgegnete Daniela ärgerlich und vergaß darüber die Tränen. »Er muß mir überhaupt keine Entscheidung abnehmen, weil es gar nichts zu entscheiden gibt!«
»Ja, das hättest du vielleicht gerne.«
Daniela schüttelte ungehalten den Kopf. »Er hat mir einen Heiratsantrag gemacht, und ich habe ihm gesagt, daß ich nicht viel von der Ehe halte. Das verlangt doch keine weitere Entscheidung. Mein Gott, er ist doch sonst kein Spießer. Er muß doch wissen, daß Trauschein und Ehering nichts mit Liebe zu tun haben und nur kleinbürgerlicher Mumpitz sind!«
»Über die Ehe kann man geteilter Meinung sein, darin muß ich dir recht geben«, entgegnete Bea. »Aber darum geht es gar nicht. Ich glaube nicht, daß Christian in ... nun, sagen wir mal, innere Klausur gegangen ist, weil du seinen Heiratsantrag abgelehnt hast.«
»Worum geht es ihm dann?«
»Ob er damit leben kann, daß du dich nur in eine Liebe mit doppeltem Netz und unter Vorbehalt einlassen willst und nicht bereit bist, Risiken einzugehen und Verantwortung zu übernehmen.«

»Das stimmt nicht!« protestierte Daniela.
»Und ob es stimmt!« blieb Bea hart. »Du liebst ihn zwar, willst ihn gleichzeitig aber doch auch auf Distanz halten. Und alles, was deiner Meinung nach deine harterkämpfte Selbständigkeit auch nur ankratzen könnte, hat dieselbe Wirkung auf dich wie Weihwasser auf einen Vampir – du reagierst allergisch und kriegst den großen Horror. Ist es nicht so?«
»Ich wehre mich nur gegen dieses ... entsetzliche Besitzdenken!« verteidigte sich ihre Freundin heftig. »Muß denn Liebe immer gleichbedeutend mit Umklammern und völliger Vereinnahmung sein?«
Bea sah sie mit nachdenklichem Mitgefühl an. »Du hast es noch immer nicht überwunden, nicht wahr?«
Daniela preßte die Lippen aufeinander und schwieg.
»Du hättest schon längst mit ihm darüber reden und ihm alles erzählen sollen.«
Danielas Züge wurden hart. »Was damals passiert ist, hat mit Christian nichts zu tun!« behauptete sie.
»Hör doch auf, dir selbst etwas vorzumachen. Du hast doch noch immer Angst, gib es nur zu!«
»Das ist nicht wahr!« fuhr Daniela auf, an einem sehr wunden Punkt berührt.
»Warum schreist du mich dann so an, wenn ich mit meiner Vermutung so völlig falsch liege? Und warum, ganz nebenbei gefragt, hast du dich mit diesem Alan eingelassen?«
»Ich habe mich nicht mit ihm eingelassen!« wies Daniela den Vorwurf aggressiv in Ton und Haltung ab. »Und es ist auch nichts passiert, das habe ich dir doch erzählt!«
Bea lachte spöttisch. »Ein reiner Zufall, daß es nicht dazu gekommen ist. ›Hätte Christian auch nur zehn Minuten später angerufen, es wäre passiert gewesen.‹ Ja, du siehst, ich habe deine Worte noch gut im Ohr, Ela. Und die Einladung heute abend, die ich für dich abgesagt habe, weil du angeblich mit

einer schweren Migräne im Bett liegst, war wohl auch nur als ganz harmloses Geschäftsessen geplant, ja? Erzähl mir doch nichts! Also was soll diese Affäre mit dem smarten Ami, wenn du doch angeblich Christian liebst?«

Daniela vermochte ihre Abwehr nicht länger aufrechtzuerhalten. Ihre Schultern sackten herab, und Tränen glitzerten wieder in ihren Augen. »Ich weiß es nicht, Bea, ich weiß es selbst nicht«, murmelte sie. »Ich liebe Christian wirklich. Doch irgendwie komme ich auch von Alan nicht los, obwohl ich genau weiß, daß es keine Liebe ist, was mich zu ihm zieht. Es ist, wie ich glaube, nur etwas rein Sexuelles.«

»Ja, vordergründig vielleicht« schränkte ihre Freundin ein.

»Wie meinst du das?« fragte Daniela verständnislos.

Bea sah sie nachdenklich an. »Ich kenne dich jetzt lange genug, um zu wissen, daß du nicht der Typ bist, der mal kurz mit einem Mann ins Bett springt, nur weil du ihn attraktiv findest. Du bist keine Frau, die sich ab und zu einmal ein wenig erfrischenden Sex pur gönnt. Das ist eher mein Fach. Deshalb hat dein Techtelmechtel mit Alan eben nur vordergründig etwas mit seiner sexuellen Anziehungskraft zu tun, wie ich vermute.«

»Und hintergründig?«

Bea drückte ihre Zigarette aus, zuckte mit den Schultern und sagte: »Du kennst die Antwort, Ela, ich bin allein auf Mutmaßungen angewiesen.«

»Vielleicht weißt du mehr als ich«, murmelte Daniela. »Also sag mir schon, was du vermutest.«

»Daß du wegen damals große Angst vor der Tiefe deiner Gefühle zu Christian hast und daß du deshalb unbewußt diese Geschichte mit Alan angefangen hast, um vor dir selbst zu beweisen, daß du dir noch immer deine Selbständigkeit und Kontrolle über deine Gefühle bewahrt hast.«

»Das ist ja wohl ein bißchen weit hergeholt«, lautete Danielas schwache Erwiderung.

Bea warf ihr einen Blick zu, der verriet, daß sie sich ihrer Sache recht sicher war. »Ich sagte ja schon, daß bloß du die richtige Antwort kennst. Du mußt dir nur selbst eine Chance geben, hinter die Motive deines Handelns zu kommen.«
»Im Moment weiß ich gar nichts mehr«, sagte Daniela mit müder Stimme, und ihre Augen spiegelten das Gefühl ratloser Verzweiflung wider, das von ihr Besitz ergriffen hatte. »Ich liebe Christian und begehre Alan, träume sogar von ihm, und es sind immer erotische Träume. Ich verstehe mich nicht mehr, Bea. Manchmal bin ich mir selber so erschreckend fremd. Dabei möchte ich alles richtig machen. Ich weiß nur nicht mehr, was richtig ist.«
Bea seufzte. »Ja, das ist hart. Aber du hast viel Zeit, um dir darüber Klarheit zu verschaffen. Wenn Christian sein Wort hält, woran wohl nicht zu zweifeln ist, mindestens drei Monate. Da kann man schon den einen oder anderen klaren Gedanken fassen«, sagte sie und fügte energisch hinzu: »So, und jetzt mach ich uns eine Kleinigkeit zu essen. Wenn die Seele leidet, darf nicht auch noch der Körper darben!«
Als ihre Freundin zwei Stunden später ging, sagte Daniela zu ihr: »Bitte, nimm die Rosen mit.«

27

Daniela litt, und sie litt um so mehr, als sie nicht zu sagen vermochte, wen sie stärker vermißte – Christian oder Alan. Sie erlebte Stunden, in denen sie nicht den geringsten Zweifel an ihrer Liebe zu Christian hegte und sich mit einer verzehrenden Intensität nach ihm sehnte, die wie ein Schmerz von unvergleichlicher Schärfe war, der ihr die Tränen in die

Augen trieb und sie gleichzeitig taub machte für alles andere, was ihr sonst so viel bedeutete, ihre Arbeit in den STARDUST STUDIOS eingeschlossen. Sie konnte dann nicht begreifen, daß sie es so weit hatte kommen lassen, daß Christian an irgendeinen fernen Ort der Welt gereist war, um dort völlig allein zu der Entscheidung zu gelangen, ob ihre Liebe überhaupt noch eine Zukunft hatte. Und hätte sie gewußt, wo er zu finden gewesen wäre, so hätte sie nicht gezögert, sich in das nächste Flugzeug zu setzen und zu ihm zu fliegen. Er hatte damit gerechnet und daher diese Möglichkeit von vornherein ausgeschlossen. Er hatte nämlich nicht nur ihr, sondern auch Hedwig und Frieder verschwiegen, wohin er zu reisen gedachte, wie zwei Telefonate ergaben. Es erhielt auch keiner von ihnen eine Nachricht von ihm, weder schriftlich noch telefonisch. Christian schien jeglichen Kontakt zu den Menschen, die in seinem Leben bisher eine wichtige Rolle gespielt hatten, radikal abgebrochen zu haben.
Es gab jedoch auch Zeiten, da war sie voller Zorn und Bitterkeit, daß Christian ihr so etwas antat. Dann warf sie ihm in Gedanken seelische Erpressung und unerträglichen Egoismus vor. Für wen hielt er sich überhaupt, daß er meinte, sie so unter Druck setzen zu können? Wie konnte er es wagen, von Liebe zu reden und dann für Gott weiß wie viele Monate zu verschwinden, ohne ihr eine Möglichkeit zu lassen, mit ihm zu sprechen? Er hatte ihr damit doch ein Ultimatum gestellt. Fast konnte man es Erpressung nennen, ganz in dem Sinne von: »Ich erwarte von dir Fairneß, doch die Spielregeln bestimme ich!« War das seine Vorstellung von aufrichtiger Liebe, daß er Forderungen stellte und erwartete, daß sie seine Ansichten uneingeschränkt akzeptierte, während er ihre Bedürfnisse und Ansichten als keiner Diskussion würdig vom Tisch fegte? Wenn sie sich in dieser seelischen Verfassung befand, dann verlangte es sie nach der Gesellschaft von Alan, der sie so

nahm, wie sie war, und nicht versuchte, sie in eine ihm gemäße Form zu pressen. Er war so voller Schwung und unkomplizierter Lebensfreude. Er respektierte sie als Geschäftsfrau und wußte, was sie in ihrem Beruf leistete. Seine Anerkennung als Profi bedeutete ihr fast soviel wie das, was er für sie als Frau empfand. Er bewunderte und begehrte sie. Doch sein Begehren hatte etwas von einer spielerischen Offenheit und Geradlinigkeit an sich, die keine seelischen Abgründe kannte und davon auch nichts wissen wollte. Hinter seinem Verlangen nach ihr verbargen sich auch keine Besitzansprüche, kein naiver Glaube an die ewige Liebe und auch keine Erwartungen, daß sie ihr Leben nach seinen Wertvorstellungen verändern müsse. Es war mehr als purer Sex, aber auch bedeutend weniger als diese Art von Liebe, die zwei Menschen unheilvoll verstrickt und sich gegenseitig psychisch zerfleischen läßt. Alan begehrte sie vielmehr, weil sie so war, wie sie war. Seine Gefühle für sie hatten schlichtweg nichts Forderndes, nichts Bedrohendes an sich. Und diese Unbekümmertheit, die das Heute feierte und sich nicht einen Deut um das Morgen, geschweige denn um die Zukunft eines ganzen Lebens scherte, war das, was sie brauchte.
Zumindest war sie dieser Überzeugung, bis die Sehnsucht nach Christian wieder übermächtig in ihr wurde und Alan in den Schatten stellte. Dieser quälende Wettstreit der Gefühle verfolgte sie bis in ihre Träume, aus denen sie fast jede Nacht lange vor Morgengrauen zitternd oder weinend erwachte. Und nicht immer fand sie danach in den Schlaf zurück. Sie wälzte sich dann ruhelos von einer Seite auf die andere, zermarterte sich das Hirn, was sie bloß wollte, zählte die Schläge der Kirchturmuhr und lauschte dem zunehmenden Verkehr auf der Uferpromenade.
Die ersten Wochen waren die schlimmsten. Nach Ostern wurde es tagsüber besser, denn Anthony Capo traf in Köln ein.

Zwei Tage vorher kehrte Alan aus den Staaten zurück, der länger in Los Angeles festgehalten worden war, als er angenommen hatte.

»Wer hat die Schlacht gewonnen?« wollte Daniela wissen, als sie sich am Mittwoch nach Ostern sahen. Er war sonnengebräunt und schaute besser denn je aus, wie sie fand. Sie war glücklich, daß er wieder zurück war, hatte gleichzeitig aber auch Angst vor dem, was passieren könnte.

Er lachte. »Wir, die Guten. Doch eine siegreiche Schlacht ist noch kein gewonnener Krieg.«

»Es geht also weiter?«

»Das ist wie bei einem Schwergewichtskampf«, sagte er spöttisch. »Wenn man seinen Gegner nicht mit einem K.o. von den Beinen holen kann, muß man viele Runden überstehen und zusehen, daß man möglichst viele Punkte sammelt, um hinterher Sieger nach Punkten zu sein. Und das ist es, was zur Zeit bei GoldCoast Records in L.A. abläuft. Aber reden wir über angenehmere Dinge, Daniela. Übermorgen kommt Anthony.«

Anthony flog ohne seine Frau in Köln ein, und die Stadt empfing ihn mit klarem Himmel und Sonnenschein, als wüßte sie, was sie diesem Mann schuldig war, der sein paradiesisches Domizil in den Bergen über Cannes für die nächsten Monate mit einer Suite im Maritim vertauschte, einer Suite, die Alan in Absprache mit der Spitze der Hoteldirektion auf einen anderen Namen gebucht hatte.

Anthony Capo hatte sich einen kurzen Vollbart stehenlassen, der sein Gesicht zusammen mit der rotbraunen Hornbrille mit Gläsern aus Fensterglas so sehr veränderte, daß Daniela ihn erst nicht erkannte. Er schloß sie lachend in seine Arme und gab ihr auf jede Wange einen Kuß, als wären sie zwei alte Freunde, und dieses Gefühl hatte sie auch. Sie war froh, daß er endlich da war und die Aufnahmen begannen.

Auch Charley erkannte Anthony Capo nicht sofort, als dieser am Montag um zehn in einem dunklen Mittelklassewagen mit Alan am Steuer vor den STARDUST STUDIOS vorfuhr und im Gang auf den Toningenieur traf, der sich gerade einen Kaffee holte.

Daniela hatte dafür gesorgt, daß sich an diesem ersten Tag kein anderer Kunde in ihrem Aufnahmestudio aufhielt. Charley hatte sie zwar gesagt, daß er sich auf eine neue Produktion einstellen solle, den Namen des Künstlers jedoch weiterhin verschwiegen. Und der gemietete Steinway-Flügel für die Dauer der Produktion, der Teil von Anthony Capos Vertrag mit STARDUST STUDIOS war, würde erst gegen Mittag eintreffen.

Charley fiel fast der Pappbecher aus der Hand, als Anthony auf ihn zuging, die Brille abnahm und mit einem breiten Lächeln sagte: »Meinst du, wir schaffen es, ein noch besseres Album als *Seasons of the Heart* einzuspielen, Charley?«

Charley starrte ihn fassungslos an. »Anthony? Du? Ich werd verrückt!« stieß er ungläubig hervor.

»Ich will nicht hoffen, daß du das schon zu Anfang unserer Produktion wirst«, scherzte Anthony, »sonst kann ich das mit meinem Comeback gleich vergessen.«

Charley packte die ausgestreckte Hand des Sängers mit beiden Händen, und er hatte tatsächlich Tränen der Freude in den Augen, als Anthony ihn kurzerhand umarmte, ihm auf die Schulter klopfte und sagte: »Es wird wie in alten Zeiten sein, Charley.« Und mit leiser, bewegter Stimme fügte er hinzu: »Mein Gott, ich habe bis zu diesem Moment gar nicht richtig gewußt, wie sehr ich dieses Leben vermißt habe. Ich brauche dieses Comeback, Charley, aus mehr als einem Grund.«

»Jeder taubstumme Trottel könnte dich mit deinen Songs zum Comeback mischen.«

»Ich bin abergläubisch, Charley, und baue lieber auf den

Trottel, der am Mischpult gesessen und nur Däumchen gedreht hat, als ich den größten Erfolg meines Lebens eingespielt habe«, sagte er mit freundschaftlichem Spott. »Und jetzt zeig mir dein Reich, wo wir uns in den nächsten Wochen und Monaten abschuften werden.« Einen Arm um Charleys schmale Schulter gelegt, marschierte er mit ihm den Gang hinunter.

Die Nachricht, daß Anthony Capo ein Comeback plante und seine neue Platte bei ihnen einspielen würde, schlug auch bei den anderen Angestellten wie eine Bombe ein. Daniela rief alle in ihr Büro.

»Keinen Tip an die Presse und auch sonst kein Wort zu irgendeinem!« faßte sie am Schluß noch einmal zusammen, bevor sie sie entsprechende schriftliche Verpflichtungen zu absolutem Stillschweigen unterschreiben ließ. »Für die STARDUST STUDIOS ist das die Chance, ins ganz große internationale Geschäft einzusteigen. Es stehen schon von GOLDCOAST RECORDS Folgeaufträge in Aussicht. Und diese Chance werde ich mir nicht ungestraft verderben lassen, weil einer von euch seinen Mund nicht halten konnte und etwas hat durchsickern lassen. Wenn ich herausbekomme, daß einer sich nicht an diese Vereinbarung gehalten hat, auf die die Plattenfirma wie auch Anthony Capo besteht, kann er sich nach einer neuen Stellung umsehen. Habe ich mich klar ausgedrückt?«

Sie hatte, und jeder im Raum wußte, daß sie jedes Wort so meinte, wie sie es sagte. Und sie waren alle lange genug im Geschäft, um es zu verstehen.

Tags darauf begannen die Aufnahmen. In der ersten Woche war Anthony ganz allein im Studio, um sich wieder an die Atmosphäre zu gewöhnen und seine Songs mit Charley abzusprechen, was die Arrangements betraf.

»Ich bin nervös, und das nicht nur deshalb, weil ich so viele Jahre nicht mehr im Studio gewesen bin«, gab Anthony vor

Daniela in diesen Tagen offen zu. »Ein Künstler muß nervös sein, wenn es gilt, eine besondere Leistung zu erbringen. Ohne diese innere Nervosität und Anspannung und ohne ein gewisses Maß an Selbstzweifeln, die auch den Erfolgreichsten nie verlassen dürfen, nämlich ob er auch gut genug ist und tatsächlich alles aus sich herausholt, was in ihm steckt, ohne diese Elemente der Unruhe ist er nicht zu Höchstleistungen fähig. Sie sind der Stachel, der ihn davor bewahrt, dem bequemen, dem einfachen Weg zu folgen.«

Anthony machte es sich und jedem, der mit ihm arbeitete, alles andere als bequem. Daniela verbrachte täglich viele Stunden bei Charley im Regieraum und war fasziniert von der hohen Professionalität und Besessenheit, mit der Anthony Capo an die Arbeit ging.

In dieser Zeit war sie zwangsläufig jeden Tag mit Alan zusammen, der es sich nicht nehmen ließ, sooft er konnte, ins Studio zu kommen – nicht immer wegen Anthony, wußte er doch, daß dieser weder einen Betreuer noch einen um den Erfolg bangenden Produktionsüberwacher von der Plattenfirma brauchte. Er wollte in ihrer Nähe sein. Daß es zwischen ihr und ihrem Maler zu einer schweren Krise und zeitweiligen Trennung gekommen war, hatte er ihr entlocken können. Darin sah er seine große Chance, und er nutzte sie geschickt, indem er sie zwar spüren ließ, wie sehr er sie begehrte, sie aber nicht bedrängte.

Und Alan merkte, daß sein einfühlsames Vorgehen von Woche zu Woche mehr Wirkung zeigte. Es gab Frauen, die wollten nach allen Regeln der Kunst verführt und erobert werden. Daniela gehörte jedoch zu denen, bei denen man Geduld haben und warten mußte. Und sie war das Warten wert, das wußte er.

28

Es war der erste lange Samstag im Juli und das Wetter ideal für luftige Sommerkleider, kurze Shorts und Minis und knappe Tops und T-Shirts. Die Menschenmassen schoben sich als bunter lärmender Strom durch die Einkaufspassagen der Innenstadt, und auf der Dom-Platte wogte das Gewimmel aus Einheimischen und Touristen aus aller Welt um die Kathedrale, die wie ein Felsen in wild schäumenden Katarakten die Ströme teilte und die Wassermassen in die verschiedensten Richtungen schickte.

Die Tische unter den Sonnenschirmen vom DOM-HOTEL waren wie eine kühle Oase, eine Insel der Erholung und des ruhigen Genusses. Wer um die Mittagszeit noch einen Platz ergattern konnte, der durfte sich glücklich schätzen.

Daniela hatte in weiser Voraussicht einen Tisch bestellt, als Bea am Morgen angerufen und auf einem Treffen zu Mittag bestanden hatte. »Du hast die ganze Woche keine Zeit gehabt. Aber versprochen ist versprochen, Ela. Und ab zwölf habe ich noch eine zweite Bedienung in meinem Geschäft. Also wage es ja nicht, mir heute einen Korb zu geben. Ich brenne vor Neugier!«

Jetzt warteten sie auf ihre schwarzen Nudeln mit Lachsstreifen und tranken kühlen Weißwein, einen fruchtigen Chardonnay.

»Nun erzähl schon endlich!« drängte Bea und steckte sich eine Zigarette an. »Was hat es mit dieser polizeilichen Überwachung auf sich, von der du mir am Telefon so aufgeregt erzählt hast. Ich habe gar nicht gewußt, daß es eine solche Polizeiaktion überhaupt gegeben hat.«

»Ich auch nicht«, erwiderte Daniela lachend. »Gestern rief mich Kommissar Dehling an und eröffnete mir, daß er einen Insidertip aus der Hehlerbranche bekommen und daraufhin meine Mitarbeiter etwas genauer unter die Lupe genommen hat. Er ist einem Verdacht nachgegangen, der sich dann auch bestätigte. Es war Oliver Lück, der mich bestohlen hat, um enorme Spielschulden bezahlen zu können. Denn wie ich von Kommissar Dehling erfahren habe, war Oliver in Zockerkreisen bekannt wie ein bunter Hund. Der Kommissar hat ihn gestern verhaftet. Oliver hat auch gar nicht zu leugnen versucht, sondern den Einbruch sofort gestanden«, teilte Daniela ihrer Freundin mit. »Leugnen hätte ihm sowieso nichts genutzt. In seiner Wohnung fand man nämlich noch eines der gestohlenen Geräte, einen Stereo-Limiter.«

»Hättest du geglaubt, daß der Dieb einer von deinen Leuten ist?«

Daniela schüttelte den Kopf. Dies war etwas, was in ihre Erleichterung und Genugtuung gegenüber der Versicherung einen bitteren Wermutstropfen mischte. »So etwas hätte ich ihm nie zugetraut«, gestand sie ein. »Aber ich habe ja auch nicht die geringste Ahnung gehabt, daß Oliver Lück ein leidenschaftlicher Spieler ist und in sehr zwielichtigen Zockerkreisen verkehrt. Niemand hat das bei uns gewußt, geschweige denn, daß er am Spieltisch unheimlich hohe Schulden gemacht hat, die er anders nicht mehr zu bezahlen sich in der Lage sah.«

»Warst du bei seiner Verhaftung dabei?«

»Ja, doch hinterher habe ich gewünscht, ich hätte es nicht getan. Es war demütigend für ihn. Er hat geweint wie ein Kind, als er mich sah. Irgendwie tut er mir leid.«

Bea machte eine unwillige Handbewegung. »Du hast sie wohl nicht mehr alle!« protestierte sie. »Dieser Oliver Lück hat mit dir nicht das geringste Mitgefühl gehabt. Du hättest deine Firma verlieren und zudem noch vor Gericht stehen können! Und da empfindest du noch Mitleid?«

»Ja, irgendwie schon. Er hat sich für das, was er mir angetan hat, wirklich geschämt. Aber er sah damals einfach keinen anderen Ausweg, um von seinen Schulden herunterzukommen. Wenn man so ein Spieler ist wie Oliver Lück, dann ist man schon krank. Für ihn ist das Spiel eine Sucht wie für einen Fixer das Heroin. Und mit solchen Menschen kann ich nicht anders, als Mitleid zu haben.«

»Okay, das verstehe ich. Aber du darfst dich nicht schuldig fühlen, daß du ihn hinter Gitter gebracht hast!«

»Das tue ich auch nicht.«

»Was hat denn dieser arrogante Affe von der Versicherung gesagt, als er von der Verhaftung und dem Geständnis erfuhr?«

Daniela lächelte. »Ich habe es mir nicht nehmen lassen, ihn persönlich davon in Kenntnis zu setzen. Und ich habe jede Sekunde davon genossen. Er wäre am liebsten im Boden versunken. Als ich mit ihm fertig war, hatte er einen knallroten Kopf und große Schweißflecken auf seinem Hemd.«

»Gott sei Dank, daß du nicht auf deine Ansprüche verzichtet hast!«

Daniela nickte mit grimmiger Miene. »Und was war ich versucht, diese Verzichtserklärung zu unterschreiben. Mir läuft jetzt noch ein Schauer über den Rücken, wenn ich daran denke, daß ich beinahe auf fast vierhunderttausend Mark verzichtet hätte.«

»Dann dürftest du ja nun endlich aus dem Schneider sein, nicht wahr?« sagte Bea und drückte ihre Zigarette aus, denn der Kellner brachte das Essen.

»Ja. So schlimm die Geschichte mit Lück auch ist, für mich hat sie sich als großes Glück erwiesen«, räumte Daniela ein. »Die Versicherung hat versprochen, die Summe nun schnell zur Auszahlung anzuweisen.«

»Dann schwimmst du ja bald im Geld«, zog Bea sie auf.

»Schwimmen ist nicht ganz das treffende Wort« entgegnete Daniela schmunzelnd. »Aber ich werde mit einem Schlag die meisten Schulden und damit eine Menge Sorgen los, und das ist natürlich toll.«

»Was gibt es Neues von deinem Star?« wollte sie dann wissen.

»Anthony kommt gut voran. Und es ist ein Genuß, ihm bei der Arbeit zuzusehen und natürlich auch zuzuhören.«

»Und was ist mit Fans und Presse? Steht ihr noch immer unter Belagerung?«

Daniela lachte. Vor zwei Wochen hatte die Presse Wind davon bekommen, daß Anthony Capo schon seit zwei Monaten in Köln im Maritim unter einem falschen Namen abgestiegen war und an einer neuen Platte arbeitete. Der clevere Reporter einer großen Illustrierten, der wohl von einem Hotelangestellten einen Tip erhalten hatte, war Anthony unbemerkt zu den STARDUST STUDIOS gefolgt und hatte heimlich Fotos gemacht. Seine Reportage mit ihren Spekulationen über ein Comeback des berühmten Sängers hatte fast über Nacht Journalisten aus aller Welt angelockt. Anthony Capo hatte im Maritim eine Pressekonferenz abgehalten und die Spekulationen von seiner möglichen Rückkehr ins Showgeschäft bestätigt. Die Nachricht war durch alle Medien gegangen, und der Rummel war eine Zeitlang dementsprechend gewesen. Es war überhaupt ein Wunder, daß sie das Geheimnis so lange hatten bewahren können.

»Das hat sich inzwischen etwas gelegt. Ich habe Marianne damit betraut, und sie hat das alles bestens im Griff. Mit den Presseleuten kommt sie gut zurecht und weiß auch, wann sie Anthony um ein Autogramm oder ein Interview ansprechen kann. Sie hat sich mit aller Kraft in diese zusätzliche Arbeit gestürzt. Das war nach dem schweren Schlag mit einem Betrüger aus den eigenen Reihen wie ein Geschenk des Himmels für sie. Es hat sie auf andere Gedanken gebracht.«

Sie unterhielten sich noch eine ganze Weile über die Ereignisse der letzten Wochen, und Daniela erfuhr, daß Bea mit ihrem

Bobby noch immer glücklich war und daß sie für September eine gemeinsame Reise nach Marokko gebucht hatten.
»Ich beneide euch. Hat Bobby nicht vielleicht einen ähnlichen netten Bruder?« scherzte Daniela mit einem bitteren Unterton in der Stimme.
»Nein, leider nicht. Hast du was von Christian gehört?« fragte Bea, als der Kellner ihnen den Kaffee brachte.
Daniela schüttelte den Kopf. »Nichts. Er hat nicht mal eine lausige Postkarte geschickt. Seit über zwei Monaten hat er nichts mehr von sich hören und sehen lassen!« sagte sie aufgebracht. »Und manchmal bin ich darüber so stinksauer, daß er mir besser erst gar nicht wieder unter die Augen tritt.«
»Aber eben nur manchmal.«
Ärgerlich rührte Daniela in ihrem Kaffee. »Mein Gott, ja, manchmal fehlt er mir schrecklich, Bea, und dann frage ich mich wieder, warum ich ihn nicht zum Teufel schicke. Was soll ich mit einem Mann, der mich so behandelt?«
»Alan behandelt dich ganz anders, nicht wahr?« fragte ihre Freundin spöttisch und erwartungsvoll.
»Ja, er macht es mir so schrecklich leicht und schwer zugleich.«
Bea lächelte verhalten. »Ich könnte mir gut vorstellen, daß Christian das auch von dir sagt.«
Daniela gab einen Stoßseufzer von sich. »Ich weiß noch immer nicht, was ich will, auch nach zweieinhalb Monaten nicht. Ich bin so unzufrieden mit mir und meinem Leben wie noch nie zuvor. Dabei hätte ich doch allen Grund, mich meines Daseins zu freuen. Ich bin meine finanziellen Probleme los, habe einen Künstler von Weltklasse in meinen Studios, bin auf einmal jemand in der Branche und bekomme tolle Angebote und kann mich auch über einen Mangel an intensivster Aufmerksamkeit von wirklich attraktiven Männern nicht beklagen. Eigentlich habe ich doch alles, und doch fühle ich mich zum Heulen. Was ist nur mit mir?«

»Langsam erkennst du, daß sogar für eine erklärte Karrierefrau wie dich Glück nicht von Geld und beruflichen Erfolgen abhängt, zumindest nicht allein.«
Daniela lachte freudlos auf. »Glück! Mein Gott, was ist das schon?«
»Jeder definiert Glück anders, Ela. Du mußt schon selbst herausfinden, was du brauchst, um glücklich zu sein«, sagte Bea ernst. »Immerhin weißt du jetzt, daß du dafür doch mehr benötigst als nur Geld und Erfolg.«
Daniela wußte sehr wohl, was sie noch brauchte: Liebe. Doch wessen Liebe? Und wie stark durfte sie sein?

29

Der Juli ging mit ungebrochen hochsommerlichen Temperaturen in seine letzte Woche. In der Nacht vom Donnerstag zum Freitag schloß Anthony Capo die Aufnahmen zu seinem neuen Album ab. Sie waren alle viel zu aufgedreht, um an Schlaf auch nur zu denken. Daniela, Alan und Charley fuhren mit Anthony ins Maritim, wo sie das Ereignis trotz der späten beziehungsweise frühen Stunde noch gebührend in seiner Suite feierten.
»Und wann beginnen wir mit dem Abmischen?« wollte Charley wissen, als die Sonne sich schon in den Glasfronten der Hochhäuser spiegelte. Beim Einspielen am Mischpult zu sitzen und darauf zu achten, daß die Musik technisch perfekt und genau nach den Vorstellungen des Produzenten aufgezeichnet wurde, war eine Aufgabe, die dem Toningenieur viel abverlangte. Diese Arbeit war jedoch wie bei einem Eiskunstläufer nur die Pflicht, die *Voraussetzung* für ein erfolgreiches

Abmischen. Das Abmischen war für einen Toningenieur der kreativere Teil seiner Arbeit, also die Kür, wo er zeigen konnte, was in ihm steckte. War er schlecht, hatte auch der beste Musiker und Sänger kaum eine Chance, ein gutes Endprodukt zu erhalten. War er dagegen so überragend wie Charley, konnte er sogar aus schlechtem Material noch etwas Tolles zaubern. Denn erst beim Abmischen wurde der endgültige Sound geschaffen. Bis dahin waren Gesang und Musik, wobei jede Stimme und jedes Instrument auf einer eigenen Spur gespeichert war, nichts weiter als Bausteine, die man nach Belieben zusammensetzen konnte. Die richtige Zusammensetzung zu finden, war nach den Wochen und Monaten des Aufnehmens die wahre große Herausforderung. Und Charley wartete schon auf den Beginn des Abmischens, seit Anthony Capo die STARDUST STUDIOS betreten hatte. Er brannte förmlich darauf, nun seinerseits all seine künstlerische Kreativität zu zeigen.

»Sowie wir wieder nüchtern sind«, antwortete Anthony, den es nicht weniger kribbelte, nun mit der Feinarbeit am Sound zu beginnen. Ihnen standen noch einige arbeitsreiche Wochen bevor. »Einverstanden?«

Charley hob strahlend sein Glas. »Das ist ein Wort! Einverstanden!«

Daniela schlief bis in den Mittag hinein, vertrödelte den halben Nachmittag und holte dann ihren Wagen ab, den sie in der Tiefgarage des Hotels stehengelassen hatte. Anschließend fuhr sie zum Friedhof hinaus – widerstrebend und schuldbewußt zugleich.

Seit Monaten war sie schon nicht mehr an seinem Grab gewesen. Sie hatte versucht, sich von dem Gefühl der Schuld zu befreien. Bea hatte ihr dabei geholfen.

»Du mußt dich endlich von dem, was damals geschehen ist,

lösen und die Vergangenheit ruhen lassen«, hatte ihre Freundin sie aufgefordert. »Und es muß Schluß mit diesen Selbstvorwürfen sein, Ela. Du mußt die Kraft finden, dir zu verzeihen.«

Daniela stand vor seinem Grab und dachte über die Worte ihrer Freundin nach. Was ihre Schuldgefühle betraf, so ging es ihr in letzter Zeit schon sehr viel besser. Der Alptraum, der sie früher so oft heimgesucht hatte, war seit Wochen ausgeblieben. Sie war froh, daß es so war, traute diesem Zustand jedoch nicht so recht. Ihre Träume waren alles andere als angenehm, auch ohne diesen Alptraum. Was sie im Schlaf erlebte, war beunruhigend und verstörend und damit ein genaues Spiegelbild ihrer derzeitigen seelischen Verfassung. Ihre innere Zerrissenheit nahm sie mit in den Schlaf.

»Ich muß mein Leben in den Griff bekommen«, murmelte sie. »Nicht nur meinen Beruf. So kann es nicht weitergehen. Ich muß mich entscheiden, was ich will. Und ich glaube, das kann ich nur, wenn ich endlich von dir loskomme, Walter. Ja, ich will es, und deshalb werde ich es auch schaffen. Ich bin heute nicht mehr die Daniela, die du gekannt hast ...«

Es roch nach warmer Erde, und von den Rasenflächen kam der Duft von frisch geschnittenem Gras.

Daniela fuhr aus ihren Gedanken auf, als sie auf dem Weg Schritte hörte, die in ihre Richtung kamen. Unwillkürlich wandte sie den Kopf und erstarrte. Das Blut wich ihr vor Schreck aus dem Gesicht, und ihr Herz begann wie verrückt zu schlagen.

Fassungslos blickte sie auf die brünette Frau, die da in Begleitung ihres Sohnes, der jetzt bereits zehn sein mußte, über den schmalen Weg auf sie zukam. Und obwohl sie noch einige Meter voneinander trennten, sah sie doch schon den Haß in den Augen dieser Frau, die sie bei Walters Beerdigung vor allen Leuten am Grab angespuckt hatte und dort keine Blumen von

ihr duldete. Und dieser unbeugsame Haß stand auch in den Augen des Jungen.
»Das ist sie doch!« rief er und wies mit ausgestreckter Hand anklagend auf sie.
»Ja, das ist die Frau, die deinen Vater auf dem Gewissen hat!« bestätigte seine Mutter betont laut.
Daniela hatte das Kind seit mehr als fünf, sechs Jahren nicht mehr gesehen. Den Jungen hier zu treffen, erschütterte sie zutiefst, denn er war das Ebenbild seines Vaters, und genau das funkelte sie nun haßerfüllt an. Es war, als stünde Walter höchstpersönlich vor ihr und klagte sie an.
»Was haben Sie hier noch zu suchen?« herrschte die Frau sie an. »Warum können Sie uns nicht einmal in unserer Trauer in Ruhe lassen? Haben Sie uns nicht schon genug angetan?«
Diese Begegnung mit *ihr* und ihrem Sohn war für Daniela der schlimmste aller Alpträume. »Ich ... ich habe dasselbe Recht ... wie Sie, das Grab ... von Walter zu besuchen«, gab sie stockend und mit einer gepreßten Stimme zur Antwort, die ihr selbst fremd war.
Das Gesicht der anderen verzerrte sich. »Recht? Sie haben jedes Recht verwirkt!« schrie sie. »Sie ... Sie haben Walter nicht nur die Luft zum Atmen genommen, Sie haben ihn auch umgebracht! Und Sie haben mir meinen Walter und meinem Sohn den Vater geraubt!«
Daniela wankte wie unter einem Schlag. »Nein, nein ... ich ...«
»Gehen Sie uns aus den Augen! Verschwinden Sie!« rief die Frau mit sich überschlagender Stimme und hatte die Hände zu Fäusten geballt, als müßte sie alle Selbstbeherrschung aufwenden, um nicht handgreiflich zu werden. »Und legen Sie nie wieder Blumen auf sein Grab. Verflucht sollen Sie sein, Sie ... Sie *Mörderin!*«
Der Junge begann zu weinen.

Wäre sie angespuckt und geohrfeigt worden, Daniela hätte es nicht halb so schlimm empfunden wie diesen unversöhnlichen Haß und die Tränen des Kindes. Sie rannte davon, und die eigenen Tränen machten sie fast blind.
Als sie den Parkplatz erreicht hatte, sah sie ein Taxi in der Auffahrt, aus dem gerade ein älteres Ehepaar stieg. Sie war viel zu aufgewühlt, um sich in diesem Zustand noch selbst hinter das Steuer eines Wagens zu setzen. Doch sie mußte weg von hier. Nur weg!
Sie lief auf das Taxi zu. »Sind Sie frei?« fragte sie den Fahrer und schaffte es, ihre Stimme verhältnismäßig normal klingen zu lassen. Ihre Sonnenbrille verbarg ihre tränenfeuchten Augen.
»Ja, steigen Sie ein.«
Daniela setzte sich in den Fond. »Fahren Sie!« forderte sie ihn auf und zog zitternd ein Taschentuch aus ihrer Handtasche.
»Das will ich gern tun, aber Sie müssen mir schon sagen, wohin«, entgegnete der Fahrer geduldig.
»Zum Römerpark«, sagte sie, ohne nachzudenken, und nannte damit die Adresse von Alan.
Alan! Ja, zu ihm wollte sie. Jetzt brauchte sie ihn, seinen Schutz, seine Geborgenheit, seine Wärme und das Gefühl, geliebt zu werden. Sie hoffte inständig, daß er zu Hause war. Nur jetzt nicht allein sein müssen!
Das Taxi quälte sich durch den zähflüssigen Verkehr des Spätnachmittags. Die Fahrt wurde ihr entsetzlich lang. Aber auch das hatte sein Gutes. Denn als der Wagen endlich vor dem Haus hielt, in dem Alan auf Firmenkosten eine großzügige Penthousewohnung gemietet hatte, hatte sie sich zumindest äußerlich wieder einigermaßen unter Kontrolle.
Sie klingelte. »Bitte, bitte, sei zu Hause, Alan!« flüsterte sie inständig, während sie mit klopfendem Herzen wartete.
Er war zu Hause.

Sie fuhr mit dem Lift ganz nach oben. Alan stand in einem Morgenmantel aus königsblauer Seide in der Tür, und seine Überraschung war unverkennbar. Von den beiden Partys in seiner Wohnung einmal abgesehen, hatte sie ihn in all den Monaten, die sie sich nun schon kannten, nicht einmal bei sich zu Hause besucht.

»Tut mir leid, daß ich dich so empfange«, sagte er und wies mit einer entsprechenden Geste an sich hinunter, »aber nach unserer langen Nacht im Studio und dann noch im Maritim war ich heute bestimmt nicht auf Besuch eingestellt. Ich bin erst vor einer guten halben Stunde aufgestanden.«

»Der Morgenmantel steht dir ganz wunderbar«, erwiderte sie. »Ich glaube, dir steht einfach alles. Aber auch wenn es anders wäre, wäre es mir jetzt völlig egal. Ich bin ja so froh, daß du zu Hause bist.«

Er hob verwundert die Augenbrauen, stellte jedoch keine Fragen, sondern führte sie in seine sehr modern eingerichtete Wohnung.

»Willst du die Sonnenbrille nicht abnehmen und dich setzen?« forderte er sie auf, als sie unschlüssig im Wohnzimmer stand.

Daniela zögerte. Dann setzte sie die Sonnenbrille ab und sah ihn an.

»Du hast ja geweint!« stellte er sofort fest.

Sie schluckte schwer. »Ja, aber frag jetzt nicht, warum. Es hat nichts mit dir zu tun, und ich kann es dir im Moment auch nicht erklären. Ich möchte nur, daß du mich in die Arme nimmst«, bat sie.

»O Daniela«, sagte er sanft und legte seine Arme um sie.

Sie schmiegte sich an seine Brust und roch sein Rasierwasser, das ihr so vertraut war. Doch er duftete nicht nur gut, sondern es war auch ein sinnlich betörendes Gefühl, ihn zu spüren.

Ein leichtes Zittern durchlief ihren Körper, und auf einmal wußte sie, daß sie nicht allein wegen der alptraumhaften

Begegnung auf dem Friedhof zu ihm gefahren war. Dieses Zusammentreffen war nichts weiter als der auslösende Moment gewesen, dieser lockenden Versuchung nicht länger zu widerstehen. Seit Cannes hatte sie gewußt, daß es irgendwann geschehen würde. O ja, sie hatte mit aller Kraft dagegen angekämpft. Doch es war ein Kampf gewesen, wie sie jetzt erkannte, den sie nie hatte gewinnen können. Sie hatte ihn schon verloren, als sie ihn aus Niebüll angerufen und ihm gesagt hatte, daß sie ihn auf seiner Reise zu Anthony Capo begleiten würde. Und wie oft hatte sie seit Cannes davon geträumt, in seinen Armen zu liegen und endlich zu erfahren, wie es war, von ihm geliebt zu werden.

Ja, ich kann mich nicht länger belügen, dachte sie. Ich will ihn, und ich will nicht mehr gegen mein Verlangen ankämpfen.

Daniela hob den Kopf. »Liebe mich!« flüsterte sie.

Forschend blickte er ihr ins Gesicht. »Ich wünsche mir nichts sehnlicher als das, Daniela. Aber bist auch du dir sicher, daß es das ist, was du möchtest?«

Sie nickte und schob eine Hand in den Ausschnitt seines seidenen Morgenmantels. Ihre Finger trafen auf nackte, glatte Haut. »Ja, das bin ich. Geh mit mir ins Bett, Alan. Ich möchte, daß es endlich geschieht!«

Im Schlafzimmer konnte Daniela nicht schnell genug aus ihren Kleidern kommen. Er hätte sich gern mehr Zeit gelassen, ihr ein Stück nach dem anderen ausgezogen und es genossen, sie langsam zu entblättern. Doch sie fieberte dem Moment entgegen, in dem sie beide nackt waren und sich ihre Körper auf dem Bett aneinanderdrängten.

Ein lang anhaltendes Stöhnen entrang sich ihrer Kehle. Alle Ängste, Zweifel, Hemmungen und Schuldgefühle schienen sich bei diesem Akt animalischer Wollust in nichts aufzulösen, bis sich in ihrem Kopf Vergangenheit und Gegenwart zu weniger als einer Ahnung verflüchtigt hatten. Alle seelische

Last fiel von ihr ab, ertrank in gierigen Küssen und unersättlicher Begierde. Es war herrlich, sich völlig fallenlassen zu können und gleichzeitig das Gefühl des Aufsteigens zu haben. Innerhalb kürzester Zeit trieb sie dem Orgasmus entgegen. Doch einer war ihr diesmal nicht genug. Sie wollte mehr, viel mehr. Sie suchte das Vergessen und den Neuanfang in einem Rausch hemmungsloser Lust. Es war, als versuchte sie auch die Erinnerung an Christian und die Leidenschaft, die sie mit ihm erlebt hatte, ein für allemal durch eine noch viel stärkere und erschöpfendere in sich zum Verstummen bringen.

Daniela blieb die ganze Nacht bei ihm. Es war das erstemal, daß sie, seit sie sich in Christian verliebt hatte, mit einem anderen Mann geschlafen hatte und die Nacht bei ihm verbrachte.

»Mein Gott, ich weiß noch immer nicht, wie mir geschehen ist. Ich kann es einfach nicht in Worte fassen. Du warst wie ... wie eine Offenbarung, Liebling«, flüsterte Alan, als sie schließlich erschöpft voneinander abließen. »Ein Wunder. Ich habe so etwas noch nie erlebt. Und dabei dachte ich, schon alles zu kennen.«

»Ja, das dachte ich auch«, murmelte Daniela schläfrig. »Doch was kennen wir in Wirklichkeit schon? Nichts weiter als ein paar Daten und eine Menge Fehleinschätzungen. Wir kennen uns ja noch nicht einmal selbst.« Augenblicke später war sie eingeschlafen.

30

Alan kam in schwarzen Jeans und weißem, kurzärmligem Baumwollhemd aus dem Bad. Sein Haar war noch feucht. Er setzte sich an Danielas Seite auf die Bettkante. Lächelnd beugte er sich zu ihr hinunter und gab ihr einen Kuß, der nach Pfefferminz schmeckte.
»Laß dir nur Zeit«, sagte er und fuhr durch ihr vom Schlaf verwuscheltes Haar. »Ich geh inzwischen einkaufen. Mein Kühlschrank ist total leer, und ich finde, daß wir zum Frühstück mehr verdient haben als nur Corn-flakes.«
Sie unterdrückte ein Gähnen. »Corn-flakes ist okay. Ich bin genügsam.«
Er lachte. »Den Eindruck hatte ich aber nicht.«
Sie lächelte ihn an, doch es war ein ernstes Lächeln. »Ich mag dich, Alan.«
Er streichelte über ihr Gesicht und sah ihr in die Augen, deren Blau ihn immer wieder faszinierte. Und was er in ihnen las, gefiel ihm nicht. Doch er versuchte es sich nicht anmerken zu lassen. »Das habe ich fast befürchtet«, erwiderte er mit scherzhaft heiterem Ton und erhob sich vom Bett. Von der Tür aus rief er ihr noch zu: »Badetuch und Fön habe ich dir schon rausgelegt. Bis gleich.«
»Hm«, machte Daniela und hörte Augenblicke später, wie er die Wohnungstür hinter sich zuzog.
Sie drehte sich auf den Rücken, schob das große Kopfkissen hoch und streckte die Arme weit von sich. Aus dem Bad kam leise Radiomusik. Die Gardinen vor dem Fenster leuchteten im Sonnenschein. Gedämpft drang der morgendliche Samstagsverkehr von der Kreuzung zu ihr ins Zimmer.
Ganz still lag sie im Bett, lauschte den verschiedenen Geräuschen und ließ ihren Gedanken freien Lauf. Sie war verwun-

dert, wie ruhig und gefaßt sie war. An die Begegnung auf dem Friedhof dachte sie nur ganz kurz. Wie ein Streiflicht tauchte die Erinnerung an sie in ihr auf, ohne jedoch auch nur einen Anflug alter Ängste in ihr zu wecken.

Es ist vorbei, nahm sie sich fest vor. Ich werde niemals vergessen, das weiß ich, aber ich werde aufhören, mich noch weiter selbst zu quälen. Wenn sie es so will, dann werde ich ihr das Grab gern überlassen. Bea hat völlig recht. Ich muß mir selbst verzeihen können, wenn ich von der Vergangenheit endlich loskommen will. Ich werde das Grab nie wieder aufsuchen. Nie wieder. Ja, es ist vorbei.

Ihr war bei diesem Entschluß nun doch ein wenig merkwürdig zumute. Doch das Gefühl der Erleichterung, sich von ihrer schuldgetriebenen Selbstverpflichtung freigesprochen zu haben und davon auch unter keinen Umständen abzuweichen, überwog diese Beklommenheit.

Dann gingen ihre Gedanken zu Alan und dem, was sich in der vergangenen Nacht in diesem Bett abgespielt hatte. War sie es wirklich gewesen, die von dieser Art hemmungslosem, purem Sex einfach nicht genug hatte bekommen können?

Daniela empfand weder Reue noch Scham. Es war verrückt gewesen, doch eine wunderschöne Verrücktheit, wie es sie im Leben immer wieder einmal geben muß, so wie es von jeder Regel, wie sinnvoll und gut sie auch sein mochte, eine Ausnahme gab. Was passiert war, hatte passieren müssen. Es war unumgänglich gewesen. Es hatte sie wie ein Fieber überfallen, ihren Körper wie ihre Phantasie erhitzt. Und was dann im Bett mit ihr und Alan gewesen war, hatte ihre Begierde und ihre wilden Phantasien wie ein loderndes Feuer in Flammen gesetzt – und alles verzehrt.

Von all dem, was sie wie zwanghaft in Alans Arme getrieben hatte, war nichts mehr geblieben, kein Verlangen und keine unerfüllten Phantasien. Aber an ihre Stelle waren auch keine innere Leere und kein schaler Nachgeschmack getreten, und das stimmte sie heiter. Sie erkannte in diesem Moment, daß dieses Erlebnis ungezügelter Leidenschaft nicht das geringste mit Christian zu tun hatte und zugleich doch unheimlich viel. Christian.

Sie hatte nicht einmal an ihn gedacht, als all das mit ihr und Alan geschehen war. Aber das mußte sie nicht verwundern, gehörte er doch auch nicht zu dieser flüchtigen Welt der Lust, die Alan und sie sich geschaffen hatten und deren Ende schon in dem Moment vorgegeben war, als sie der Versuchung nicht länger widerstanden hatte.

Christian ... Christian war eine Welt für sich, die schon einen langen Zeitraum ihrer Vergangenheit bestimmt hatte und vielleicht auch ihre Zukunft mitgestalten würde. Aber darüber mochte sie jetzt nicht nachdenken, denn diese Welt war zu kompliziert und zu komplex, als daß sie in diesem Moment eine Antwort auf ihre Probleme hätte finden können und wollen.

»Was für eine Nacht ... und was für ein Tag«, sagte sie leise zu sich selbst, schlug die Bettdecke zurück und stand auf.

Ein gemeinsames Frühstück mit Alan durfte es nicht geben. Es war besser für sie beide, die Einmaligkeit dieser gemeinsam verbrachten Nacht für sich bestehen zu lassen. Für Erklärungen und wortreiche Gespräche war jetzt der denkbar ungeeignetste Zeitpunkt. Alan wußte wohl auch so, daß aus dieser Nacht keine Liebesaffäre werden konnte.

Daniela trödelte deshalb im Bad nicht lange herum, sondern beeilte sich mit dem Duschen und Anziehen. Dann setzte sie sich an den Küchentisch und schrieb ihm, wie wunderschön die Nacht mit ihm gewesen sei, daß sich dies jedoch nicht wiederholen werde. Sie versprach, ihn später anzurufen, und bat ihn, sie mögen Freunde bleiben.

Sie war nicht schnell genug gewesen. Als sie aus der Haustür

auf die Straße trat, lief sie Alan direkt in die Arme. Er war mit zwei Tragetaschen bepackt. Als er sie sah, verschwand der fröhliche Ausdruck augenblicklich von seinem Gesicht.
Einen Moment lang wußten sie beide nicht, was sie sagen sollten. Dann fragte Alan vorwurfsvoll: »Du wolltest einfach so gehen?«
»Nein, nicht einfach so. Auf dem Küchentisch liegt eine Nachricht von mir.«
»So etwas in der Art, daß du mich zwar magst, aber eben doch nicht liebst, so daß daraus nichts für länger werden kann, weil es da noch einen anderen gibt?« fragte er mit bitterem Spott.
»Ja, so etwas in der Art«, antwortete sie ruhig. Sie nahm ihm seinen sarkastischen Ton nicht übel. »Und du hast es schon gewußt, als du aus dem Haus gegangen bist, gib es zu.«
Er zögerte. »Ich habe es nicht wirklich gewußt, sondern höchstens geahnt und befürchtet.«
Daniela schüttelte den Kopf. »Nein, wir haben es beide gewußt. Schon gestern. Aber da hat es uns nicht interessiert. Es war auch nicht weiter wichtig. Wichtig war nur, daß wir ... einander hatten.«
»Und das kannst du so schnell vergessen, abhaken und zur alten Routine zurückkehren?« wollte er wissen und sah sie beschwörend an.
»Ich habe nichts davon vergessen, Alan. Und ich werde auch nichts abhaken«, widersprach sie mit fester Stimme, die dann weicher wurde. »Wie könnte ich das auch vergessen. Es war ... es war ... Ich weiß nicht, wie ich es sagen soll ...«
»Siehst du, dir fehlen dafür die Worte!« rief er mit neuer Hoffnung. »Mein Gott, warum willst du jetzt nicht mehr zu dem stehen, was du vergangene Nacht zu mir gesagt hast, nämlich daß du so etwas auch noch mit keinem Mann erlebt hast? Warum sagst du es nicht? Es ist doch die Wahrheit!«
»Ja, du hast recht, das ist die Wahrheit«, stimmte sie ihm zu.

»Was gestern war, habe ich in dieser Art wirklich noch nicht erlebt. Doch es hat nicht das geringste mit Liebe zu tun.«
»Liebe!« Er verzog das Gesicht. »Liebe ist so ein großes Wort. Es klingt so absolut und ist dabei doch so schwammig.«
»Das sehe ich anders, Alan.«
Er stellte die Tragetaschen ab und ergriff ihre Hand. »Daniela, ich kann nicht glauben, daß es das gewesen sein soll!«
»Es tut mir leid, wenn du dir mehr erhofft hast«, erwiderte sie betrübt. »Wir lieben uns nicht. Wir haben einander begehrt. Ja, ich gebe zu, daß ich dich sogar sehr heftig begehrt habe, aus den verschiedensten Gründen.«
»Und ich dich«, sagte er zärtlich.
»Ich bereue auch nicht, daß ich zu dir gekommen bin und die Nacht mit dir verbracht habe«, fuhr sie mit gedämpfter, aber fester Stimme fort und wich dabei seinem Blick nicht aus. »Ich werde dieses Erlebnis in meiner Erinnerung stets als etwas Kostbares bewahren. Aber ...«
Alan wollte ihr Aber nicht hören und fiel ihr ins Wort. »Mein Gott, warum willst du es nur bewahren, statt mehr daraus zu machen? Warum streiten wir uns, ob wir einander lieben oder nicht?«
»Wir streiten nicht, Alan«, sagte Daniela mit schmerzlicher Miene. »Du versuchst nur etwas festzuhalten, was man nicht festhalten kann.«
»Reicht es denn nicht erst einmal, daß wir etwas ganz Wunderbares gefunden haben? Was wir da getan haben, war nicht etwas von zwei Menschen, die sich gerade erst kennengelernt und die sich danach nichts zu sagen und zu geben haben. Wir wollten es doch schon lange, schon in Cannes. Ich weiß es, und du weißt es auch!«
Sie lächelte schwach. »O ja! Aber in dieser einen Nacht hat sich alles verbraucht. Es war wie ein ungeheures Feuerwerk. Es war schillernd und bunt und alles überstrahlend. Aber das war es

dann auch. Verstehst du, was ich sagen will? Es ist nichts mehr da, was glühen, Funken sprühen und explodieren könnte.«
»Das glaube ich nicht!«
»Alan, sieh doch ein, daß manche Dinge nur einmal passieren! Das hast du gestern doch selbst gesagt.«
Er schüttelte fast trotzig den Kopf. »So? Davon weiß ich aber nichts.«
»Du hast gesagt, es sei eine Offenbarung gewesen, ein Wunder«, erinnerte sie ihn an seine eigenen Worte. »In gewisser Weise war es das wirklich. Und ob nun bewußt oder unbewußt, war dir in dem Moment schon klar, daß sich dieses Erlebnis nicht wiederholen würde. Wunder wiederholen sich nun mal nicht, sonst würde man sie ja nicht so nennen.«
»Wir könnten es zumindest versuchen«, sagte er, doch seine Stimme klang nicht mehr kämpferisch und beschwörend, sondern ernüchtert.
Daniela schüttelte heftig den Kopf. »Nein, niemals! Schon der Erinnerung wegen nicht. Es würde alles kaputtmachen. Der Versuch würde kläglich scheitern. Ich weiß es, und wenn du ehrlich zu dir bist, wirst du es auch einsehen.«
»Es ist wegen dieses Malers, nicht wahr?« Alan klang verletzt.
Sie sah ihn beinahe zärtlich an. »Nein, es hat allein mit mir und dir zu tun, das mußt du mir glauben. Als ich mit dir zusammen war, habe ich nicht eine Sekunde lang an ihn gedacht. Was wir hatten, Alan, war etwas ganz Besonderes. Ich wollte es mit jeder Faser meines Körpers, und es war traumhaft.«
»Ja, das war es«, sagte er mit rauher Stimme.
»Und jetzt hat uns die Wirklichkeit wieder, Alan.«
»Auch das war wirklich.«
»Es war eine andere Form der Wirklichkeit, die nicht von Dauer ist, wie eine wunderschöne Sternschnuppe. Machen wir nicht kaputt, was wir hatten, und laß uns nicht grundlos

mit verletzten Gefühlen und schwerem Herzen auseinandergehen!« bat sie ihn eindringlich.
Er sah sie einen langen Augenblick schweigend an, als müßte er sehr mit sich ringen. »Freunde, ja?« fragte er dann ein wenig linkisch.
Sie lächelte erleichtert. »Ja, Alan, Freunde.«
»Also gut, Freunde, Daniela. Ich werde es zumindest versuchen«, versprach er und sah dabei wie ein kleiner Junge aus, der sich dazu durchgerungen hatte, eines seiner liebsten Spielzeuge wegzugeben und dennoch keinen Groll zu hegen, daß man ihn dazu gebracht hatte.
»Danke«, sagte sie und gab ihm einen Kuß auf die Wange. Sie konnte ihre innere Rührung nicht völlig verbergen. Ihre Augen hatten einen verräterisch feuchten Schimmer. Schnell setzte sie ihre Sonnenbrille auf.
»Ich fahr dich nach Hause«, bot er ihr an.
»Das ist lieb von dir, aber ich nehme doch besser ein Taxi.« Sie beide brauchten jetzt erst einmal räumlich und zeitlich etwas Distanz.
»Tja, was sagt man in so einer Situation zum Abschied?« fragte er befangen und ratlos. »Bis bald? Einfach nur tschüs? Mach's gut? Oder was?«
»Ich weiß es auch nicht. Am besten fragst du mich nächste Woche noch mal.«
»Gute Idee.« Er grinste etwas gezwungen. »Also dann, bis nächste Woche, Daniela.«
»Ja, Alan«, sagte sie nur, berührte zum Abschied kurz seinen Arm und begab sich dann eiligen Schrittes zum Fußgängerüberweg. Sie spürte, daß er ihr nachblickte und sie innerlich aufgewühlter war, als sie es sich hatte anmerken lassen. Als die Ampel umsprang, lief sie sofort los.
Im selben Augenblick hörte sie von links das Aufheulen eines Wagenmotors. Sie wandte den Kopf, blieb jedoch nicht stehen.

Ein Motorrad mit Beiwagen, auf dem ein klobiges Möbelstück, ein Schrank, festgezurrt war, schoß um die Ecke – und direkt auf sie zu.
»Daniela!«
Sie hörte Alan in ihrem Rücken entsetzt aufschreien. Erschrocken wollte sie dem Gefährt ausweichen, doch es war schon zu spät. Die Kante des Schranks traf sie an der Brust, riß sie von den Beinen und schleuderte sie zu Boden. Der Schmerz, der durch ihren Körper schoß, war wie eine mächtige Stichflamme. Grelles Licht schoß ihr in die Augen. Und dann war nichts als Dunkelheit und Stille.

31

Sie trieb in einem Meer der Wärme und Geborgenheit. Der Nacht, die sie wie ein Daunenschleier umhüllte, fehlten jegliche beängstigenden Abgründe. Die Dunkelheit war sanft und weich.
Sie schien für immer und ewig Teil dieses Meeres der Stille und Gedankenlosigkeit zu sein. Doch dann begann sich die Welt, die sie wie in einem Kokon des Friedens und des absoluten Losgelöstseins umschlossen hielt, zu verändern. Die Veränderungen vollzogen sich ganz langsam. Es war wie ein sanftes Aufreißen und Zerfließen.
Zuerst war da das Licht, das sich zaghaft von irgendwoher in die alles umschließende Nacht vorwagte. Zunächst war es nichts weiter als ein schwaches Glimmen, doch schon bald wurde es zu Nebelfeldern aus Helligkeit, die der Nacht allmählich die Schwärze nahmen.
Dann verlor dieses Meer, das sie beschützt hatte, seine Endlo-

sigkeit und seine totale Einsamkeit. Merkwürdige Dünen, deren Formen ihr vertraut waren, tauchten auf einmal wie Inseln auf und zogen wie Markierungsbojen ihres Unterbewußtseins an ihr vorbei. Später nahmen diese Inseln, die aus dem Nichts aus den leuchtenden Nebelfeldern zum Vorschein kamen und sich in ihnen auch wieder auflösten, die skurrilsten Formen an. Eine dieser Inseln war ein riesiges Mischpult, auf dem gesichtslose Menschen in einem Labyrinth von Hunderten von Drucktasten und Regeln herumirrten, die sie haushoch überragten. Ein andermal war diese Insel mit Gräbern übersät, ohne daß dies jedoch ein erschreckendes Bild gewesen wäre, denn zwischen den Gräbern blühten überall bunte Wildblumen.

Irgendwann wuchsen Hände aus dem Meer, das sie durch diese wundersame, aber nicht beängstigende Inselwelt trug. Und obwohl sie sie nicht sehen konnte, spürte sie doch sofort, daß es Hände waren, die ihr Gutes wollten. Diese Hände waren es auch, die ihr ihren Körper, den sie in ihrem Zustand des völligen Losgelöstseins nicht mehr gespürt und damit vergessen hatte, wieder zurückgaben. Stück für Stück. Die fremden Hände bewegten ihre Beine, und sie wußte wieder, daß sie Beine besaß. Sie massierten ihre Oberschenkel und Hüften, und sie wußte, daß zu ihr Oberschenkel und Hüften gehörten. Und sehr vorsichtig brachten sie ihr auch ihre Arme in Erinnerung.

Ihr war, als setzte sich ihr Körper langsam wieder zusammen und als kehrte damit ebenfalls ihr Denken und Fühlen in diesen Körper zurück.

Den Verlust der friedvollen Stille jedoch empfand sie als schmerzlich. Als erstes registrierte sie den Wind. Ja, es mußte der Wind sein, der über die Dünen wehte. Doch dieses Zischen und Rauschen war in seinem Rhythmus zu monoton, zu gleichmäßig, um ein Wind zu sein. Und so wurde es zu einem störenden Geräusch, der den Kokon um sie herum um ein Stück mehr aufriß.

Mit diesem Geräusch kam auch mehr Helligkeit – und dann Stimmen. Verschiedene Stimmen. Von Männern und von Frauen. Helligkeit und Schatten verbanden sich mit diesen Stimmen, die in einer fremden, für sie unverständlichen Sprache redeten. Sie bemühte sich vergeblich, sie zu verstehen.

Erst als Schmerz in ihr Bewußtsein drang, gelang es ihr ganz kurz, ein paar Worte aufzunehmen.

»... passen Sie auf, Schwester ... den Tubus ... gut ... ja, jetzt abstellen.«

Sie hatte diese Stimme noch nie gehört. In ihr setzte ein Kampf ein. Etwas in ihr drängte danach, diesen Schleier abzustreifen, der sie noch immer gefangenhielt. Es war ein Kampf, der Schmerzen bereitete, und dieser scharfe Schmerz brachte sie zurück ins Bewußtsein.

Daniela schlug die Augen auf. Ihr Blickfeld war seltsam verengt. Sie sah das Gesicht eines Mannes, der einen weißen Kittel und eine Brille trug. Sein Lächeln flößte ihr gleich Vertrauen ein.

Langsam kehrte ihre Erinnerung zurück. Die Kreuzung. Das Motorrad mit dem Beiwagen. Der Schrank. Der Zusammenstoß.

Wo bin ich? Was ist mit mir? wollte sie fragen. Doch sie gab den Versuch schon nach dem ersten Laut auf, weil ein wahnsinniger Schmerz durch ihre Kehle fuhr, als schnitte ihr jemand mit einem Messer in den Hals.

»Bitte versuchen Sie noch nicht zu sprechen, Frau Stern. Können Sie mich verstehen? Nicken Sie nur, wenn das der Fall ist.«

Daniela tat es.

»Ich bin Dr. Wedding, Ihr behandelnder Arzt«, stellte er sich

vor. »Sie befinden sich in der Uniklinik. Erinnern Sie sich noch an den Unfall, den Sie gehabt haben?«
Daniela nickte erneut. Die Lider wurden ihr schon wieder schwer. Sie hatte Mühe, die Augen offenzuhalten.
»Sie wurden bei uns mit fünf gebrochenen Rippen und einem Lungenriß eingeliefert. Wir haben Sie fünf Tage künstlich beatmen und stark sedieren müssen. Der Tubus, der in Ihrer Kehle bis hinter die Stimmritze reichte, hat leider die unangenehme Nebenwirkung, daß die Patienten danach für längere Zeit sehr starke Halsschmerzen haben«, erklärte ihr der Arzt. »Schonen Sie deshalb vorerst Ihre Stimme. Aber machen Sie sich keine Sorgen, Frau Stern. Das alles sind zwar keine Lappalien, aber Sie haben doch Glück gehabt, daß Sie bei diesem Unfall keine anderen inneren Verletzungen und keine weiteren Knochenbrüche davongetragen haben. Es wird bei Ihnen keine bleibenden Schäden geben. Sie werden wieder völlig in Ordnung kommen. In zwei, drei Wochen können sie nach Hause.« Er lächelte sie aufmunternd an.
Daniela nickte. Ihr fielen die Augen zu.
»Schlafen Sie, Frau Stern. Wenn Sie das nächstemal aufwachen, werde ich Sie mit Schwester Anita bekannt machen, Ihrer Krankengymnastin«, hörte sie Dr. Wedding sagen. »Sie hat Sie schon während der letzten Tage betreut.«
Schlafen, nur schlafen. Eine Tür klappte.
»Christian.« Ihre Stimme war ein Krächzen und ihr Hals ein Schlund aus Feuer.
Eine Hand ergriff die ihre.
»Ich bin bei dir. Liebling. Schlaf jetzt. Es wird alles gut.«
Christian? Daniela lächelte am Rande des Schlafes. Ein Traum, ein wunderschöner Traum. Und sie ließ die Hand nicht los.

32

Daniela schlief bis in den Nachmittag hinein. Als sie dann die Augen aufschlug, sah sie zu ihrer grenzenlosen Freude, daß es kein Traum gewesen war. Es war wirklich Christian, der an ihrem Bett saß. Sie weinte.

Christian beugte sich über sie und küßte ihr die Tränen von den Wangen. »Nicht weinen, mein Liebling. Du hast doch gehört, was Dr. Wedding heute vormittag zu dir gesagt hat. Du wirst wieder völlig in Ordnung kommen. Du mußt nur ein paar Wochen Geduld haben. Aber was sind schon ein paar Wochen«, redete er beruhigend auf sie ein und streichelte ihre Wange.

»Nicht das ... du«, brachte sie mühsam und unter starken Schmerzen hervor.

Christian legte ihr zärtlich einen Finger auf die Lippen. »Sprich nicht, mein Schatz. Ich weiß, daß dir das Sprechen große Schmerzen bereitet. Es ist auch nicht nötig, daß du etwas sagst. Ich bin ja schon so glücklich, daß du endlich von dieser gräßlichen Beatmungsmaschine befreit bist und deine Umwelt wieder wahrnimmst. Ich kann dir nicht sagen, wie schrecklich die letzten vier Tage für mich waren, wie schrecklich es war, dich hier liegen zu sehen und nichts für dich tun zu können. Ich habe mit dir geredet, doch du hast mich nicht gehört und mir nicht geantwortet.«

Daniela schluchzte. Sie verstand nicht, wie es sein konnte, daß er so schnell von ihrem Unfall erfahren hatte und schon seit vier Tagen an ihrem Krankenbett saß. Es war im Moment auch nicht wichtig. Wichtig war nur, daß er da war. Und sie wollte ihm so vieles sagen. Wie sehr er ihr gefehlt hatte und wie dumm es von ihnen gewesen war, daß sie sich beide auf Positionen versteift hatten, die eigentlich völlig ohne Bedeutung waren, wenn man sich wirklich liebte. Und sie wollte ihm sagen, daß sie sich entsetzlich schuldig fühlte. Nicht wegen Alan. Diese Nacht belastete ihr Gewissen gegenüber Christian nicht. Im Gegenteil. Sie war für Geist und Körper so etwas wie ein reinigendes Gewitter nach einer langen Periode unerträglicher Schwüle gewesen. Nein, sie fühlte sich aus einem ganz anderen, viel tiefer liegenden Grund schuldig, nämlich wegen Walter und der Dinge, die sie Christian über ihr Leben verschwiegen hatte. Sie hatte zu lange mit Lügen gelebt. Und es waren diese Lügen gewesen, die gedroht hatten, ihre Liebe zu Christian zu zerstören.

Christian gab ihr ein Tempotaschentuch und fuhr fort: »Als ich vor drei Monaten nach New Mexico flog und mich bei einem Malerfreund in Santa Fe verkrochen habe wie ein weidwundes Tier, da glaubte ich zu wissen, was seelisches Leiden bedeutet. Doch gegen die Tage hier an deinem Krankenbett waren die Monate dort drüben die reinste Erholung.«

Ihr Hals reagierte bei jedem Laut, den sie von sich gab, mit großen Schmerzen. Doch das Wichtigste wollte sie ihm sagen, und wenn sie wieder weinen mußte, diesmal vor Schmerz.

»Ich ... bin ... so glücklich ...«

»Bitte hör auf!« rief er, als er ihr schmerzverzerrtes Gesicht sah. »Du mußt nichts sagen. Dafür ist später noch so viel Zeit. Bitte tu dir und mir das nicht an.«

Sie schüttelte heftig den Kopf. »... so glücklich, daß du endlich ... zurück bist«, zwang sie sich weiterzusprechen. »Du hast mir so schrecklich gefehlt.«

Nun hatte auch er Tränen in den Augen. »Und du mir erst, mein Liebstes.«

»Ich liebe dich, Christian.«

»Und ich liebe dich, Daniela.«

Beiden liefen die Tränen über das Gesicht, als er seine Wange

an die ihre schmiegte, ihr über das Haar streichelte und ihr Worte der Liebe und der Beruhigung ins Ohr flüsterte.
Am nächsten Tag erfuhr Daniela von ihrer Freundin, wem sie es verdankte, daß Christian so schnell von ihrem schweren Unfall auf der Kreuzung am Römerpark erfahren hatte.
»Das hat dein smarter Beachboy Alan Byrd arrangiert, Ela«, erzählte Bea auf ihre lockere, lebensfrohe Art. »Du hast nämlich ständig nach Christian gerufen, als man dich ins Krankenhaus brachte. Alan ist im Krankenwagen mitgefahren. Also, ich an seiner Stelle hätte das nicht gerade als Kompliment aufgefaßt, daß du seit Monaten einen heißen Flirt mit ihm abziehst und dann im Moment der Wahrheit nach einem anderen Mann rufst.«
»Alan ... nur ... ein guter Freund«, verbesserte Daniela sie mühsam.
Bea zwinkerte ihr zu. »Jaja, das kann man wohl sagen. So handelt wirklich nur ein guter Freund. Er hat nämlich Himmel und Hölle in Bewegung gesetzt, um herauszufinden, wohin sich dein sensibler Maler verkrochen hat. War wirklich nicht ganz einfach. Christian hatte ja keinem eine Adresse hinterlassen. Aber was ein cleverer Manager ist, der findet Mittel und Wege, um dem Gesuchten auf die Spur zu kommen.«
Mit erwartungsvollem Blick sah Daniela ihre Freundin an. Sie war gespannt, wie Alan es geschafft hatte, Christians Aufenthaltsort herauszufinden.
»Er hat alle Reisebüros auf Sylt angerufen, ihnen die Situation erklärt und es dabei noch ein bißchen kritischer gemacht, so als schwebtest du in Lebensgefahr, und hat auf diese Weise tatsächlich erfahren, daß Christian einen Atlantikflug mit Anschlußflug nach Santa Fe gebucht und auch angetreten hatte. So weit, so gut. Jetzt kam natürlich die große Schwierigkeit, seine Spur in Santa Fe aufzunehmen. Und da ist Alan

Byrd auf eine geniale Idee gekommen.« Bea legte eine dramatische Pause ein.
»Weiter!« krächzte Daniela.
»Er hat telefonisch Kontakt mit zwei örtlichen Radiosendern und einer Fernsehstation aufgenommen, kurzentschlossen Reklamezeit für eine Suchmeldung nach Mister Christian Hendrik aus Germany gebucht und die Sendezeit auch gleich telefonisch per Kreditkarte und Autorisation über die Zentrale in Frankfurt bezahlt. Keine Stunde später rief Christian die in der Suchmeldung genannte Telefonnummer in Köln an – und hatte Alan am Apparat, der ihm dann von deinem Unfall berichtete und ihm sagte, daß du nur nach ihm gerufen hättest. Noch in derselben Nacht traf Christian hier ein. Na, ist das nicht eine wahre Erfolgsstory? Ein toller Bursche, dieser Alan!« Ihr Tonfall und ihre Gesichtsausdruck ließen keinen Zweifel, wie bewundernswert sie nicht nur diese Leistung, sondern auch den Mann fand.
Daniela war tief bewegt. O Alan, du hast dich nicht groß anstrengen müssen, aus unserer kurzen Leidenschaft Freundschaft werden zu lassen! Ich danke dir, du wunderbarer, verständnisvoller Freund.
»Du hast doch hoffentlich nichts dagegen, daß ich mit ihm essen gehe, oder? Ich meine, so eine Heldentat verdient die rechte Anerkennung und Beachtung, und da du ja noch ein paar Wochen außer Gefecht bist, würde ich das gern übernehmen. Ich verspreche dir auch, dich würdig zu vertreten«, sagte Bea mit schelmischem Lächeln.
»Und Bobby?«
»Gönn mir doch auch mal ein bißchen echtes männliches Format, wovon es ja leider viel zuwenig gibt, und schon gar in Verbindung mit Attraktivität und internationalem Flair«, scherzte sie.
»Meinen Segen ... hast du.«

Alan besuchte sie noch am selben Tag, blieb aber nur sehr kurz. Es gab einen Moment der Verlegenheit, als sie sich in die Augen schauten, doch der war rasch überwunden.
Von Dank wollte er nichts hören. »Was ich mache, mache ich richtig, wenn es mir wichtig ist. Und wenn wir schon kein Liebespaar sein können, weil deine Liebe einem anderen Mann gehört, was ich einfach akzeptieren muß, dann doch wenigstens Freunde, und zwar richtige Freunde. Was ich getan habe, hätte jeder andere gute Freund auch getan – oder er wäre es nicht wert gewesen, Freund genannt zu werden.«
»Du bist ein wunderbarer Mann, Alan«, sagte sie mit Tränen in den Augen. »Ich wünschte für uns Frauen, es gäbe mehr solche Männer wie dich.«
»Das kann ich auch von dir sagen.«
»Und von Bea.«
Sein Gesicht verzog sich zu einem breiten Lächeln. »Mal sehen«, meinte er vage, doch in seinen Augen blitzte es vergnügt. Er war, ganz wie Bea, kein Mensch von Traurigkeit.
Die Tage im Krankenhaus waren ausgefüllt mit Krankengymnastik, Atemübungen und Besuchen. Letztere nahmen in der ersten Woche nach dem Ende der künstlichen Beatmung derart überhand, daß Christian nach Absprache mit Daniela und Dr. Wedding eine strikte Reglementierung einführte, denn Daniela hing noch immer am Tropf, hatte auch Schmerzen und brauchte viel Ruhe.
Zum erstenmal in ihrem Leben machte sie sich keine Sorgen um ihre Firma. Es war, als hätte sie durch den Eindruck, dem Tod so nahe zu sein, und durch die erzwungene Ruhe eine gesunde Distanz zu ihrer Arbeit gewonnen. Marianne kam zwar jeden zweiten Tag und hielt sie auf dem laufenden, aber Daniela ertappte sich dabei, daß es ihr eigentlich eher lästig war, sich all die Kleinigkeiten anzuhören, und daß sie oft nur mit halbem Ohr dabei war. Es mochte auch zum Teil daran

liegen, daß es keine wirklich gewichtigen Probleme waren. Die Stardust Studios waren weit im voraus ausgebucht, und die Gelder aus dem Crossfire-Vertrag hatten sie finanziell endgültig saniert und sogar in die schwarzen Zahlen gebracht. Zudem hatte ihr neuer Mann, Klaus Erbach, den sie für Oliver Lück eingestellt hatte, schon in den Wochen vor ihrem Unfall bewiesen, daß er sein Metier verstand und alles bestens im Griff hatte.

Was sie aus sehr privaten Motiven interessierte, war der Fortgang von Anthonys und Charleys Arbeit, das Abmischen der Titel. Beide besuchten sie mehrfach. In der zweiten Woche kam Anthony allein, und er brachte ihr nicht nur einen herrlichen Blumenstrauß mit, sondern auch einen Walkman.

»Und was soll ich mir damit anhören?« fragte Daniela ahnungsvoll.

»Natürlich Anthony Capo. Ich habe Ihnen eine Kostprobe mitgebracht. Es ist einer der Songs, die wir mittlerweile fertig abgemischt haben«, sagte er und zog eine Kassette aus der Tasche. »Ich glaube, wir werden diesen Titel als Single auskoppeln.«

»Welcher Song ist es?« fragte sie gespannt.

Er lächelte. »Sie kennen ihn nicht.«

Verständnislos sah sie ihn an. »Wie bitte? Ich kenne *alle* Songs, die Sie aufgenommen haben.«

»Sie irren, Daniela. Einen Titel kennen Sie nicht.«

»Unmöglich!«

Sein Lächeln wurde breiter. »Charley und ich, wir haben dafür gesorgt, daß Sie von der Aufnahme dieses Songs nichts mitbekommen haben.«

»Und warum nicht?«

Er legte die Kassette ein und reichte ihr die federleichten Kopfhörer. »Hören Sie sich den Song an, dann wissen Sie es.«

Daniela folgte seiner Aufforderung, setzte die Kopfhörer auf und drückte die Abspieltaste. Den Song kannte sie tatsächlich noch nicht. Es war ein phantastisch einfühlsames Liebeslied, das im Sound von einer unglaublichen, beinahe kosmisch zu nennenden Klarheit war. Der helle, klare Klang der Elektrogitarren verstärkte den Eindruck noch. Stimme und Arrangement harmonierten perfekt miteinander.
Das Lied ging Daniela unter die Haut. Und dann kam der erste Refrain, und sie verstand, warum Anthony sie damit hatte überraschen wollen. Er besang eine Lady Stardust, deren Augen wie Sternenstaub am Himmel leuchteten und deren Lächeln und Liebe auch die dunkelste Seelennacht in ein samtenes Königsblau verwandelten, in eine Nacht der Zärtlichkeit und Hoffnung.
Daniela war gerührt. Sie hatte Tränen in den Augen und schämte sich ihrer auch nicht. »Es ist wunderschön, Anthony. Aber wann ... ich meine, wie ...«
Er lachte über ihre Verwirrung. »Erinnern Sie sich noch, als Sie mich mit Alan in Cannes besuchten und ich Sie fragte, warum Sie Ihre Studios STARDUST und nicht STAR STUDIOS genannt haben?«
Sie nickte.
»Nun, Ihre Worte berührten etwas in mir, Daniela. Dieses Wort Sternenstaub oder Stardust setzte sich in mir fest. Und kurz nach Ihrer Abreise saß ich am Klavier, spielte eine Melodie, zu der ich noch keinen Text hatte, und plötzlich kam mir diese Zeile *You're my Lady Stardust* in den Sinn«, erzählte er ihr. »Und damit war der Song geboren. Ich bin auf ihn stolzer als auf alle anderen.«
»Das können Sie auch, Anthony. Ich glaube, er wird jeden tief anrühren, weil man spürt, daß Ihnen jedes Wort aus der Seele und aus dem Herzen kommt. Es ist eine wunderschöne Liebeserklärung. Sie müssen Ihre Frau sehr lieben.«

»Woher wissen Sie, daß ich dieses Lied meiner Frau gewidmet habe?« fragte er überrascht.

»Ich weiß es einfach. Und ich habe bemerkt, wie Sie Ihre Frau ansehen.«

»Ja, Sie haben recht. Ich habe an Lucia gedacht, als ich dieses Lied schrieb.« Er ging zum Fenster und wandte ihr den Rücken zu, als wollte er seine Gefühlsregung vor ihr verbergen. »Sie war schon meine große Liebe, als ich noch ein kleiner Junge war, Antonio Capostella hieß und als sie in dem Bergstädtchen Castroreale bei Messina lebte, und sie ist es all die Jahrzehnte geblieben, auch wenn ich nicht gerade ein Kind von Traurigkeit war und es ihr manchmal gewiß nicht leicht gemacht habe. Es hat in meinem turbulenten, hektischen Leben Frauen gegeben, die ich begehrt habe, o ja, und gelegentlich habe ich diesem Begehren auch nachgegeben, doch geliebt habe ich immer nur eine Frau – Lucia.«

Daniela saß still im Bett und sagte kein Wort. Sie spürte, daß Fragen oder Bemerkungen von ihr jetzt nur gestört hätten. Sie wartete, daß er fortfuhr, denn sie ahnte, daß dies nur die Einleitung zu etwas anderen, viel Wichtigerem war. Und sie irrte sich nicht.

Anthony Capo kam wieder zu ihr ans Bett. Sein Gesichtsausdruck war ernst und zugleich doch auch von einer inneren Ruhe geprägt. »Sie haben mich in Cannes einmal gefragt, warum ich vor jetzt beinahe sechs Jahren sozusagen von heute auf morgen von der Showbühne abgetreten bin und mich völlig ins Privatleben zurückgezogen habe.«

Sie begnügte sich mit einem Nicken, denn sie wußte, daß sie nun die Erklärung für sein Verhalten erfahren würde, das damals alle vor ein unlösbares Rätsel gestellt hatte.

»Ich glaube, ich antwortete Ihnen darauf etwa in der Art, daß ich dafür meine persönlichen Gründe gehabt habe«, fuhr er fort. »Meine Gründe waren in der Tat sehr persönlich, Da-

niela. Denn damals stellten die Ärzte bei einer Routineuntersuchung bei meiner Frau fest, daß sie an Krebs erkrankt war.«
Daniela sah ihn bestürzt an. »Mein Gott!« murmelte sie.
»Ja, ich konnte es auch nicht glauben. Aber so war es. Meine Frau hatte Krebs. Unterleibskrebs. Der Tod streckte seine Hand nach ihr aus. Ich stand auf der Höhe meines Ruhms, aber dieser Ruhm bedeutete mir plötzlich gar nichts mehr. Ich hatte nur noch Angst um meine Frau. An dem Tag, als der Arzt mir die Notwendigkeit einer raschen Operation klarmachte und mir sagte, daß auch eine erfolgreiche Operation im Frühstadium eine Heilung nicht garantiere, da wurde mir bewußt, was Lucia mir bedeutete. Und ich brauchte auch nicht lange zu überlegen. Wir hatten keine Ahnung, wieviel Zeit uns noch vergönnt war, und diese Wochen und Monate zum größten Teil fern von meiner Frau in Konzerthallen und Studios zu verbringen, war für mich unvorstellbar. Ich wollte bei ihr sein, denn jetzt brauchte sie mich – und ich brauchte sie, weil meine Angst nicht geringer war als ihre. Aber ich mochte keine wie auch immer gearteten Berichte in der Presse, keine noch so mitfühlende und letztlich doch nur sensationshungrige Chronologie eines Kampfes gegen den Krebs und gegen die eigene Angst. Deshalb habe ich Lucias Erkrankung und die wahren Gründe meines Rücktritts keinem erzählt. Das war etwas, was nur uns anging. Ich war mit Lucia mehrmals in den Staaten zur Behandlung. Es war eine schwere, schreckliche und zugleich eine derart intensive Zeit, wie wir sie bis dahin nicht erlebt hatten. Denn in diesen Jahren habe ich viel gelernt und viele wunderbare Erfahrungen gemacht, die mir sonst in der Hast und Oberflächlichkeit unseres alltäglichen Strebens nach Erfolg und anderen materiellen Zielen verborgen geblieben wären. Jetzt, mehr als fünf Jahre nach der Operation, liegt die schlimmste Zeit der Angst hinter uns. Meine Frau gilt als geheilt, zumindest von der Statistik her gesehen und soweit

man das ärztlich überhaupt diagnostizieren kann. Lucia hat mich deshalb zu diesem Comeback gedrängt. Ich freue mich darauf, aber es wird ein anderer Anthony Capo sein, der zurückkehrt, einer, der sich von dem Geschäft gewiß nicht noch einmal so völlig vereinnahmen lassen wird, wie er es früher mit Vergnügen getan hat.« Er machte eine Pause. »Der Tod ist uns allen in die Wiege gelegt. Er ist unabänderlich. Und gerade diese Tatsache verpflichtet uns, unserem Leben einen wahrhaft menschlichen Sinn zu geben, und dieser Sinn muß in erster Linie bestimmt sein von Glaube, Liebe und Hoffnung, denn Glück ist nichts, was man von einem Kontoauszug mit möglichst vielen Stellen vor dem Komma ablesen könnte.«

Anthony blieb noch eine ganze Weile, bis Christian kam. Und als er ging, war Daniela von großer Dankbarkeit und Nachdenklichkeit erfüllt. Die Kassette mit diesem wunderbaren Lied »Lady Stardust« erfreute und begeisterte sie, doch mit dem, was er ihr anvertraut hatte, hatte er ihr ein wirklich kostbares, unbezahlbares Geschenk gemacht. Immer wieder dachte sie über seine Worte nach. Sie waren wie Saat und sanfter Regen auf einem bis dahin vertrockneten Feld ihrer Seele.

Ihre körperliche Genesung machte gute Fortschritte. Doch alles brauchte seine Zeit. Bald brach die vierte Woche ihres Krankenhausaufenthalts an. Und wenn sie auch den Tag ihrer Entlassung herbeisehnte, so erlebte sie doch in diesen Wochen viele Stunden stillen Glücks. Christian wich kaum von ihrer Seite. Sie redeten nicht viel. Beide wußten, daß dieses Krankenzimmer nicht der rechte Ort für die Aussprache war, die unumgänglich anstand, ohne daß sie sie jedoch fürchteten. Es erfüllte Daniela mit einer bisher nicht gekannten Ruhe und einem inneren Frieden, ihn an ihrer Seite zu wissen, auch wenn sie schlief.

Es war am Vorabend ihrer Entlassung. Sie hatten nach dem Sonnenuntergang kein Licht gemacht. Das Zimmer war in Dunkelheit getaucht, die nur von den Straßenlaternen ein wenig aufgehellt wurde.

Es war Daniela, die ihr einträchtiges Schweigen brach.

»Christian?«

»Ja?« Er nahm ihre Hand und drückte sie zärtlich.

Sie richtete ihren Blick auf ihn. Ihr Herz schlug vor innerer Erregung, und ihre Hand schloß sich ganz fest um die seine.

»Christian, ich … ich brauche dich.«

Einen langen Moment schwieg er. Dann sagte er mit bewegter Stimme: »Ich habe es mir so oft gewünscht, daß du das einmal sagen oder mich doch zumindest spüren lassen würdest. Ich habe nicht mehr geglaubt, daß ich es je von dir hören würde.«

»Ich liebe dich … und ich brauche dich, Christian«, wiederholte sie mit erstickter Stimme.

»Und ich brauche dich«, flüsterte er ihr in der Dunkelheit zu und schmeckte Salz auf ihren Lippen.

33

Christian stieß rückwärts in die Parklücke auf der Venloer Straße und stellte den Motor ab. Daniela sah ihn verwundert an.

»Ich dachte, wir sind auf dem Weg nach Sylt. Verrätst du mir, warum wir hier halten?« fragte sie. Dr. Wedding hatte ihr noch einige Wochen der Schonung verordnet, und sie hatte beschlossen, diese Wochen bei Christian auf Sylt zu verbringen.

»Ich möchte dir meine Freunde vorstellen.«

Ihr Interesse war geweckt. »Bei denen du in den letzten Wochen gewohnt hast?«
»Ja. Es wird auch nicht lange dauern. Ich habe ihnen gesagt, daß wir heute abend noch auf Sylt sein wollen und deshalb nur ganz kurz bei ihnen hereinschauen können.«
»Na, auf die Freunde bin ich wirklich gespannt«, sagte Daniela und stieg aus. Christian hatte aus diesen Freunden, die ihn in der Zeit ihres Krankenhausaufenthalts bei sich aufgenommen hatten, ein großes Geheimnis gemacht. Sie hatte ihm nichts über sie entlocken können, nicht einmal ihre Namen.
Christian lächelte und ergriff ihre Hand. »Laß dich überraschen.«
Eine Zahnarztpraxis und die Kanzlei eines Steuerberaters hatten in diesem sechsstöckigen Mietshaus ihre Räume. Die Haustür stand offen. Mit dem Aufzug fuhren sie bis ganz nach oben.
Daniela folgte ihm den Flur hinunter, wo Christian vor einer Wohnungstür ohne Namensschild stehenblieb. Er zog einen Schlüssel hervor.
»Ist es nicht höflicher zu klingeln?« fragte sie.
»Nicht nötig. In diesen Dingen sind sie sehr großzügig«, versicherte er und schloß auf.
Kaum war Daniela in den völlig kahlen Vorraum dieser angeblichen Wohnung getreten, da wußte sie, daß Christian ihr all die Wochen etwas vorgemacht hatte. Dies war nicht die Wohnung irgendwelcher gastfreundschaftlicher Freunde! Allein der intensive, vertraute Geruch verriet es ihr.
»Christian! Du hast . . .«
Lächelnd hob er die Hand. »Einen Augenblick, mein Schatz. Meine Freunde warten im Nebenraum auf dich.« Er führte sie an einer Kochnische vorbei. Durch die offene Tür des nächsten kahlen Raums fiel Danielas Blick auf eine am Boden liegende Matratze mit Bettzeug sowie auf zwei Umzugs-

kartons. Und dann stand sie in einem großen, gut zwölf Meter langen Raum. Ein Teil der Decke war verglast. Die Septembersonne fiel durch große Dachfenster. Entlang der Wände standen gut zwei Dutzend Bilder, alle mit Decken und Laken verhangen. Zwei Staffeleien, mehrere Tische mit Farben und Pinseln, zwei Sessel und eine Couch sowie eine Stereoanlage auf einer Bretterkiste waren die einzigen Möbelstücke in diesem Raum.

»Ist das dein neues Atelier?« Eigentlich war die Frage überflüssig, doch Danielas Überraschung war so groß, daß sie es nicht glauben konnte.

»Ja, schon seit fast drei Wochen«, erklärte er stolz.

Daniela verstand sofort, was es bedeutete, daß Christian sich ein Atelier in Köln gesucht und eingerichtet hatte – sowohl für sie beide als auch für seine Malerei. Stürmisch fiel sie ihm um den Hals.

»Als ich zu meinem Freund Don Garrett nach Santa Fe flog, war ich verzweifelt und glaubte fester denn je, nur auf meiner geliebten Insel kreativ sein und malen zu können«, berichtete er ihr. »Die ersten Wochen waren hart. Ich hatte das Gefühl, als wären mir alle wichtigen Fäden meines Lebens aus den Händen geglitten. Es war eine schreckliche Zeit des Zorns, der Selbstzweifel und der Sehnsucht, Daniela ...«

»Ich weiß, wovon du redest. Ich habe ähnliches durchgemacht«, sagte sie ernst.

»Ich habe versucht, dich zu vergessen, versucht, dich aus meinem Leben zu streichen«, gestand er ihr offen ein. »Ich wollte wissen, ob ich es mir nicht nur einredete, dich zu lieben. Es war ein genauso unsinniger Versuch, als wollte man einen breiten Strom mit seinen Händen am Fließen hindern. Und dann, so in der siebten Woche, passierte irgend etwas in mir. Es war wie ein innerer Dammbruch. Auf einmal verlangte es mich danach zu malen. Und ich malte. Wie ein Besessener malte ich. Aus der Erinnerung, aus meinen Gefühlen heraus, und ich malte auch das, wozu mich die grandiose Natur von New Mexico auf meinen langen Streifzügen inspirierte. Ich fühlte mich frei und wie neugeboren – und erkannte, daß ihr recht gehabt hattet, du und Frieder. Ich habe tatsächlich Angst gehabt, weil ich fürchtete, dann sozusagen die Büchse der Pandora in mir zu öffnen. Ich habe noch immer Angst, aber es ist eine andere Angst, sie ist aufregend und hat meinem künstlerischen Leben den engen Horizont genommen. Es ist so ähnlich, als hätte man lange Zeit Küstenschiffahrt betrieben und würde nun eine ebenso gefährliche wie faszinierende Reise um die Welt antreten.«

»Du wirst alle Stürme mit Bravour meistern«, versicherte Daniela aus tiefster Überzeugung und überglücklich, daß er sich endlich von seiner Fixierung auf Sylt als Zentrum seines künstlerischen wie privaten Lebens befreit hatte.

Er lachte etwas unsicher. »Wir werden ja sehen. Frieder hat für Ende November eine Ausstellung meiner neuen Bilder in der berühmten Hamburger Galerie Bois & Grothemann arrangiert.«

»Laß mich die Bilder sehen«, bat sie.

Christian ging an den Wänden entlang und zog die Laken herunter. Achtlos warf er die Bettücher in die Mitte des Zimmers. Dann blickte er Daniela erwartungsvoll an. Zuversicht wie Zweifel kämpften auf seinem Gesicht um die Oberhand.

Minutenlang ließ Daniela die Bilder, die von einer manchmal erschreckend wilden Kraft und Farbigkeit waren und zu explodieren schienen, auf sich wirken. Doch es gab auch Bilder, die ein Gefühl grenzenloser Weite und Ruhe ausdrückten.

»Nun sag schon was!« drängte er sie, als Daniela noch immer schwieg.

»Du hast gesagt, das sind deine Freunde, nicht wahr?«

»Ja, und du bist die Liebe meines Lebens.«
Daniela schaute ihn an, und ihr war, als sähe sie ihn, den Maler, zum erstenmal richtig. Es erfüllte sie mit stolzer Verwunderung, daß er ausgerechnet sie liebte. »Es sind Freunde, auf die du stolz sein kannst, sehr stolz sogar. Sie werden dich berühmt machen«, erklärte sie ergriffen.
Er lachte, erleichtert und auch etwas verlegen über ihre Prophezeiung. »Ach, mein Schatz ...«
»Nein, sag jetzt nichts. Es ist alles in diesen Bildern, Christian. Und jetzt liebe mich«, flüsterte sie.
»Hier?« fragte er und lächelte.
»Ja, genau hier.«
Christian machte ihnen aus den Laken inmitten des Raums ein weiches Liebeslager. Der Geruch der Ölfarben, der in den Tüchern hing, steigerte Danielas Erregung noch. Sie konnte nicht schnell genug aus ihren Kleidern kommen. Endlich waren sie nackt. Wie im Fieber fielen sie übereinander her, vermochten vom Körper des anderen nicht genug bekommen. Sie liebkosten und erregten einander mit Händen, Lippen und Blicken.
Die Lust schien kein Ende nehmen zu wollen. Über ihren sich windenden Körpern tanzten die winzigen Staubpartikel im Sonnenlicht, und ihr Keuchen und Stöhnen erfüllten den Raum. Fast gleichzeitig erlebten sie den Höhepunkt. Doch das Gefühl der tiefen inneren Ruhe und Entspannung und wahrhaftigen Glückseligkeit, das sich nach dem herrlich wilden Taumel sinnlicher Begierde einstellte, erschien Daniela fast noch kostbarer und erstrebenswerter als die Lust, die sie sich gerade geschenkt hatten.
Eine Weile lag sie an seine Brust geschmiegt, fühlte sich geborgen und sicher in seiner Liebe und wußte, daß sie ihren Moment der Wahrheit nicht länger hinausschieben durfte.
»Christian?«

»Hm?«
»Es gibt etwas in meiner Vergangenheit, wovon ich dir noch nichts erzählt habe ...«
»Es gibt bestimmt noch vieles, was wir uns bisher nicht erzählt haben. Na und? Wir sind keine zwanzig mehr und haben naturgemäß schon so einiges hinter uns, und nicht immer nur Erfreuliches. So ist das Leben nun mal. Lassen wir die Vergangenheit ruhen. Ich liebe dich, mein Schatz, und du liebst mich. Für uns ist nur noch unsere gemeinsame Zukunft wichtig«, entgegnete er.
»Nicht in diesem Fall. Du mußte einfach wissen, was ... was damals passiert ist.«
»Gut, wenn es so wichtig für dich ist, will ich dir gern zuhören«, sagte er. »Also erzähl. Was ist damals passiert?«
Daniela löste sich aus seiner Umarmung und richtete sich auf.
»Ich ... ich habe einmal einen Mann sehr geliebt, und ich habe ihn umgebracht.«
»Du hast *was?*« stieß er ungläubig aus.
»Ich habe ihn umgebracht, weil ich ihn zu sehr liebte.«
»Und wer war dieser Mann?«
»Er hieß Walter Larsen«, antwortete sie. »Und er war mein Ehemann.«

34

Christian hatte geglaubt, vorbereitet zu sein. Doch auf das, was sie ihm da gestand, hatte er nicht vorbereitet sein können. Bestürzung zeigte sich auf seinem Gesicht. »Du warst schon mal verheiratet? Und du hast deinen ...« Er brachte den Satz nicht zu Ende, sondern sah sie verstört an.

Daniela nickte. Aus einem unerfindlichen Grund schämte sie sich auf einmal ihrer Nacktheit und bedeckte sich mit einem Laken. »Bitte sieh mich nicht so an«, sagte sie und zog das mit Ölfarben beschmierte Tuch vor ihrer Brust zusammen. »Ich werde dir alles erzählen. Erst dann kannst du es verstehen.«
Christian riß sich zusammen. »Entschuldige, daß ich so ... perplex reagiert habe. Aber du hast mich damit ganz schön überrumpelt. Ich meine, ich hatte ja nicht die geringste Ahnung, daß du so etwas hinter dir hast«, sagte er. »Doch was immer früher auch gewesen ist, Daniela, es ändert nichts daran, daß ich dich liebe.«
Sie lächelte dankbar, aber gequält.
»Wenn dieser Walter Larsen dein Mann gewesen ist, wieso heißt du dann Stern mit Nachnamen und nicht Larsen?« fragte er.
»Weil ich nach seinem Tod wieder meinen Geburtsnamen angenommen habe. Ich wollte damals alles vergessen, was war, auch den Namen, den ich sechs Jahre lang als Walters Ehefrau geführt hatte. Das war natürlich sehr naiv und hat auch nicht funktioniert.«
»Was war dein Mann für ein Mensch?« wollte er wissen und erweiterte seine Frage nach kurzem Zögern: »Und weshalb hast du ihn umgebracht?«
»Ich muß bei meiner Kindheit anfangen, Christian, sonst wirst du nicht begreifen und nachvollziehen können, warum ich mir und anderen all das angetan habe, von dem du gleich erfahren wirst.«
»Beginne, wo du möchtest«, forderte er sie auf. »Wir haben alle Zeit der Welt.«
Daniela schaute zu den Bildern hinter Christian hinüber, ohne sie diesmal jedoch bewußt wahrzunehmen. Ihr Blick galt Bildern, die weit in der Vergangenheit zurücklagen. »Ich bin

in Frankfurt in einem Waisenheim aufgewachsen«, fing sie dann an.
Christian runzelte die Stirn. »Aber du hast mir doch erzählt, du seist das einzige Kind eines Studienrats gewesen?«
»Ja, das war eine von vielen Lügen über meine Herkunft und mein Leben bis vor neun Jahren«, sagte Daniela. »Die geliebte Tochter und das einzige Kind von einem Studienrat zu sein, war einer meiner Wunschträume als kleines Kind. Frag mich nicht, warum es gerade ein Studienrat gewesen ist. Vielleicht war dieser Beruf für mich damals der Inbegriff bürgerlicher Anständigkeit und sozialer Sicherheit. Meine richtigen Eltern kenne ich nicht, zumindest habe ich keine bewußte Erinnerung an sie. Ich war gerade drei, als sie mich ins Heim abschoben und für immer aus meinem Leben verschwanden. Ich weiß noch nicht einmal, wer sie waren, und ich wollte es auch nicht wissen.«
Christian ergriff ihre Hand, unterbrach sie jedoch nicht.
»In all den langen Jahren im Heim habe ich unter nichts so sehr gelitten wie unter dem Gefühl, zu niemandem zu gehören und von niemandem richtig geliebt zu werden«, fuhr Daniela fort. »Ich sehnte mich nach Menschen, die mich liebten, nach Eltern, die mich zur Schule brachten, mit mir im Sommer auf einen Ponyhof fuhren, die einfach für mich da waren und mich bedingungslos liebten. Ich sehnte mich so verzweifelt danach, wie du es dir vielleicht nicht vorstellen kannst.«
»O doch, das kann ich sehr gut«, sagte er leise.
»Als ich sieben war, erhielt ich meine erste große Chance, wie es bei uns im Heim hieß. Ich kam zu Pflegeeltern und war zum erstenmal in meinem Leben wunschlos glücklich«, erzählte Daniela mit abwesendem Gesichtsausdruck. Sie lächelte, während sie sich erinnerte. »Ich hatte mein eigenes Zimmer und fühlte mich geliebt und geborgen. Und ich dachte, so würde es nun immer sein. Doch wenige Monate später brachte man

mich ins Heim zurück. Meine Pflegeeltern hatte die Zusage für die Adoption eines Babys erhalten. Natürlich verstand ich damals nicht, daß dieses Ehepaar viel lieber ein Baby als eigenes Kind annehmen und aufziehen wollte als ein schon sieben Jahre altes Mädchen. Ich gab mir selber die Schuld, daß sie mich wieder zurückgeschickt hatten. Ich hatte mir nicht genug Mühe gegeben, sie nicht abgöttisch genug geliebt, all das warf ich mir vor. Und damit war es im Heim noch schlimmer als schon die Jahre zuvor.«

»Ja, es muß schrecklich für dich gewesen sein«, murmelte Christian bewegt.

Ein bitteres Lächeln huschte über ihr Gesicht. »Und es wurde noch um einiges schlimmer. Ich bekam eine zweite Chance, als ich zehn war. Ich verbrachte einen Sommer, quasi als Probezeit, bei einem Ingenieur und seiner Frau, die bereit waren, auch ein älteres Kind wie mich zu adoptieren. Und ich war entschlossen, diese Chance zu nutzen, weil ich wußte, daß es eine dritte für mich nicht geben würde. Ich tat alles, um ihr Wohlgefallen und ihre Liebe zu erringen, ohne zu merken, daß ich nicht mehr ich selbst war. Ich wich der Frau nicht von der Seite, sprang schon, noch bevor sie ihre Frage oder Bitte ganz ausgesprochen hatte, und war so folgsam, als hätte ich keinen eigenen Willen. Ich wollte ihnen um jeden Preis gefallen, redete ihnen nach dem Mund und himmelte sie so sehr an, daß es für sie unerträglich gewesen sein mußte. Am Ende der Sommerferien war ich wieder im Heim. Nun war ich endgültig davon überzeugt, nicht liebenswert zu sein.«

Christian streichelte ihre Hand. »Das Leben kann so grausam sein, besonders zu einem Kind.«

»Ich blieb im Heim, bis ich achtzehn war. Dann verließ ich Frankfurt, weil ich es nicht mehr ertrug, an diese Jahre auf Schritt und Tritt erinnert zu werden. Ich ging nach Köln und machte beim WDR eine Ausbildung als Cutterin. Meine

Liebesbeziehungen zerbrachen stets schon nach wenigen Wochen, weil ich meinen jeweiligen Freund immer ganz für mich vereinnahmte.«
»Und hier in Köln hast du dann deinen Mann kennengelernt?« fragte Christian.
Sie nickte. »Mein Chef hatte mich und einige andere aus unserer Abteilung zum Richtfest seines Hauses eingeladen. Walter war der Architekt gewesen. Es war keine Liebe auf den ersten Blick. Doch als ich ihm auf einer Party erneut begegnete und er sich für mich interessierte, ein zehn Jahre älterer und gutaussehender Architekt mit schon beachtlichem Erfolg, da entflammte ich für ihn. Und wie all die Jahre zuvor war meine Liebe abgöttisch. Ich himmelte Walter an, was er wohl sehr genoß. Auf jeden Fall waren wir ein Jahr später verheiratet. Wir wollten zwar Kinder, aber wir beide wollten damit noch zwei, drei Jahre warten. Ich schwebte wie auf Wolken des Glücks. Verheiratet mit einem Architekten. Ein eigenes Heim und endlich einen Menschen, der mich über alles liebte. Ich glaubte das Glück meines Lebens gefunden und nun erst recht die Pflicht zu haben, dieses Glück durch soviel Liebe wie nur möglich festhalten und sichern zu müssen. Ich wiederholte meine Fehler von früher, nur diesmal mit einer noch größeren Inbrunst und verheerenden Wirkung, wie mir erst viel, viel später klarwerden sollte. Ich steigerte mich in diese abgöttische Liebe hinein und las Walter jeden Wunsch von den Augen ab. Sein Wort war Gesetz und zugleich Offenbarung. Ich verlor völlig meine Eigenständigkeit und wurde zu jemandem, der nur durch andere lebt. Du kennst doch diesen Buchtitel *Wenn Frauen zu sehr lieben*, nicht wahr?«
Er nickte.
»Ich war so eine Frau. Für mich gab es nur Walter. Wie eine Sklavin war ich und merkte dabei gar nicht, daß die Katastrophe damit zwangsläufig vorprogrammiert war. Daß Walter

häufig gereizt reagierte und immer weniger Zeit zu Hause verbrachte, schob ich auf seine Arbeit. Er machte Karriere und arbeitete einfach zuviel, wie ich mir sagte, und deshalb meinte ich, noch mehr für ihn tun und dasein zu müssen. Ich überschüttete ihn mit meiner Liebe, zumindest hielt ich diese abgöttische Hingabe und Unterwürfigkeit damals dafür. Im dritten Jahr unserer Ehe fragte ich ihn, ob ich denn nicht allmählich die Pille absetzen sollte. Doch er wollte von Kindern vorerst noch nichts wissen. Dafür sei es noch zu früh, sagte er, wir sollten noch etwas warten. Er hatte, was dies betraf, viele gute Argumente, doch den wahren Grund, nämlich, daß er die Ehe mit mir schon für einen schweren Fehler hielt und keine Kinder mehr von mir wollte, verschwieg er mir – und ich ahnte ihn noch nicht einmal. Unsere Ehe wurde schlechter und schlechter, ohne daß ich es mir eingestand. Unsere Ehe durfte einfach nicht scheitern. Ich ertrug nicht einmal den Anflug eines Gedankens an diese Möglichkeit.«

»Warum hat er nicht mit dir darüber gesprochen?« fragte Christian. »Eine Beziehung ist doch keine Einbahnstraße. Sie wird immer von zwei Personen gestaltet, im guten wir im schlechten.«

Daniela schüttelte den Kopf. »Ich weiß nicht, warum er nie offen zu mir gesagt hat, daß ich ihn mit meiner fast schon hündischen Liebe erdrücke und ihm die Luft zum Atmen nehme und daß ich mich dadurch, daß ich mich selbst ganz aufgebe, für ihn immer reizloser mache. Vielleicht lag es daran, daß ich die Zeichen, die er mir gab, nicht verstand, einfach nicht verstehen konnte, weil jeder von uns eine andere Sprache sprach. Daß man einen Menschen zu sehr lieben kann, wäre mir auch nie in den Sinn gekommen. Und so nahm dann alles seinen Lauf. Das, was mir am kostbarsten war, zerstörte ich systematisch – und dachte doch all die Zeit noch, ich würde das Richtige tun. Dabei entfremdete ich ihn

von mir und trieb ihn förmlich in die Arme einer anderen Frau. Daß er die letzten beiden Jahre unserer Ehe eine feste Geliebte hatte, mit der er mehr Zeit verbrachte als mit mir, erfuhr ich erst nach seinem Tod.«
»Und wegen dieser Frau hast du ihn umgebracht?« fragte Christian und konnte sich doch nicht vorstellen, daß sie zu solch einer Tat fähig sein sollte.
Daniela lachte freudlos auf. »Ich habe ihn nicht mit meinen Händen umgebracht und auch nicht in einem sonst irgendwie juristisch strafrechtlichen Sinn«, erklärte sie. »Aber Schuldgefühle orientieren sich nicht an der strafrechtlichen Relevanz einer Tat. Ich habe ihn mit meiner unersättlichen Gier nach Zuwendung und Liebe gequält. Im letzten Jahr habe ich dann schon gemerkt, daß es mit unserer Ehe nicht zum besten stand. Als er mir am Neujahrstag 1982 sagte, er wolle die Scheidung, bin ich fast durchgedreht. Ich will dir nicht in aller Breite erzählen, wie schlimm die nächsten Wochen waren. Walter zog aus. Doch ich ließ ihm keine Ruhe, bombardierte ihn mit Anrufen und drohte ihm damit, mir das Leben zu nehmen. So auch in der Nacht vom 17. Februar. Ich war hysterisch und hätte meine Drohung vielleicht sogar tatsächlich wahr gemacht. Er spürte das wohl, denn er sagte, er werde kommen – zu einer Aussprache. Ich in meiner Verblendung glaubte jedoch, mich mit ihm versöhnen und unsere Ehe wieder ins Lot bringen zu können. Ich bereitete alles für eine regelrechte Verführung vor, zog ein besonders reizvolles Cocktailkleid an und wartete voller Ungeduld auf ihn.« Sie holte tief Luft, bevor sie mit dumpfer Stimme fortfuhr: »Die Straßen waren in jener Nacht vereist. Walter verunglückte keine vierzig Meter vor unserem Haus. Er war nicht angeschnallt. Er verblutete förmlich vor meinen Augen. Und sein letzter Blick war eine einzige Anklage.« Sie begann lautlos zu weinen.
Christian legte seinen Arm um sie und drückte sie an sich.

»Du kannst dir nicht die Schuld an einem Unfall geben. Du hast doch selbst gesagt, daß er nicht angeschnallt war.«
»Ich tat es aber – und seine Geliebte tat es auch«, sagte Daniela mit erstickter Stimme und erzählte ihm von der Beerdigung und den Blumen, die sie stets von Walters Grab entfernte. »Und er hatte mit ihr einen Sohn gezeugt, der bei seinem Tod schon ein Jahr alt war. Nicht zufällig, sondern gewollt.«
»Dann hat er dich jahrelang betrogen und mit dieser Frau ein zweites Leben geführt! Damit hat er nicht weniger Schuld auf sich geladen als du.«
»Ja, jetzt sehe ich es auch so, aber es hat lange gedauert, bis ich mich von meinen Schuldgefühlen befreien konnte«, gestand sie. »Ich habe mich in die Arbeit gestürzt und geschworen, mich nie wieder an einen Menschen zu binden. Walters Tod und die Existenz dieses Kindes waren ein Schock für mich, der mich dazu brachte, ins andere Extrem zu flüchten. Ich glaubte nicht mehr an die Liebe und schon gar nicht an die Ehe. Ich wollte nicht noch einmal so entsetzlich verletzt werden und leiden. In meiner Arbeit fand ich die Bestätigung und Erfüllung, die mir in der Liebe versagt geblieben war. Walter hatte seiner Geliebten, die er nach unserer Scheidung sofort heiraten wollte, und seinem Sohn alle Vermögenswerte überschrieben, bis auf den mir gesetzlich zustehenden Teil. Von diesem Geld kaufte ich Georg Goller schließlich das Aufnahmestudio ab und wurde zum Workaholic, der sich gefühlsmäßig ganz bewußt mit flüchtigen Affären begnügte. Dann kreuzten sich unser Lebenswege. Alles weitere kennst du.«
»Mein Gott, jetzt begreife ich vieles, was mir an dir und deinem Verhalten oft so unverständlich war«, sagte Christian, betroffen von ihrer erschütternden Lebensgeschichte. »Warum nur hast du nicht früher mit mir darüber gesprochen?«
»Gerade weil ich diese Angst und die Schuldgefühle noch

nicht überwunden hatte. Ich wußte nicht, was ich wollte und wieviel du mir bedeutetest.«
»Und jetzt?« fragte er leise.
Sie schaute ihm mit festem Blick in die Augen. »Ich liebe dich, und ich brauche dich, Christian. Und ich weiß jetzt auch, daß ich ohne den Glauben an die Liebe nicht leben kann, weil das Leben ohne Liebe und Hoffnung keinen Sinn macht.«
»Und ich liebe und brauche dich«, sagte er zärtlich. »Deshalb wirst du mich auch niemals zu sehr lieben können, nicht in dieser Art Liebe, die wir gefunden haben.«
Sie weinte, befreit vom Alptraum ihrer Vergangenheit, und er wiegte sie in seinen Armen.

35

Die Versuchung war stark, die Bettdecke über den Kopf zu ziehen und das Klingeln des Telefons einfach zu ignorieren. Irgendwann würde der Anrufer schon aufgeben und auflegen.
Aber nicht dieser, fiel es Daniela dann ein, und sie tastete im Dunkeln des Hotelzimmers nach dem Telefon und hob ab.
»Einen schönen Abend. Sie wollten um neunzehn Uhr geweckt werden«, meldete sich eine freundliche Männerstimme unten von der Rezeption des Vier Jahreszeiten. »Es ist jetzt auf die Minute genau neunzehn Uhr.«
»Ja, besten Dank«, sagte Daniela, legte auf und drückte einen der Lichtschalter. Die beiden Bettlampen verbreiteten sogleich einen warmen Schein in der exquisiten Lady Suite, die sie seit drei Tagen in diesem traditionsreichen Luxushotel von Weltruf an der Alster im Zentrum von Hamburg bewohnten. Sie

lauschte einen Augenblick, ob es noch immer stürmte, doch das Prasseln des Regens und das Heulen des Windes hatten aufgehört. Aber auch wenn es noch so sehr gestürmt hätte, hätte es ihr Glücksgefühl nicht trüben können.
Mit einem verträumten Lächeln dachte sie daran, wie zärtlich und leidenschaftlich Christian zu ihr gewesen war, als sie am frühen Nachmittag ins Vier Jahreszeiten zurückgekehrt waren, nachdem sich Christian in der Galerie ein letztesmal davon überzeugt hatte, daß seine Bilder auch richtig hingen und optimal beleuchtet wurden.
Was für Tage hinter ihnen lagen!
Sie schaltete das Radio ein und suchte einen Sender mit guter Musik. Christian drehte sich mit einem wohligen Seufzer zu ihr herum und zog sie an sich. »Laß uns noch ein bißchen kuscheln und schmusen.«
»Das geht leider nicht«, bedauerte sie. »Du hast doch gehört, es ist schon sieben. Wir müssen uns fertigmachen.«
»Kein Mensch muß müssen«, widersprach er. »Das hat schon Goethe gesagt.«
Daniela lachte und entzog sich seiner verführerisch nackten Nähe. »Frieder wird dir mit einem anderen Spruch von Goethe kommen, wenn du zu spät zu deiner eigenen Ausstellung bei Bois & Grothemann erscheinst.«
»Ich fürchte, du hast recht«, sagte er mit einem weiteren, diesmal jedoch schweren Seufzer.
Daniela stand auf und ging ins Bad, um als erste zu duschen. Auch im Badezimmer waren Lautsprecher eingebaut, die wahlweise das Radio oder aber den Ton des gerade eingeschalteten Fernsehprogrammes übertrugen. Gerade drehte sie die Dusche auf, als Anthony Capos Stimme erklang. »Lady Stardust« natürlich.
Sie lächelte. Anthonys Comeback im Oktober war zu einem einzigartigen Siegeszug durch alle europäischen LP- und Single-

Charts geworden. Mit »Lady Stardust« stand er in Italien, Spanien, Frankreich und Deutschland seit zwei Wochen auf Platz 1. In England und in den Staaten hatte er es auch schon unter die Top ten geschafft. Täglich hörte man seine neuen Lieder im Radio, doch der absolute Hit war »Lady Stardust«. Und wann immer Daniela dieses Lied hörte, berührte es sie so tief, daß sie Tränen in den Augen hatte.
»Das wird ganz sicher ein Evergreen, wie es ›Stranger in the Night‹ von Sinatra geworden ist«, sagte Christian, als er zu ihr ins Bad kam und ihr eines der vorgewärmten flauschigen Badetücher reichte. »Nur gut, daß Anthony dich niemals nackt gesehen hat.«
»Und wieso?«
Christian schmunzelte. »Er wäre bei dem Versuch, deinem hinreißenden Körper in einem Lied gerecht zu werden, so verzweifelt, daß er vielleicht nie wieder etwas zu Papier gebracht hätte«, sagte er scherzhaft, doch sein Blick ruhte voller Liebe und Bewunderung auf ihr.
Daniela gab ihm einen Kuß. »Er hat ›Lady Stardust‹ für seine Frau Lucia geschrieben, nicht für oder über mich. Ich habe ihn nur dazu inspiriert. Und jetzt beeil dich, daß du unter die Dusche kommst.«
»Warum bleiben wir nicht hier, bestellen beim Zimmerservice Schampus und eine Kleinigkeit zu essen und lassen uns später von Frieder berichten, wie es gelaufen ist?« schlug er halb im Spaß, halb im Ernst vor.
»Weil ich mich nicht einmal von dir darum bringen lasse, den erfolgreichen Beginn einer neuen Periode im Schaffen des großartigen Künstlers Christian Hendrik zu verpassen! Und jetzt ab unter die Dusche!« befahl sie und schob ihn in die Kabine.
Um acht waren sie beide fertig. Christian haßte nichts so sehr wie die herausgeputzte High-Society, die sich bei derartig

exklusiven Galeristen wie Bois & Grothemann zu Ausstellungseröffnungen ein Stelldichein gaben, die Kunst zur Kulisse machten und bei Kanapees für fünf Mark das Stück und Champagner neuesten Klatsch austauschten, auch wenn er wußte, daß Kunst und Kommerz längst nicht mehr zu trennen waren, sondern einander brauchten. Daniela trug deshalb nur ihr etwas veredeltes Jeans-Kostüm mit kurzem engem Rock, das er ganz besonders an ihr liebte. Er hatte sich für schwarze Cordhosen und einen sandfarbenen Pullover entschieden.

»Aufgeregt?« fragte Daniela, als sie allein im Fahrstuhl in die Halle hinunterfuhren.

»Aufgeregt? Nicht im geringsten«, antwortete er und verzog dabei das Gesicht zu einer Grimasse. »Ich habe eine Höllenangst. Am liebsten würde ich davonlaufen. Aber selbst dafür bin ich zu feige.«

»Völlig unnötigerweise. Keiner wird dich auf deinem Weg zu internationalem Ruhm aufhalten, Christian«, machte sie ihm Mut, als sie aus dem Hotel traten. »Ich werde Mühe haben, mit dir mitzukommen, so steil wird deine Karriere sein.«

»Oder mein Absturz. Vielleicht hättest du mit dem Jawort, das du mir vor drei Tagen auf Sylt gegeben hast, doch besser noch etwas gewartet.«

»Ich habe dich geheiratet, weil ich dich liebe«, erwiderte sie leise. »Wenn mir nach Spekulationen zumute gewesen wäre, wäre ich an die Börse gegangen und hätte mir argentinische Optionsscheine gekauft.«

Zärtlich sah er sie an. »Und ich liebe dich, Daniela Hendrik.«

Sie lächelte. *Daniela Hendrik.* Sie liebte den Klang ihres neuen Namens.

Die Straßen glänzten im Licht der Laternen noch feucht vom Regen, doch der Himmel über Hamburg hatte sich aufgeklärt. Über ihnen in der endlosen Weite der kosmischen Nacht funkelten die Sterne.

»Gehen wir zu Fuß«, schlug Christian vor. »Es ist ja nicht weit, und wir haben noch viel Zeit.«
»Ja«, sagte Daniela, hakte sich bei ihm ein und berührte kurz ihren Ehering, als müßte sie sich vergewissern, daß er noch an ihrem Finger steckte und daß sie das alles nicht nur träumte. Dann gingen sie die Straße hinunter.